MW00647904

COLLECTION
FOLIO CLASSIQUE

Jean-Jacques Rousseau

Les Confessions
Livres I à IV

Préface
de J.-B. Pontalis

Texte établi
par Bernard Gagnebin
et Marcel Raymond

Notes
de Catherine Kœnig

Gallimard

Édition dérivée de la Bibliothèque de la Pléiade.

PRÉFACE

Ce livre, pour son auteur comme pour nous, est d'abord un acte : confessions, non mémoires, même si la scansion du récit s'appuie sur une trame chronologique ; appel à l'autre, appel séducteur et pathétique, qui suscite en alternance chez le lecteur intimité complice et mise à distance irritée, non recherche du temps perdu ; apologie et non bilan ; discours passionné où la subjectivité s'énonce dans ses droits et son errance sans limites, et non calme « essai » sur soi-même de l'homme de cabinet qui trouve dans sa retraite le lieu sûr d'une réflexion en retrait ; représentation de soi, dans un mouvement qui procède de l'apparence extérieure vers le dedans (intus et in cute) et non portrait qui cerne les traits. Bien plus, il est un acte fondateur et nous devons ratifier les premiers mots de la fière déclaration liminaire : « je forme une entreprise qui n'eut jamais d'exemple » pour pouvoir mettre en question les seconds : « et dont l'exécution n'eut point d'imitateur ».

C'est seulement quand le parti de « tout dire » est pris avec assez de résolution que le non-dit peut apparaître dans le discours même, par ses paradoxes, ses hésitations, les ruptures de ton ; c'est seulement quand le désir affirmé de se connaître, ou plutôt de se donner à connaître et à voir, est assez impérieux, que la méconnaissance de soi peut se dévoiler parallèlement. Il faut enfin que le moi soit ainsi exalté, fût-ce dans l'aveu de ses errements, de ses intermittences et de sa défaillance intime, pour que vienne à s'opérer sa mue en

*un autre, alors que, par un mouvement inverse, nous nous
retrouvons, génération après génération, nous autres lecteurs-
témoins-juges-complices, dans ce frère, dans ce semblable qui,
sans nous l'avoir imposé, se laisse appeler Jean-Jacques*[1] *pour
mieux nous assurer qu'il est le* seul *Rousseau.*

    *Circonscrivons d'abord la portée du titre. Les manuels de
littérature nous apprennent que c'est après la parution d'un
libelle révélant au public que l'auteur de l'*Émile *avait abandonné ses propres enfants que Rousseau entreprit* Les
Confessions[2]. *Le libelle n'eut à l'évidence qu'un rôle déclen-
chant ; l'examen des différents fragments autobiographiques*[3],
*la correspondance avec l'éditeur Rey, attestent la longue anté-
riorité d'un projet dont on pourrait même soutenir, tant à la
fois il l'accompagne et la corrige, qu'il est corrélatif de l'existence de Rousseau, traversée de part en part par le désir
moins de se connaître que d'être* reconnu. *Si une circonstance réelle a un tel effet précipitant, c'est bien le signe qu'elle
rencontre, comme par télescopage, un conflit subjectif. En
divulguant sur la scène du monde le fait, jusqu'alors non
pas secret mais demeuré dans les limites d'un cercle étroit,
que Rousseau avait placé ses enfants à l'Hospice (en un
sens, ne les avait pas* reconnus), *Voltaire, ce vieux malin,
vise juste. Non pas tant parce qu'il aurait ainsi atteint la
culpabilité manifeste de Rousseau, qui a déjà tout prêts ses
arguments pour se justifier, sinon pour s'innocenter, mais
parce qu'il rejoint à son insu toute une chaîne d'événements
qui jalonnent l'histoire, et même la préhistoire de Rousseau ;
événements aux motifs très divers, et qui se placent alors*

---

    1. N'ironisons pas sur ceux qui reconstituent scrupuleusement
les itinéraires de ses voyages à pied, visitent les lieux où il a vécu,
etc. Si tout auteur peut susciter des gloses innombrables, rares
sont ceux qui engendrent des pèlerins ; il y faut un singulier
pouvoir d'évocation, d'identification sensible.

    2. *Sentiment des citoyens*, de Voltaire, publié anonymement le
27 décembre 1765. Rousseau commence aussitôt la rédaction des
Confessions.

    3. On les trouvera rassemblés sous ce titre dans l'édition de la
Pléiade, *Œuvres complètes*, tome I. Cf. particulièrement les admirables lettres à M. de Malesherbes et le dossier intitulé « Mon
portrait ».

*rétroactivement sous le signe unique de l'abandon et du rejet.
Ce n'est pas Rousseau dans sa paternité que dénonce l'accu-
sateur public ; ce ne sont pas les enfants de Rousseau mais
Rousseau enfant, autrement dit tout Rousseau, qu'il montre
du doigt. Se taire, c'est donner raison, de proche en proche, à
tous ceux qui l'ont chassé, poursuivi, condamné, lapidé, ont
porté ses livres au bûcher.*

*Il s'en faut de peu, cela est bien connu, pour que tous les
actes d'une vie se retournent contre vous. Il suffit d'être accusé ! Si l'on concède alors quelque chose à l'accusation — et
bien entendu elle s'appuie d'abord sur un fait incontes-
table — tout se renverse et conspire à vous nuire : comme il
devient facile d'établir que le doux, le malheureux, le rêveur
Rousseau n'a fait tout au long que trahir, souvent même par
calcul, la générosité et la confiance de ses amis et bienfai-
teurs ! Pas un épisode qui ne puisse le prouver. Pour
conclure, et pour l'achever, le « il a perdu sa mère dès sa
naissance » se convertira, par la voix suave d'un psychana-
lyste, en un « tout se passe comme si (ah ! ces insidieux
comme si...) vous aviez dû tuer votre mère pour naître »...*

*Victime d'un mauvais sort ou de sa propre méchanceté ?
Rendu méchant ou méchant de naissance ? Perpétuel exclu
qui annonce la figure du « maudit » ou bourreau de soi-
même et, indirectement des autres[1] ? Persécuté ou persécu-
teur ? Si nous nous laissions prendre dans ces alternatives,
nous en resterions à jamais prisonniers. Rousseau lui-même
risque constamment de nous y enfermer ; mais il nous donne
en même temps les moyens d'en sortir. C'est un des motifs de
l'admirable tension de son livre : tension entre le pôle du destin contraire, déchirant, et celui de l'accord, certes précaire
mais sans faille, avec soi et avec le monde extérieur — qui
englobe les humains s'ils savent ne pas se séparer de l'ordre
de la nature ; oscillation permanente de la transparence et de
l'obstacle[2].*

1. L'hypothèse d'un Rousseau masochique ne fait que renforcer cette proposition. Il n'y a pas de tyran plus constant, plus
inlassable, que le masochiste.
2. C'est autour de cette paire contrastée, tenue pour fondamentale, que Jean Starobinski organise sa lecture de l'ensemble
de l'œuvre de Rousseau. On remarquera qu'il ne s'agit pas à pro-

Accusé, Rousseau n'adoptera pas pourtant la tactique du « n'avouez jamais » ; il ne plaidera pas non plus coupable. Il ne dissimulera rien au contraire, il livre tout et se livre tout entier à ses juges imaginaires. Ce n'est pas seulement pour qu'ils apprécient ses fautes mais pour qu'ils déterminent son être qu'il s'en remet à eux. Cette soumission à un lecteur confondu avec le souverain juge, cette confiance vont fort loin : c'est plus même que le peseur d'âmes qui se trouve en nous, à défaut de Dieu, sollicité. « Je voudrais, écrit Rousseau, pouvoir en quelque façon rendre mon âme transparente au lecteur... afin qu'il puisse juger par lui-même du principe qui la produit. » La réponse à son propre « qui suis-je ? » lui serait refusée ; elle nous reviendrait. Que demander de plus ? Rien en effet si, dans le même mouvement, Rousseau ne tendait à récuser le pouvoir des lecteurs qui se laisseraient imprudemment prendre au piège qu'il leur tend.

Antérieurement à la rédaction des Confessions, *le projet est défini et révèle toute son ambiguïté. En avouant bien au-delà de ce que quiconque pourrait savoir, par exemple des fautes ou des mensonges d'enfant qu'il relatera, les noircissant, comme des crimes inexpiables, Rousseau désarme, par un procédé bien connu des pénitents, l'adversaire supposé ; il déplace aussi son attention. Mais surtout — c'est là plus qu'une ruse inconsciente : une conviction indéracinable même si elle ne s'énonce pas toujours avec cet orgueil candide : « J'aimerais mieux être oublié de tout le genre humain que regardé comme un homme ordinaire » — Rousseau se définit, par anticipation, comme hors des prises de tout jugement : la conscience qu'il a de sa singularité absolue, conscience qui s'exacerbe quand il est mis à la porte de l'Ermitage en décembre 1757, l'assure qu'autrui est voué, par position, à la méconnaître. « Faites tirer le même visage par divers peintres, à peine tous ces portraits auront-ils entre eux*

---

prement parler d'une stricte opposition qui couplerait, elle, opacité et transparence. L'obstacle, à la différence de l'opacité, est dehors. La bipartition s'opère effectivement chez Rousseau entre un dehors et un dedans et *Les Confessions* instituent par l'écriture un espace transitionnel entre l'un et l'autre.

*le moindre rapport. » La proximité du « peintre » n'arrange
rien, au contraire ; elle accentue l'ignorance et l'incompréhen-
sion des vrais motifs : « Je vois que les gens qui vivent le
plus intimement avec moi ne me connaissent pas. » Enfin cet
autre qui s'arrogerait abusivement droit de regard et d'éva-
luation serait, par principe, suspect, pour ne s'être pas soumis, lui, à l'épreuve qui, précisément, doit demeurer sans précédent et sans descendance, à savoir* Les Confessions.

*La satisfaction trouvée dans la position du coupable
convaincu n'échappe pas à Rousseau*[1], *ni même ce qu'elle
comporte de contrepartie agressive. « Je ne prétends pas faire
plus de grâce aux autres qu'à moi ; car ne pouvant me
peindre au naturel sans les peindre eux-mêmes, je ferai si
l'on veut comme les dévotes catholiques, je me confesserai
pour eux et pour moi*[2]. *» Le dévoilement de soi est aussi
démasquage d'autrui ; l'aveu, accusation. Qu'on ne s'y
trompe pas : l'intention malicieuse, ici repérée avec humour,
n'en opère pas moins, dans le même texte, comme mécanisme
quasi automatique, et de façon si exemplaire, si ingénue que
je m'y arrêterai un instant.*

*Chacun connaît le mot, fameux par ses effets puisqu'il
provoqua la rupture « officielle » entre les deux amis, que
Diderot place dans la bouche d'un des personnages de son*
Fils naturel *et que Rousseau pouvait à juste titre entendre
comme lui étant destiné : « Vous, renoncer à la société ! j'en
appelle à votre cœur, interrogez-le, et il vous dira que
l'homme de bien est dans la société, et qu'il n'y a que le
méchant qui soit seul. » Phrase insupportable qui met littéralement Rousseau hors de lui-même et, comme on ne peut
longtemps vivre hors de soi, le force à rejeter Diderot loin de
lui, Diderot avant, après tant d'autres. Passé le choc, Rousseau renverse la maxime, en ces termes : « L'enfer du
méchant est d'être réduit à vivre seul avec lui-même, mais
c'est le paradis de l'homme de bien, et il n'y a point pour lui*

---

1. Du moins pas toujours, et plutôt avant d'avoir entrepris *Les
Confessions* que pendant leur rédaction.
2. Ce fragment comme les autres passages cités dans cette
page sont extraits de « Mon portrait » (Pléiade, p. 1123 et sq.).

*de spectacle plus agréable que celui de sa propre conscience. »
La rétorsion — le retour à l'envoyeur — se conjugue avec la
glorification de soi. Ici, incontestablement, la belle âme, telle
que Hegel l'a définie, énonce sans détours sa « loi du cœur ».
Mais ce n'est pas seulement le projet animant* Les Confessions, *c'est l'œuvre elle-même qui se trouve éclairée.*

*Car ce « spectacle de sa propre conscience », Rousseau va
se et nous le donner dans l'acte d'écrire. Entendons ici*
conscience *dans sa double acception, psychologique (ou spirituelle, Rousseau oscillant de l'angoisse à l'extase...) et
morale. En tentant de ressaisir la jouissance passée des
moments délicieux — avant tout, ceux, épars mais si vifs, de
l'enfance et de l'adolescence — l'auteur les actualise dans la
dense limpidité du style : « En me disant : j'ai joui, je jouis
encore*[1]. » *Encore ou* vraiment ? *comme si seul le travail
métaphorique de la mémoire conférait la jouissance, naturellement refusée : « Jouir ? Ce sort est-il fait pour l'homme ? »
« Non la nature ne m'a point fait pour jouir. »*

*

Si le seul souci de disculpation faisait vibrer Les Confessions, *nous aurions depuis longtemps cessé de les lire. Pourquoi souligner d'emblée, comme je l'ai fait, l'intention apologétique ?*

Une remarque d'abord, qui concerne la distribution des
Confessions *en deux parties : leur différence est si manifeste, soutient-on souvent, qu'il faudrait parler de deux
ouvrages et tenir la faible coupure de temps qui sépare leur
rédaction pour un clivage : la première partie serait témoin
de la transparence toujours possible, même si elle est toujours
compromise. La seconde serait de façon croissante marquée,
sous l'emprise des thèmes persécutifs, par l'affrontement de
l'obstacle ; le ton en est parfois difficile à supporter pour le
lecteur qui, après avoir été sous le charme, se voit convoqué
à un plaidoyer : on lui remet des liasses, des lettres, on le sai-
sit d'un dossier.*

1. *Art de jouir et autres fragments,* La Pléiade, p. 1174.

Une opposition tranchée entre les deux parties ne me paraît pourtant pas soutenable ; nous lisons, au moins rétroactivement, la première comme préfigurant la seconde. Même les passages les plus « charmants », purs reflets d'un cœur sensible[1], et les plus capables de soutenir le mythe d'une enfance innocente, ou innocemment perverse, prennent un autre sens dans la mesure où ils sont écrits par un homme qu'habite une obsession personnelle et théorique. L'auteur du Discours sur l'inégalité, *dénonçant la société malfaisante, est bien le même que celui, qu'écorche la souffrance, des* Confessions. La puissance des Confessions *ne leur vient-elle pas, pour une large part, de cette imprégnation mutuelle du « système » et du « vécu » : les* Discours *sont témoignage autobiographique et l'autobiographie est discours. Encore le mot d'interrelation est-il faible, fusion conviendrait mieux. Que l'on songe par exemple à la fameuse illumination de Vincennes, si proche de l'expérience mystique ou du ravissement sensuel, quand Rousseau feuilletant le* Mercure de France, *tombe sur la question de l'Académie de Dijon :* Si le progrès des sciences et des arts a contribué à corrompre ou à épurer les mœurs. « Une violente palpitation m'oppresse, soulève ma poitrine ; ne pouvant plus respirer en marchant, je me laisse tomber sous un des arbres de l'avenue, et j'y passe une demi-heure dans une telle agitation qu'en me relevant j'aperçus tout le devant de ma veste mouillé de mes larmes sans avoir senti que j'en répandais[2]. »*

Et puis — deuxième remarque — on semble oublier, quand on valorise la différence entre les deux parties, que

1. Parlant d'un homme pour qui sa toilette était une « grande affaire » et qui « mettait du blanc » tout en se piquant de « rien tant que de sensibilité d'âme et d'énergie du sentiment », Rousseau s'exclame : « Eh mon Dieu ! celui qui sent embraser son cœur de ce feu céleste cherche à l'exhaler et veut montrer le dedans. Il voudrait mettre son cœur sur son visage ; il n'imaginera jamais d'autre fard. » Nul doute que Rousseau évoque ainsi lui-même et l'entreprise des *Confessions* : « montrer le dedans ». Mais quel aveu involontaire ! mettre son cœur sur son visage est un fard...

2. Deuxième lettre à M. de Malesherbes. L'épisode est relaté plus sèchement dans le livre VIII des *Confessions*.

l'emprise de la persécution est déjà ancienne quand Rousseau commence à rédiger Les Confessions. *Étrange paradoxe, et bien révélateur de sa personne comme de son art : il en vient à confondre, et nous avec lui, la période évoquée dans le récit avec le moment où il écrit. Le narrateur — justement parce qu'il s'interdit les privilèges d'une narration survolant une vie qui serait elle-même déjà vouée au récit — se situe dans le temps que son écriture rend présent. Rousseau et son lecteur sont contemporains l'un de l'autre et contemporains de ce qui l'occupe. La raison de la discordance entre les deux parties des* Confessions *n'est pas à chercher dans une aggravation du « délire » de l'écrivain mais dans l'organisation interne de l'œuvre. Il n'est pas sûr que sa réalité intérieure et le monde extérieur se soient radicalement altérés ; la position narcissique reste immuable, ce qui change, c'est l'orientation du vecteur... Premier temps : Rousseau rapporte à lui le monde ambiant ; c'est le temps du sentir, de l'évoqué, de la manie ambulante, où l'illusion, la honte, la misère, la souffrance même lui appartiennent ; les personnages réels se muent immédiatement en figures personnelles et c'est pourquoi ils sont, même les plus falots, chargés pour nous lecteurs, de romanesque. Deuxième temps : Rousseau se protège du monde ambiant, qu'il ne peut plus reconnaître comme sien ; il refuse de s'assimiler même à sa propre existence car il se sent comme contraint de la mener : elle lui est confisquée ; il se défend et contre-attaque pour tenir à distance l'intrus, équivalent de l'agresseur. Rarement le double sens, psychologique et social, du mot aliénation ne s'est ainsi vérifié. Mais dans les deux temps, c'est tout au long l'espace de son propre moi qui est en cause : espace d'abord dilaté, sans frontières, jusqu'à englober toute la nature ; puis espace rétréci, menacé, proche du cauchemar où le dehors envahit le dedans...*

Si la plupart des lecteurs préfèrent les premiers livres, c'est que leur plaisir y est assuré par la place de choix que leur assigne l'auteur (place qui devient très inconfortable dans la seconde partie... A-t-on assez pensé que le plaisir du lecteur venait de la façon dont il était traité ?). Ce qui s'y laisse entrevoir d'apologie, d'exhibition et de disculpation mêlées,

— voici mon cœur ouvert, voici mon livre ouvert, lisez et jugez-moi — n'écrase jamais alors le pur récit. Inépuisable enchantement de ces pages... non, ne les qualifions pas. Demandons-nous seulement comment ce miracle du style a pu s'accomplir, et se perdre. Les moments « courts mais délicieux à tous égards » le sont aussi pour nous. Qu'ils aient été vécus ou remémorés comme tels par Rousseau importe peu, le jeu de la mémoire ne faisant que multiplier leurs effets comme en un miroir. L'aqueduc, la cueillette des cerises, les privautés du Maure de Turin et le téton borgne de la courtisane de Venise, le verre répandu sur Mlle de Breil et la fontaine de Héron, le miroir de Mme Basile et la natte à ses pieds, tous ces fiascos et ces exploits, tous ces « transports » et ces « ravissements » plus chers que les grandes circonstances, nous les connaissons par cœur ; ils sont les signes sensibles du livre, chaîne d'éléments discrets plus parlante que la chaîne, massive, des malheurs. En un sens tout événement, pour Rousseau, se mue en malheur, car il vient du dehors ; et tout signe sensible, en promesse de bonheur, car il s'inscrit dans son propre espace. C'est que le récit est essentiellement succession d'épiphanies, d'apparitions : éclosion renouvelée du souvenir ; et le plaisir, manifeste, d'écrire ou de lire, est ici porté par celui d'animer, dans un suspens auquel l'écriture sait conférer une fragile immobilité, une autre et parallèle éclosion : celle du désir. Si Rousseau excelle et s'attarde à l'évocation de ses jeunes années, n'est-ce pas parce que c'est le temps, non de la jouissance de la possession, mais de la jouissance du désir — et même du désir du désir ?

*

Si l'autobiographie devait être définie comme la mise en récit de sa propre vie, alors rien, en un sens, de moins autobiographique que Les Confessions ! Car il y manque l'essentiel du genre, qui est le mouvement vers l'avant, la continuité, l'histoire d'une vie. (Toute narration historique, axée sur le temps, accentue ces traits, les faisant apparaître comme nécessaires : elle échappe rarement aux catégories biologiques.) Le lecteur des Confessions se souvient de moments

*et de lieux, de départs et de séjours (Genève, Les Charmettes,
l'Ermitage, etc.), il n'a jamais la possibilité de suivre un
parcours. Nous assistons, nous adhérons parfois, à une existence en procès, nous ne nous identifions pas au processus
d'une vie. Un critique l'a justement noté : «Pour la plupart
de ses lecteurs, la biographie de Rousseau n'est qu'une collection d'aventures distinctes*[1].*» Il faudrait ajouter : pour
Rousseau aussi, s'il lui prenait l'envie — et qui ne l'éprouve
à un moment ou l'autre ? — de* lire sa propre vie, *de trouver dans son dessin figure et direction. Et, en ce sens-là,* Les
Confessions *sont bien le modèle de l'autobiographie dans sa
visée première : c'est précisément — au-delà du projet manifeste de se disculper par l'aveu — parce qu'il n'a pas eu de
biographie, parce qu'il ne peut pas trouver son identité à travers ce qui lui est arrivé et ce qu'il a fait, que Rousseau se
voit comme contraint de s'écrire lui-même, afin de* créer sa
vie.*

Cette quête d'une identité, Rousseau ne saurait l'accomplir
dans une histoire avec ce qu'elle implique de maturation progressive. Bien que le jeune Rousseau nous relate toute sorte
d'apprentissages — en gravure, en musique, en botanique,
en amour — rien de plus éloigné de ces romans dits de formation ou d'«années d'apprentissage» où l'individu finit, à
travers la diversité des milieux sociaux, des métiers, des rencontres, par s'identifier à lui-même et par se situer dans le
monde social en trouvant un état. La* Bildung *est à la fois
«formation» de soi et «socialisation». Or c'est ce que Rousseau ressent comme une contradiction, devinant confusément
très tôt qu'il se perdrait en se situant, qu'il opérerait alors en
lui la fatale séparation de la Nature et de la Société. Si nous
ne nous reportions pas à une chronologie, nous serions souvent bien en peine, tout au long de la première partie des*
Confessions, *de discerner l'âge de Rousseau dans telle ou
telle circonstance. C'est que ses aventures sont aussi bien
répétition cyclique qu'éternel recommencement. A nous, lecteurs, elles peuvent apparaître comme répétition d'un départ-
retour qui trouverait une fois pour toutes son modèle dans le*

1. Georges May, dans son *Rousseau par lui-même*, éd. du Seuil.

*séjour trouvé, quitté, retrouvé, reperdu auprès de Mme de
Warens ; mais on ne compte pas les passages où il indique
qu'il y a là, pour lui, un événement décisif à partir duquel
tout le cours de son existence, ou même l'essence de son caractère, aurait été définitivement altéré : il ne serait plus lui.
Exemples entre mille : « Cette époque de ma vie a décidé de
mon caractère. » « Ce premier moment décida de moi pour
toute ma vie et produisit par un enchaînement inévitable le
destin du reste de mes jours. » « Avec celui-ci [il s'agit du
livre VIII] commence dans sa première origine la longue
chaîne de mes malheurs. » Et encore (il a quarante-deux
ans) : « ... la première expérience qui ait porté atteinte au
naturel pleinement confiant avec lequel j'étais né. »*

*A quoi correspond cette conviction qui relie, comme dans
une sorte de « collage affectif », première fois, chaîne d'événements contraires, consommation d'une rupture avec un
avant qui ne se laisse jamais saisir ? Car, dès les premières
lignes, nous sommes prévenus : l'origine de ses malheurs est
contemporaine de sa venue au monde. A mon sens, le sentiment de la nostalgie ne peut pas être présent chez Rousseau,
même s'il le suscite chez son lecteur. L'avant n'est invoqué
que pour repérer le moment, exalté, de la rupture. On
connaît la prégnance du « fantasme des origines » chez
Rousseau ; il opère bien au-delà de son histoire personnelle :
origine de la société, des langues, de l'éducation. Mais faut-
il le rapporter à des coordonnées temporelles ? Séparation,
effraction, intrusion : c'est là le modèle imaginaire du trau-
matisme. Le moi, chez Rousseau, est un lieu, non un agent ;
il est espace plus que temps.*

*

*La séparation est d'emblée muée en signe du destin. Soit
l'épisode où le petit Rousseau, au retour d'une de ses courses,
trouve les portes de la ville de Genève fermées. Le bon sens
dira qu'il pouvait attendre qu'elles se rouvrent au matin ;
c'est d'ailleurs la solution qu'adoptent ses compagnons. Mais
Rousseau ? « Je frémis en voyant en l'air ces cornes terribles,
sinistre et fatal augure du sort inévitable que ce moment*

commençait pour moi. » Il décide sur l'heure de quitter Genève : séparation voulue donc, et même recherchée. Goût irrésistible de la liberté vagabonde, refus insolent (*il a seize ans*) de s'établir (*comme artisan*) ? Sans doute, mais pouvons-nous négliger ce qui déclenche la fugue : des portes fermées ? il se trouve, littéralement, mis à la porte[1]. Aussitôt s'opère le retournement : c'est lui qui s'en va, anticipant et comme conjurant tout rejet. L'identification héroïque est ici patente et paraît justifiée : il fallait du courage à ce gamin. Mais le même mécanisme, le même orgueil sont à l'œuvre dans les circonstances où Rousseau se fait chasser de son emploi (*ambassade de Venise, par exemple*) ou de sa résidence. Toute sa vie est jalonnée de renvois et de refus, de séparations et d'exclusions.

Mais parler d'exclusion, n'est-ce pas se référer implicitement à des lieux privilégiés, à un territoire qui serait mien ? Nous trouvons en nous-mêmes la preuve de l'importance des lieux pour Rousseau puisque, deux siècles plus tard, nous les percevons à la fois comme lieux réels et fictifs, lieux de littérature et lieux géographiques — les Charmettes, l'Ermitage, l'île Saint-Pierre.

La nature de ces lieux demanderait à être précisée. Ils ne me paraissent pas marqués de clôture, comme c'est souvent le cas pour les maisons, les jardins, les greniers de l'enfance, lieux qui sont alors tout imprégnés de nostalgie. Ce n'est pas non plus qu'ils servent à suspendre le temps, qu'ils soient valorisés en tant qu'ils résisteraient à l'érosion de l'existence. Et n'évoquons pas non plus trop vite la mère absente pour y

1. On sera sensible aussi aux termes (soulignés par moi) qui viennent sous la plume de Rousseau commentant après coup sa décision. « Cet état [de graveur] [...] eût *borné* mon ambition pour le reste de mes jours [...] il m'eût contenu dans *ma sphère* sans m'offrir aucun *moyen d'en sortir*. Ayant une imagination assez riche pour orner de ses chimères tous les états, assez puissante pour me *transporter*, pour ainsi dire, à mon gré *de l'un à l'autre*, il m'importait peu dans lequel je fusse en effet. » (Livre Premier, p. 77.)

On pourra rapprocher ces lignes de la formulation abrupte de l'*Émile* : « Le monde réel a ses bornes, le monde imaginaire est infini. »

voir des substituts du lieu maternel ; il est difficile de ne pas percevoir une intention un peu dérisoire dans l'appellation de « maman » complaisamment donnée à Mme de Warens[1].

On trouvera chez Rousseau lui-même bien des indications sur ce qu'il désigne comme mémoire locale. C'est ainsi qu'il évoque « certains états d'âme qui ne tiennent pas seulement aux événements de ma vie mais aux objets qui m'ont été les plus familiers durant ces événements ». L'événement compte moins que la familiarité, seule capable, avec le ravissement, d'effacer la frontière entre moi et l'extérieur : je me retrouve dans ce paysage, dans cette odeur, dans cette musique ; ou plutôt l'événement ne compte que s'il introduit ou rompt cette familiarité. Les lieux sont pour Rousseau autant de figures de lui-même. Il peut les rendre si extraordinairement présents tant qu'il ne s'y sent pas menacé. Façon de nous laisser entendre que s'il n'y avait point intrusion (et donc attaque) d'autrui — si les autres n'étaient pas mus par leurs propres désirs —, que si, lui, Rousseau s'était vu laisser le droit de déterminer lui-même son mode d'existence, il aurait pu, tant ses exigences étaient simples, vivre en harmonie. Il ne demande rien, il se veut passif.

On m'objecte : vous faites de Rousseau un sédentaire, alors qu'il n'a jamais tenu en place, par contrainte ou de son gré. Assurément sa vie fut aventureuse, sans être celle d'un aventurier, vagabonde, errante. Mais il fut pareillement sédentaire. S'il bouge, c'est pour fuir un lieu qui risque de l'emprisonner et toute forme de vie, tout métier, à commencer par celui d'écrivain, tout état, après un temps, lui donnent ce sentiment ; il faut donc qu'il se réfugie ailleurs, mais voici que le lieu de refuge, à son tour, se transforme en prison. Il doit s'échapper. On parle des voyages du jeune Rousseau mais j'ai été frappé, à les relire, de ce qu'ils sont loin de notre idée du voyageur, soucieux de petits faits vrais, amoureux du dépaysement, amateur de rencontres et d'expériences nouvelles. Rousseau, lui, se voyage ; paradoxalement, ses allées et venues sont moins recherche d'autres êtres humains

1. Appellation d'ailleurs courante à l'époque pour désigner la compagne ou la maîtresse.

dont l'étrangeté, la différence accentueraient l'altérité, qu'occasion de vie immédiate, mise à distance de cet autrui qui
risque de prendre possession de moi, y installant du même
coup la division.

Aussi le voyons-nous, tout au long des années de jeunesse,
non pas, si l'on peut dire, délibérément instable, mais se laissant porter par les événements : vie indéterminée, ballottée
d'un métier, d'une ville, d'un objet à l'autre — versant pica-
resque —, mais qu'on pourrait aussi décrire — versant sten-
dhalien —- comme fort soucieuse des « moyens de parvenir »
(bien des faits en témoignent). Le seul projet qui, parmi tant
d'autres, avortés ou voués à l'échec rapide, garde quelque
consistance est celui de la notation musicale chiffrée et la
seule compétence que Rousseau voudra, non sans ostentation, reconnaître comme sienne, est celle de copiste. Qu'est-ce
qui a fait qu'il n'a pas été un velléitaire ? une obstination
forcenée à n'être que soi. Dans la « marginalité » puis dans
l'opposition de Rousseau à l'ordre des choses (= aux règles
du jeu social) — rappelons que cette opposition ne s'affirme
jamais avec autant de vigueur qu'au moment où il connaît
le succès, moment où il refuse une pension du roi et où il
accomplit sa « réforme » —, il entre une force qui, même si
elle se nourrit de son infatuation, est bien irréductible : il
revendiqua, dans un mouvement de défi au monde, le beau
nom de « barbare ».

Recherche passionnée de l'unité, instauration d'une
communication immédiate, que s'interdisent les humains,
poursuite d'une identité que l'œuvre ne saurait suffire à
assurer[1], ces visées si proches l'une de l'autre paraissent
tendre à nier tout conflit irréductible. Peut-être le tragique de
l'existence de Rousseau tient-il à ce qu'il n'en reconnaît pas

1. M. Raymond et B. Gagnebin nous rappellent, dans leur
introduction aux *Confessions*, comment Rousseau, au sortir de sa
crise de 1757 (séparation de Mme d'Houdetot, brouille avec
Grimm et Diderot, départ de l'Ermitage), a cru trouver le salut
dans la création de ses grands livres. *La Nouvelle Héloïse*, l'*Émile*,
Du Contrat social seront publiés presque coup sur coup (en 61 et
62). Bien que Rousseau eût conscience de son génie, l'écrivain,
pour lui, n'est pas l'homme.

trace en lui-même : *le conflit se situe entre lui-même et les autres ; mais ce qu'il perçoit en lui, ce n'est pas le conflictuel — entre des forces contraires —, c'est le dissemblable. Il écrit quelque part :* « *Rien n'est si dissemblable à moi que moi-même.* » *Formule qui serait banale sous la plume d'un autre mais dont on doit, touchant Rousseau, faire ressortir la contradiction : le dissemblable à moi, c'est moi-même. Ajoutons :* il faut *que ce soit moi-même afin que dans mon espace privé, il y ait, comme dans un paysage bien fait dont on ne sait s'il est l'œuvre du jardinier ou d'un arrangement naturel, assez de disparité pour me mettre en mouvement et la protection suffisante pour tenir à l'écart la violence sauvage du dehors, radicale altérité. Le moi-*même *doit demeurer, et le fait est que dans cette multiplicité de séjours et de fugues, d'emplois et de rencontres, d'amitiés et de brouilles, de folies fugaces et de brûlants délires, qu'est le récit des* Confessions, *le fait est qu'à travers cette extraordinaire succession, Rousseau reste étrangement le même. Ce double aveu du semblable et du dissemblable doit le disculper à ses yeux comme aux nôtres. Dissemblable : il ne saurait être tout entier présent dans l'ensemble de ses actions (elles le surprennent parfois, en spectateur) ; mais semblable implique qu'au-delà des accidents de l'existence, il revendique une essence qui, elle, est vertu foncière.*

Ce sens aigu de la dissemblance au sein de soi, Rousseau lui donne, en passant, une formulation plus énigmatique qu'il ne paraît (c'est toujours ainsi chez Rousseau : la profondeur est à la surface, pas de brouillards dans ses paysages). Parlant, à propos de sa relation avec Thérèse Le Vasseur — finalement la seule relation stable qu'il ait pu soutenir — de son besoin inextinguible « *d'une société intime et aussi intime qu'elle pouvait l'être* », *il précise dans un aveu qui nous fait approcher son secret :* « *Ce besoin singulier était tel, que la plus étroite union des corps ne pouvait encore y suffire : il m'aurait fallu deux âmes dans le même corps ; sans cela je sentais toujours du vide*[1]. » Deux âmes

---

1. Liv. IX, p. 502. On trouverait des formules très voisines sous la plume de Diderot. Par exemple : « Il y a vingt ans que je me crois un en deux personnes » (Lettre à Grimm du 15 mai 1772). Le fonctionnement du *couple* Rousseau-Diderot — amitié passion-

dans le même corps, *le sien ; vœu impossible, dont seul
l'accomplissement réduirait le vide intérieur, assurerait la
complétude ; fantasme d'un être duel, homme et femme, sans
doute sous-jacent à ce qu'on peut présumer avoir été la vie
sexuelle de Rousseau*[1] *: assurément pauvre, rêverie du promeneur solitaire qui autorise tous les rôles et trouve dans des
situations triangulaires l'occasion privilégiée de sa mise en
scène* (*entre beaucoup d'autres : avec Claude Anet et M*^me *de
Warens, avec M*^me *d'Houdetot et son amant, mais aussi avec
Thérèse et sa mère*).

*

*D'innombrables commentateurs s'acharnent à tenter de rec-
tifier le récit des « brouilles » de Rousseau : sa version est-elle
la bonne ? dans quelle mesure déforme-t-il les faits ? Ce souci
ne concerne pas seulement les affaires litigieuses ; à la limite
il s'étend sur tous les faits que rapportent* Les Confessions
*comme si le lecteur se sentait contraint d'aller vérifier par
l'investigation dans le « réel » les dires de Rousseau. Tentation à laquelle on ne résiste jamais tout à fait, surtout
quand l'allure de procès s'accentue et que l'auteur lui-même
— voir, par exemple, l'affaire de l'Ermitage — produit des
pièces à conviction ; comment alors ne pas consulter les
pièces de l'adversaire ? Mais comment ne pas percevoir aussi
la vanité d'une telle enquête ? D'abord, à deux siècles de distance des disputes et de leurs enjeux, de quelle place idéale
évaluerions-nous le pour et le contre ? Et surtout, ce serait
radicalement ignorer la puissance propre du délire de Rousseau. Ses contemporains, son entourage l'ont sentie comme
s'il ne leur restait que cette alternative : ou confirmer le délire
en incarnant le rôle de l'hypocrite et du méchant ou bien le
récuser comme étant l'œuvre d'un malade et rejeter du même
coup son auteur.*

---

née comme actualisation de cette dualité — mériterait une étude
à part.
1. Le texte des *Confessions* livrera au lecteur intéressé par ce
sujet bien des indications directes ou indirectes.

Poser le diagnostic de paranoïa ne ferait que renforcer l'illusion inhérente à la position du tiers objectif : ce que détecte le paranoïaque est le plus souvent la vérité latente de l'autre. C'est qu'il témoigne d'autant de clairvoyance en ce qui concerne autrui que d'aveuglement en ce qui concerne lui-même et rien n'est plus inefficace que de prétendre redresser les « projections » de cet aveugle extra-lucide comme s'il s'agissait de perceptions erronées. Qui plus est, la réalité accrédite, toujours, en définitive, sa conviction : le comportement de Grimm et de Hume, ou même celui de Diderot, ne finissent-ils pas par justifier la méfiance de Rousseau ? Mais, à l'inverse, nous ne saurions conclure de ce que Rousseau a été effectivement *persécuté — ce qui est l'évidence — qu'il n'était pas aussi « persécutif » qu'on l'a cru.*

Le lecteur de la seconde partie des Confessions *resterait dans ce cercle, s'il s'obstinait à vouloir démêler telle ou telle « affaire », tour à tour avocat et procureur ; mais il en sort pour peu qu'il consente à entendre dans les différents temps de l'œuvre les modulations d'une même voix, pour peu qu'il se fie aussi à ce qu'elle suscite en lui, alternativement ou simultanément, de proximité et de distance.*

Évoquant les « brûlantes extases » qu'il connut tandis qu'il écrivait La Nouvelle Héloïse, *Rousseau constate lucidement : « On était loin de concevoir à quel point je puis m'enflammer pour des êtres imaginaires[1]. » Cet « on » n'est assurément pas le lecteur des* Confessions *: du vert paradis des amours enfantines à l'enfer noir des passions tardives, dans la gamme des mouvements de l'âme et des émois, à commencer par la honte délicieuse, ne cesse de « brûler » l'imaginaire. Mais ce que méconnaît Rousseau, tout en nous en rendant témoins, c'est l'autre versant, à savoir son mode de relation aux êtres réels : besoin compulsif d'attachement, vite suivi d'un rejet non moins passionné qui rompt tout lien ; cycle constant qui le fait toujours plus* seul *(et désolé) mais aussi toujours plus* unique *(et triomphant). Il lui faut*

1. *Les Confessions*, p. 652.

être proscrit *de l'espace social — l'espace des autres — pour pouvoir circonscrire le sien propre*[1].

Avancer que Rousseau a voulu son isolement serait scandaleusement effacer le prix de meurtrissures et de souffrance qu'il a dû payer. On n'oubliera pas pourtant qu'au sein même des années « heureuses », c'est dans les mouvements de son âme, dans sa rêverie solitaire — comme en circuit fermé — qu'il se reconnaît : accord avec soi qui ne laisse aux personnes réelles qu'une fonction d'occasion stimulante pour un plaisir psychique obtenu en vase clos[2]. *Qu'il soit rejeté par l'une d'elles, ou qu'il la quitte, n'a pas d'effet profond : Rousseau n'a jamais à faire son deuil de l'objet perdu car l'objet-personne est avant tout pour lui figure d'une relation qui puisse servir son propre fonctionnement. Voyez comment il motive — ou justifie — son choix de Thé-*

1. Rien n'en témoigne mieux que les lignes admirables qui ouvrent la *Première promenade* : « Me voici donc seul sur la terre, n'ayant plus de frère, de prochain, d'ami, de société que moi-même [...] Les voilà donc étrangers, inconnus, nuls enfin pour moi puisqu'ils l'ont voulu. Mais moi, détaché d'eux et de tout, que suis-je moi-même ? » Pour que la question fondamentale de l'identité puisse resurgir, nue, il a fallu que Rousseau ait pu régler ses comptes, avec ses contemporains et lui-même, dans *Les Confessions*.
2. J'emprunte ces derniers termes à Christian David qui a tenté de dégager, sous l'appellation de « perversion affective », un type particulier de fonctionnement psychique (in *La Sexualité perverse*, Payot, 1972). La plupart des points de sa description éclairent singulièrement la personnalité de Rousseau, bien qu'il n'y soit pas fait référence : fétichisme interne, intensification du plaisir psychique corrélative d'un affaiblissement, voire d'un empêchement de l'orgasme, contraste entre la pauvreté de la vie sexuelle et l'intensité de la richesse émotionnelle ; lien de cette « auto-affectation ingénieuse et raffinée de la sensibilité » avec le narcissisme et le masochisme. On doit voir dans l'ensemble de ces traits autant de manifestations d'une « délectation d'essence perverse, dans la mesure où la contemplation à distance et le jeu de la rêverie sont non seulement rendus préférables à la concrétisation du plaisir et à la possession effective de l'objet du désir, mais bel et bien intensément ressentis comme tels ». Si notre propos avait été d'analyser le *cas* Rousseau, nous aurions incontestablement trouvé dans de telles indications des repères sûrs.

*rèse : « Il fallait, pour tout dire, un successeur à Maman ;
puisque je ne devais plus vivre avec elle, il me fallait quelqu'un qui vécût avec son élève, et en qui je trouvasse la simplicité, la docilité de cœur qu'elle avait trouvée en moi. »* On
ne saurait mieux dire : aux deux bouts de la chaîne, c'est
son « moi » que Rousseau retrouve, les autres n'ayant que
valeur de relais. Il faut aussi qu'ils soient susceptibles d'in-
carner un habitat : la série des «protecteurs», y compris
Mme de Warens, inexistante hors de la maison d'Annecy ou
des Charmettes, est étroitement associée aux territoires, à
l'asile qu'ils ont offert à Rousseau. Occasion, relais, lieu,
autrui se voit en fait subtilement nié dans sa propre réalité et
l'on est tenté de reconnaître dans la progressive mise au ban
de la personne de Rousseau, qui le niait à son tour, comme
une formidable et massive rétorsion : Rousseau — cet autodi-
dacte, rappelons-le — s'est toujours trouvé plus justifié de ne
faire confiance qu'à lui seul, de ne se « nourrir que de sa
propre substance¹ ».*

Mais nous, lecteur de ses Confessions, nous n'avons ni à
l'absoudre ni à sonder ses reins et son cœur (forme moderne
de la persécution). Ni à faire effraction dans son espace, ni
à nous en tenir à prudente distance : plutôt nous ouvrir au
sien, pour étendre le nôtre. Ce que le destin ou lui-même lui
ont refusé, nous pouvons nous l'offrir : demeurer, tout au
long de sa course exaltée et de ses haltes sans repos, son
proche compagnon. Car reconnaître Rousseau dans sa différence, c'est aussi comme une chance de naître à nous-même.
Avec lui, c'est toujours, effectivement, la première fois...

J.-B. Pontalis.

---

1. Ce sont là les termes exacts d'une de ses lettres.

Les Confessions

PREMIÈRE PARTIE

Voici le seul portrait d'homme, peint exactement d'après nature et dans toute sa vérité, qui existe et qui probablement existera jamais. Qui que vous soyez, que ma destinée ou ma confiance ont fait l'arbitre du sort de ce cahier, je vous conjure par mes malheurs, par vos entrailles, et au nom de toute l'espèce humaine, de ne pas anéantir un ouvrage unique et utile, lequel peut servir de première pièce de comparaison pour l'étude des hommes, qui certainement est encore à commencer, et de ne pas ôter à l'honneur de ma mémoire le seul monument sûr de mon caractère qui n'ait pas été défiguré par mes ennemis. Enfin, fussiez-vous, vous-même, un de ces ennemis implacables, cessez de l'être envers ma cendre, et ne portez pas votre cruelle injustice jusqu'au temps où ni vous ni moi ne vivrons plus, afin que vous puissiez vous rendre au moins une fois le noble témoignage d'avoir été généreux et bon quand vous pouviez être malfaisant et vindicatif : si tant est que le mal qui s'adresse à un homme qui n'en a jamais fait ou voulu faire, puisse porter le nom de vengeance.

J.-J. Rousseau.

LIVRE PREMIER

Intus, et in cute[1].

Je forme une entreprise qui n'eut jamais d'exemple et dont l'exécution n'aura point d'imitateur. Je veux montrer à mes semblables un homme dans toute la vérité de la nature ; et cet homme ce sera moi.

Moi, seul. Je sens mon cœur et je connais les hommes. Je ne suis fait comme aucun de ceux que j'ai vus ; j'ose croire n'être fait comme aucun de ceux qui existent. Si je ne vaux pas mieux, au moins je suis autre. Si la nature a bien ou mal fait de briser le moule dans lequel elle m'a jeté, c'est ce dont on ne peut juger qu'après m'avoir lu.

Que la trompette du Jugement dernier sonne quand elle voudra, je viendrai, ce livre à la main, me présenter devant le souverain juge. Je dirai hautement : « Voilà ce que j'ai fait, ce que j'ai pensé, ce que je fus. J'ai dit le bien et le mal avec la même franchise. Je n'ai rien tu de mauvais, rien ajouté de bon, et s'il m'est arrivé d'employer quelque ornement indifférent, ce n'a jamais été que pour remplir un vide occasionné par mon défaut de mémoire ; j'ai pu supposer vrai ce que je savais avoir pu l'être, jamais ce que je savais être faux. Je me suis montré tel que je fus ; méprisable et vil quand je l'ai été, bon, généreux,

sublime, quand je l'ai été : j'ai dévoilé mon intérieur
tel que tu l'as vu toi-même. Être éternel, rassemble
autour de moi l'innombrable foule de mes semblables ; qu'ils écoutent mes confessions, qu'ils gémissent
de mes indignités, qu'ils rougissent de mes misères.
Que chacun d'eux découvre à son tour son cœur aux
pieds de ton trône avec la même sincérité ; et puis
qu'un seul te dise, s'il l'ose : *Je fus meilleur que cet
homme-là.* »

Je suis né à Genève en 1712, d'Isaac Rousseau,
citoyen, et de Suzanne Bernard, citoyenne. Un bien
fort médiocre à partager entre quinze enfants ayant
réduit presque à rien la portion de mon père, il
n'avait pour subsister que son métier d'horloger, dans
lequel il était à la vérité fort habile. Ma mère, fille du
ministre Bernard était plus riche ; elle avait de la
sagesse et de la beauté ; ce n'était pas sans peine que
mon père l'avait obtenue. Leurs amours avaient
commencé presque avec leur vie : dès l'âge de huit à
neuf ans ils se promenaient ensemble tous les soirs
sur la Treille[1] ; à dix ans ils ne pouvaient plus se quitter. La sympathie, l'accord des âmes affermit en eux
le sentiment qu'avait produit l'habitude. Tous deux,
nés tendres et sensibles, n'attendaient que le moment
de trouver dans un autre la même disposition, ou plutôt ce moment les attendait eux-mêmes, et chacun
d'eux jeta son cœur dans le premier qui s'ouvrit pour
le recevoir. Le sort, qui semblait contrarier leur passion, ne fit que l'animer. Le jeune amant, ne pouvant
obtenir sa maîtresse, se consumait de douleur ; elle lui
conseilla de voyager pour l'oublier. Il voyagea sans
fruit, et revint plus amoureux que jamais. Il retrouva
celle qu'il aimait tendre et fidèle. Après cette épreuve,
il ne restait qu'à s'aimer toute la vie, ils le jurèrent, et
le ciel bénit leur serment.

Gabriel Bernard, frère de ma mère, devint amoureux d'une des sœurs de mon père ; mais elle ne
consentit à épouser le frère qu'à condition que son
frère épouserait la sœur. L'amour arrangea tout, et les

deux mariages se firent le même jour[1]. Ainsi mon
oncle était le mari de ma tante, et leurs enfants furent
doublement mes cousins germains. Il en naquit un de
part et d'autre au bout d'une année ; ensuite il fallut
encore se séparer.

Mon oncle Bernard était ingénieur : il alla servir
dans l'Empire et en Hongrie sous le prince Eugène[2].
Il se distingua au siège et à la bataille de Belgrade.
Mon père, après la naissance de mon frère unique,
partit pour Constantinople, où il était appelé, et
devint horloger du sérail. Durant son absence, la
beauté de ma mère, son esprit, ses talents[*], lui attirè-
rent des hommages. M. de la Closure, résident de
France, fut des plus empressés à lui en offrir. Il fallait
que sa passion fût vive, puisqu'au bout de trente ans
je l'ai vu s'attendrir en me parlant d'elle. Ma mère
avait plus que de la vertu pour s'en défendre, elle
aimait tendrement son mari ; elle le pressa de revenir : il quitta tout et revint. Je fus le triste fruit de ce
retour. Dix mois après, je naquis infirme et malade ;
je coûtai la vie à ma mère, et ma naissance fut le premier de mes malheurs.

Je n'ai pas su comment mon père supporta cette
perte, mais je sais qu'il ne s'en consola jamais. Il
croyait la revoir en moi, sans pouvoir oublier que je la
lui avais ôtée ; jamais il ne m'embrassa que je ne sentisse à ses soupirs, à ses convulsives étreintes, qu'un
regret amer se mêlait à ses caresses : elles n'en étaient

---

* Elle en avait de trop brillants pour son état, le ministre son
père qui l'adorait ayant pris grand soin de son éducation. Elle
dessinait, elle chantait, elle s'accompagnait du théorbe, elle avait
de la lecture et faisait des vers passables. En voici qu'elle fit
impromptu dans l'absence de son frère et de son mari, se promenant avec sa belle-sœur et leurs deux enfants, sur un propos
que quelqu'un lui tint à leur sujet :

> *Ces deux Messieurs qui sont absents*
> *Nous sont chers de bien des manières ;*
> *Ce sont nos amis, nos amants ;*
> *Ce sont nos maris et nos frères,*
> *Et les pères de ces enfants.*

que plus tendres. Quand il me disait : « Jean-Jacques, parlons de ta mère », je lui disais : « Hé bien ! mon père, nous allons donc pleurer », et ce mot seul lui tirait déjà des larmes. « Ah ! disait-il en gémissant, rends-la-moi, console-moi d'elle, remplis le vide qu'elle a laissé dans mon âme. T'aimerais-je ainsi si tu n'étais que mon fils ? » Quarante ans après l'avoir perdue, il est mort dans les bras d'une seconde femme, mais le nom de la première à la bouche, et son image au fond du cœur.

Tels furent les auteurs de mes jours. De tous les dons que le Ciel leur avait départis, un cœur sensible est le seul qu'ils me laissèrent ; mais il avait fait leur bonheur, et fit tous les malheurs de ma vie.

J'étais né presque mourant ; on espérait peu de me conserver. J'apportai le germe d'une incommodité que les ans ont renforcée[1], et qui maintenant ne me donne quelquefois des relâches que pour me laisser souffrir plus cruellement d'une autre façon. Une sœur de mon père[2], fille aimable et sage, prit si grand soin de moi, qu'elle me sauva. Au moment où j'écris ceci, elle est encore en vie, soignant, à l'âge de quatre-vingts ans, un mari plus jeune qu'elle, mais usé par la boisson. Chère tante, je vous pardonne de m'avoir fait vivre, et je m'afflige de ne pouvoir vous rendre à la fin de vos jours les tendres soins que vous m'avez prodigués au commencement des miens. J'ai aussi ma mie Jacqueline encore vivante, saine et robuste. Les mains qui m'ouvrirent les yeux à ma naissance pourront me les fermer à ma mort.

Je sentis avant de penser : c'est le sort commun de l'humanité. Je l'éprouvai plus qu'un autre. J'ignore ce que je fis jusqu'à cinq ou six ans ; je ne sais comment j'appris à lire ; je ne me souviens que de mes premières lectures et de leur effet sur moi : c'est le temps d'où je date sans interruption la conscience de moi-même. Ma mère avait laissé des romans. Nous nous mîmes à les lire après souper, mon père et moi. Il n'était question d'abord que de m'exercer à la lecture

par des livres amusants ; mais bientôt l'intérêt devint
si vif, que nous lisions tour à tour sans relâche, et passions les nuits à cette occupation. Nous ne pouvions
jamais quitter qu'à la fin du volume. Quelquefois mon
père, entendant le matin les hirondelles, disait tout
honteux : « Allons nous coucher ; je suis plus enfant
que toi. »

En peu de temps j'acquis, par cette dangereuse
méthode, non seulement une extrême facilité à lire et
à m'entendre, mais une intelligence unique à mon
âge sur les passions. Je n'avais aucune idée des choses,
que tous les sentiments m'étaient déjà connus. Je
n'avais rien conçu, j'avais tout senti. Ces émotions
confuses, que j'éprouvais coup sur coup, n'altéraient
point la raison que je n'avais pas encore ; mais elles
m'en formèrent une d'une autre trempe, et me don-
nèrent de la vie humaine des notions bizarres et
romanesques, dont l'expérience et la réflexion n'ont
jamais bien pu me guérir.

Les romans finirent avec l'été de 1719. L'hiver suivant, ce fut autre chose. La bibliothèque de ma mère
épuisée, on eut recours à la portion de celle de son
père qui nous était échue. Heureusement, il s'y trouva
de bons livres ; et cela ne pouvait guère être autrement, cette bibliothèque ayant été formée par un
ministre, à la vérité, et savant même, car c'était la
mode alors, mais homme de goût et d'esprit. L'*Histoire de l'Église et de l'Empire*, par Le Sueur ; le *Discours*
de Bossuet *sur L'Histoire universelle* ; les *Hommes illustres*,
de Plutarque ; l'*Histoire de Venise*, par Nani ; les *Méta-
morphoses* d'Ovide ; La Bruyère ; les *Mondes*, de Fonte-
nelle ; ses *Dialogues des Morts*, et quelques tomes de
Molière, furent transportés dans le cabinet de mon
père, et je les lui lisais tous les jours, durant son travail. J'y pris un goût rare et peut-être unique à cet
âge. Plutarque surtout devint ma lecture favorite. Le
plaisir que je prenais à le relire sans cesse me guérit
un peu des romans ; et je préférai bientôt Agésilas,
Brutus, Aristide, à Orondate, Artamène et Juba[1]. De

ces intéressantes lectures, des entretiens qu'elles occasionnaient entre mon père et moi, se forma cet esprit libre et républicain, ce caractère indomptable et fier, impatient de joug et de servitude, qui m'a tourmenté tout le temps de ma vie dans les situations les moins propres à lui donner l'essor. Sans cesse occupé de Rome et d'Athènes, vivant pour ainsi dire avec leurs grands hommes, né moi-même citoyen d'une république, et fils d'un père dont l'amour de la patrie était la plus forte passion, je m'en enflammais à son exemple ; je me croyais Grec ou Romain ; je devenais le personnage dont je lisais la vie : le récit des traits de constance et d'intrépidité qui m'avaient frappé me rendait les yeux étincelants et la voix forte. Un jour que je racontais à table l'aventure de Scævola[1], on fut effrayé de me voir avancer et tenir la main sur un réchaud pour présenter son action.

J'avais un frère[2] plus âgé que moi de sept ans. Il apprenait la profession de mon père. L'extrême affection qu'on avait pour moi le faisait un peu négliger, et ce n'est pas cela que j'approuve. Son éducation se sentit de cette négligence. Il prit le train du libertinage, même avant l'âge d'être un vrai libertin. On le mit chez un autre maître, d'où il faisait des escapades comme il en avait fait de la maison paternelle. Je ne le voyais presque point, à peine puis-je dire avoir fait connaissance avec lui ; mais je ne laissais pas de l'aimer tendrement, et il m'aimait autant qu'un polisson peut aimer quelque chose. Je me souviens qu'une fois que mon père le châtiait rudement et avec colère, je me jetai impétueusement entre deux, l'embrassant étroitement. Je le couvris ainsi de mon corps, recevant les coups qui lui étaient portés, et je m'obstinai si bien dans cette attitude, qu'il fallut enfin que mon père lui fît grâce, soit désarmé par mes cris et mes larmes, soit pour ne pas me maltraiter plus que lui. Enfin mon frère tourna si mal, qu'il s'enfuit et disparut tout à fait. Quelque temps après, on sut qu'il étai en Allemagne. Il n'écrivit pas une seule fois. On n'a plus eu de ses nouvelles depuis ce temps-là, et voilà comment je suis demeuré fils unique.

Si ce pauvre garçon fut élevé négligemment, il n'en fut pas ainsi de son frère, et les enfants des rois ne sauraient être soignés avec plus de zèle que je le fus durant mes premiers ans, idolâtré de tout ce qui m'environnait, et toujours, ce qui est bien plus rare, traité en enfant chéri, jamais en enfant gâté. Jamais une seule fois, jusqu'à ma sortie de la maison paternelle, on ne m'a laissé courir seul dans la rue avec les autres enfants, jamais on n'eut à réprimer en moi ni à satisfaire aucune de ces fantasques humeurs qu'on impute à la nature, et qui naissent toutes de la seule éducation. J'avais les défauts de mon âge ; j'étais babillard, gourmand, quelquefois menteur. J'aurais volé des fruits, des bonbons, de la mangeaille ; mais jamais je n'ai pris plaisir à faire du mal, du dégât, à charger les autres, à tourmenter de pauvres animaux. Je me souviens pourtant d'avoir une fois pissé dans la marmite d'une de nos voisines, appelée Mme Clot, tandis qu'elle était au prêche. J'avoue même que ce souvenir me fait encore rire, parce que Mme Clot, bonne femme au demeurant, était bien la vieille la plus grognon que je connus de ma vie. Voilà la courte et véridique histoire de tous mes méfaits enfantins.

Comment serais-je devenu méchant, quand je n'avais sous les yeux que des exemples de douceur, et autour de moi que les meilleures gens du monde ? Mon père, ma tante, ma mie, mes parents, nos amis, nos voisins, tout ce qui m'environnait ne m'obéissait pas à la vérité, mais m'aimait, et moi je les aimais de même. Mes volontés étaient si peu excitées et si peu contrariées, qu'il ne me venait pas dans l'esprit d'en avoir. Je puis jurer que jusqu'à mon asservissement sous un maître, je n'ai pas su ce que c'était qu'une fantaisie. Hors le temps que je passais à lire ou écrire auprès de mon père, et celui où ma mie me menait promener, j'étais toujours avec ma tante, à la voir broder, à l'entendre chanter, assis ou debout à côté d'elle, et j'étais content. Son enjouement, sa douceur, sa figure agréable m'ont laissé de si fortes impressions, que je vois encore son air, son regard, son attitude : je me souviens de ses petits propos caressants ; je dirais comment elle était vêtue et coiffée, sans oublier les deux crochets que ses cheveux noirs faisaient sur ses tempes, selon la mode de ce temps-là.

Je suis persuadé que je lui dois le goût ou plutôt la passion pour la musique, qui ne s'est bien développée en moi que longtemps après. Elle savait une quantité prodigieuse d'airs et de chansons qu'elle chantait avec un filet de voix fort douce. La sérénité d'âme de cette excellente fille éloignait d'elle et de tout ce qui l'environnait la rêverie et la tristesse. L'attrait que son chant avait pour moi fut tel que non seulement plusieurs de ses chansons me sont toujours restées dans la mémoire, mais qu'il m'en revient même, aujourd'hui que je l'ai perdue, qui, totalement oubliées depuis mon enfance, se retracent à mesure que je vieillis, avec un charme que je ne puis exprimer. Dirait-on que moi, vieux radoteur, rongé de soucis et de peines, je me surprends quelquefois à pleurer comme un enfant en marmottant ces petits airs d'une voix déjà cassée et tremblante ? Il y en a un surtout qui m'est bien revenu tout entier quant à l'air ; mais la seconde moitié des paroles s'est constamment refusée à tous mes efforts pour me la rappeler, quoiqu'il m'en revienne confusément les rimes. Voici le commencement et ce que j'ai pu me rappeler du reste :

> Tircis, je n'ose
> Écouter ton chalumeau
> Sous l'ormeau ;
> Car on en cause
> Déjà dans notre hameau
> . . . .
> . . . . un berger
> . . . . s'engager

. . . . sans danger
Et toujours l'épine est sous la rose[1].

Je cherche où est le charme attendrissant que mon
cœur trouve à cette chanson : c'est un caprice auquel
je ne comprends rien ; mais il m'est de toute impossibilité de la chanter jusqu'à la fin sans être arrêté par
mes larmes. J'ai cent fois projeté d'écrire à Paris pour
faire chercher le reste des paroles, si tant est que
quelqu'un les connaisse encore. Mais je suis presque
sûr que le plaisir que je prends à me rappeler cet air
s'évanouirait en partie, si j'avais la preuve que d'autres
que ma pauvre tante Suson l'ont chanté.

Telles furent les premières affections de mon
entrée à la vie : ainsi commençait à se former ou à se
montrer en moi ce cœur à la fois si fier et si tendre,
ce caractère efféminé, mais pourtant indomptable,
qui, flottant toujours entre la faiblesse et le courage,
entre la mollesse et la vertu, m'a jusqu'au bout mis en
contradiction avec moi-même, et a fait que l'absti-
nence et la jouissance, le plaisir et la sagesse, m'ont
également échappé.

Ce train d'éducation fut interrompu par un accident dont les suites ont influé sur le reste de ma vie.
Mon père eut un démêlé avec un M. Gautier, capitaine en France et apparenté dans le Conseil. Ce Gautier, homme insolent et lâche, saigna du nez, et, pour
se venger, accusa mon père d'avoir mis l'épée à la
main dans la ville. Mon père, qu'on voulut envoyer en
prison, s'obstinait à vouloir que, selon la loi, l'accusa-
teur y entrât aussi bien que lui : n'ayant pu l'obtenir,
il aima mieux sortir de Genève, et s'expatrier pour le
reste de sa vie, que de céder sur un point où l'honneur et la liberté lui paraissaient compromis[2].

Je restai sous la tutelle de mon oncle Bernard, alors
employé aux fortifications de Genève. Sa fille aînée
était morte, mais il avait un fils de même âge que
moi[3]. Nous fûmes mis ensemble à Bossey[4], en pension
chez le ministre Lambercier[5], pour y apprendre avec

le latin tout le menu fatras dont on l'accompagne sous le nom d'éducation.

Deux ans passés au village adoucirent un peu mon âpreté romaine, et me ramenèrent à l'état d'enfant. A Genève, où l'on ne m'imposait rien, j'aimais l'application, la lecture ; c'était presque mon seul amusement ; à Bossey, le travail me fit aimer les jeux qui lui servaient de relâche. La campagne était pour moi si nouvelle, que je ne pouvais me lasser d'en jouir. Je pris pour elle un goût si vif, qu'il n'a jamais pu s'éteindre. Le souvenir des jours heureux que j'y ai passés m'a fait regretter son séjour et ses plaisirs dans tous les âges, jusqu'à celui qui m'y a ramené. M. Lambercier était un homme fort raisonnable, qui, sans négliger notre instruction, ne nous chargeait point de devoirs extrêmes. La preuve qu'il s'y prenait bien est que, malgré mon aversion pour la gêne, je ne me suis jamais rappelé avec dégoût mes heures d'étude, et que, si je n'appris pas de lui beaucoup de choses, ce que j'appris je l'appris sans peine et n'en ai rien oublié.

La simplicité de cette vie champêtre me fit un bien d'un prix inestimable en ouvrant mon cœur à l'amitié. Jusqu'alors je n'avais connu que des sentiments élevés, mais imaginaires. L'habitude de vivre ensemble dans un état paisible m'unit tendrement à mon cousin Bernard. En peu de temps j'eus pour lui des sentiments plus affectueux que ceux que j'avais eus pour mon frère, et qui ne se sont jamais effacés. C'était un grand garçon fort efflanqué, fort fluet, aussi doux d'esprit que faible de corps, et qui n'abusait pas trop de la prédilection qu'on avait pour lui dans la maison comme fils de mon tuteur. Nos travaux, nos amusements, nos goûts étaient les mêmes : nous étions seuls, nous étions de même âge, chacun des deux avait besoin d'un camarade ; nous séparer était, en quelque sorte, nous anéantir. Quoique nous eussions peu d'occasions de faire preuve de notre attachement l'un pour l'autre, il était extrême, et non seulement nous ne pouvions vivre un instant séparés, mais nous n'imaginions pas que nous puissions jamais l'être. Tous deux d'un esprit facile à céder aux caresses, complaisants quand on ne voulait pas nous contraindre, nous étions toujours d'accord sur tout. Si, par la faveur de ceux qui nous gouvernaient, il avait sur moi quelque ascendant sous leurs yeux, quand nous étions seuls j'en avais un sur lui qui rétablissait l'équilibre. Dans nos études, je lui soufflais sa leçon quand il hésitait ; quand mon thème était fait, je lui aidais à faire le sien, et, dans nos amusements, mon goût plus actif lui servait toujours de guide. Enfin nos deux caractères s'accordaient si bien, et l'amitié qui nous unissait était si vraie, que, dans plus de cinq ans que nous fûmes presque inséparables, tant à Bossey qu'à Genève, nous nous battîmes souvent, je l'avoue, mais jamais on n'eut besoin de nous séparer, jamais une de nos querelles ne dura plus d'un quart d'heure, et jamais une seule fois nous ne portâmes l'un contre l'autre aucune accusation. Ces remarques sont, si l'on veut, puériles, mais il en résulte pourtant un exemple peut-être unique depuis qu'il existe des enfants.

La manière dont je vivais à Bossey me convenait si bien, qu'il ne lui a manqué que de durer plus longtemps pour fixer absolument mon caractère. Les sentiments tendres, affectueux, paisibles, en faisaient le fond. Je crois que jamais individu de notre espèce n'eut naturellement moins de vanité que moi. Je m'élevais par élans, à des mouvements sublimes, mais je retombais aussitôt dans ma langueur. Être aimé de tout ce qui m'approchait était le plus vif de mes désirs. J'étais doux ; mon cousin l'était ; ceux qui nous gouvernaient l'étaient eux-mêmes. Pendant deux ans entiers, je ne fus ni témoin ni victime d'un sentiment violent. Tout nourrissait dans mon cœur les dispositions qu'il reçut de la nature. Je ne connaissais rien d'aussi charmant que de voir tout le monde content de moi et de toute chose. Je me souviendrai toujours qu'au temple, répondant au catéchisme, rien ne me troublait plus, quand il m'arrivait d'hésiter, que de voir sur le visage de Mlle Lambercier des marques d'inquiétude et de peine. Cela seul m'affligeait plus que la honte de manquer en public, qui m'affectait pourtant extrêmement ; car, quoique peu sensible aux louanges, je le fus toujours beaucoup à la honte, et je puis dire ici que l'attente des réprimandes de Mlle Lambercier me donnait moins d'alarmes que la crainte de la chagriner.

Cependant elle ne manquait pas au besoin de sévérité, non plus que son frère ; mais comme cette sévérité, presque toujours juste, n'était jamais emportée, je m'en affligeais, et ne m'en mutinais point. J'étais plus fâché de déplaire que d'être puni, et le signe du mécontentement m'était plus cruel que la peine afflictive. Il est embarrassant de s'expliquer mieux, mais cependant il le faut. Qu'on changerait de méthode avec la jeunesse, si l'on voyait mieux les effets éloignés de celle qu'on emploie toujours indistinctement, et souvent indiscrètement ! La grande leçon qu'on peut tirer d'un exemple aussi commun que funeste me fait résoudre à le donner.

Comme Mlle Lambercier avait pour nous l'affection d'une mère, elle en avait aussi l'autorité, et la portait quelquefois jusqu'à nous infliger la punition des enfants[1] quand nous l'avions méritée. Assez longtemps elle s'en tint à la menace, et cette menace d'un châtiment tout nouveau pour moi me semblait très effrayante ; mais après l'exécution, je la trouvai moins terrible à l'épreuve que l'attente ne l'avait été, et ce qu'il y a de plus bizarre est que ce châtiment m'affectionna davantage encore à celle qui me l'avait imposé. Il fallait même toute la vérité de cette affection et toute ma douceur naturelle pour m'empêcher de chercher le retour du même traitement en le méritant ; car j'avais trouvé dans la douleur, dans la honte même, un mélange de sensualité qui m'avait laissé plus de désir que de crainte de l'éprouver derechef par la même main. Il est vrai que, comme il se mêlait sans doute à cela quelque instinct précoce du sexe, le même châtiment reçu de son frère ne m'eût point du tout paru plaisant. Mais, de l'humeur dont il était, cette substitution n'était guère à craindre, et si je m'abstenais de mériter la correction, c'était uniquement de peur de fâcher Mlle Lambercier ; car tel est en moi l'empire de la bienveillance, et même de celle que les sens ont fait naître, qu'elle leur donna toujours la loi dans mon cœur.

Cette récidive, que j'éloignais sans la craindre, arriva sans qu'il y eût de ma faute, c'est-à-dire de ma volonté, et j'en profitai, je puis dire, en sûreté de conscience. Mais cette seconde fois fut aussi la dernière, car Mlle Lambercier, s'étant sans doute aperçue à quelque signe que ce châtiment n'allait pas à son but, déclara qu'elle y renonçait et qu'il la fatiguait trop. Nous avions jusque-là couché dans sa chambre, et même en hiver quelquefois dans son lit. Deux jours après on nous fit coucher dans une autre chambre, et j'eus désormais l'honneur, dont je me serais bien passé, d'être traité par elle en grand garçon.

Qui croirait que ce châtiment d'enfant, reçu à huit ans par la main d'une fille de trente[1], a décidé de mes goûts, de mes désirs, de mes passions, de moi pour le reste de ma vie, et cela précisément dans le sens contraire à ce qui devait s'ensuivre naturellement ? En même temps que mes sens furent allumés, mes désirs prirent si bien le change, que, bornés à ce que j'avais éprouvé, ils ne s'avisèrent point de chercher autre chose. Avec un sang brûlant de sensualité presque dès ma naissance, je me conservai pur de toute souillure jusqu'à l'âge où les tempéraments les plus froids et les plus tardifs se développent. Tourmenté longtemps sans savoir de quoi, je dévorais d'un œil ardent les belles personnes ; mon imagination me les rappelait sans cesse, uniquement pour les mettre en œuvre à ma mode, et en faire autant de demoiselles Lambercier.

Même après l'âge nubile, ce goût bizarre, toujours persistant et porté jusqu'à la dépravation, jusqu'à la folie, m'a conservé les mœurs honnêtes qu'il semblerait avoir dû m'ôter. Si jamais éducation fut modeste[1] et chaste, c'est assurément celle que j'ai reçue. Mes trois tantes n'étaient pas seulement des personnes d'une sagesse exemplaire, mais d'une réserve que depuis longtemps les femmes ne connaissent plus. Mon père, homme de plaisir, mais galant à la vieille mode, n'a jamais tenu, près des femmes qu'il aimait le plus, des propos dont une vierge eût pu rougir, et jamais on n'a poussé plus loin que dans ma famille et devant moi le respect qu'on doit aux enfants ; je ne trouvai pas moins d'attention chez M. Lambercier sur le même article, et une fort bonne servante y fut mise à la porte pour un mot un peu gaillard qu'elle avait prononcé devant nous. Non seulement je n'eus jusqu'à mon adolescence aucune idée distincte de l'union des sexes, mais jamais cette idée confuse ne s'offrit à moi que sous une image odieuse et dégoûtante. J'avais pour les filles publiques une horreur qui ne s'est jamais effacée : je ne pouvais voir un débauché sans dédain, sans effroi même, car mon aversion pour la débauche allait jusque-là, depuis qu'allant un jour au petit Sacconex par un chemin creux, je vis des deux côtés des cavités dans la terre, où l'on me dit que ces gens-là faisaient leurs accouplements. Ce que j'avais vu de ceux des chiennes me revenait aussi toujours à l'esprit en pensant aux autres, et le cœur me soulevait à ce seul souvenir.

Ces préjugés de l'éducation, propres par eux-mêmes à retarder les premières explosions d'un tempérament combustible, furent aidés, comme j'ai dit, par la diversion que firent sur moi les premières pointes de la sensualité. N'imaginant que ce que j'avais senti, malgré des effervescences de sang très incommodes, je ne savais porter mes désirs que vers l'espèce de volupté qui m'était connue, sans aller jamais jusqu'à celle qu'on m'avait rendue haïssable et qui tenait de si près à l'autre sans que j'en eusse le moindre soupçon. Dans mes sottes fantaisies, dans mes érotiques fureurs, dans les actes extravagants auxquels elles me portaient quelquefois, j'empruntais imaginairement le secours de l'autre sexe, sans penser jamais qu'il fût propre à nul autre usage qu'à celui que je brûlais d'en tirer.

Non seulement donc c'est ainsi qu'avec un tempérament très ardent, très lascif, très précoce, je passai toutefois l'âge de puberté sans désirer, sans connaître d'autres plaisirs des sens que ceux dont Mlle Lambercier m'avait très innocemment donné l'idée ; mais quand enfin le progrès des ans m'eut fait homme, c'est encore ainsi que ce qui devait me perdre me conserva. Mon ancien goût d'enfant, au lieu de s'évanouir, s'associa tellement à l'autre, que je ne pus jamais l'écarter des désirs allumés par mes sens, et cette folie, jointe à ma timidité naturelle, m'a toujours rendu très peu entreprenant près des femmes, faute d'oser tout dire ou de pouvoir tout faire, l'espèce de jouissance dont l'autre n'était pour moi que le dernier terme ne pouvant être usurpée par celui qui la désire, ni devinée par celle qui peut l'accorder. J'ai ainsi passé ma vie à convoiter et me taire auprès des personnes que j'aimais le plus. N'osant jamais déclarer mon goût, je l'amusais du moins par des rapports qui m'en conservaient l'idée. Être aux genoux d'une maîtresse impérieuse, obéir à ses ordres, avoir des pardons à lui demander, étaient pour moi de très douces jouissances, et plus ma vive imagination m'enflammait le sang, plus j'avais l'air d'un amant transi. On conçoit que cette manière de faire l'amour n'amène pas des progrès bien rapides, et n'est pas fort dangereuse à la vertu de celles qui en sont l'objet. J'ai donc fort peu possédé, mais je n'ai pas laissé de jouir beaucoup à ma manière, c'est-à-dire par l'imagination. Voilà comment mes sens, d'accord avec mon humeur timide et mon esprit romanesque, m'ont conservé des sentiments purs et des mœurs honnêtes, par les mêmes goûts qui peut-être, avec un peu plus d'effronterie, m'auraient plongé dans les plus brutales voluptés.

J'ai fait le premier pas et le plus pénible dans le labyrinthe obscur et fangeux de mes confessions. Ce n'est pas ce qui est criminel qui coûte le plus à dire, c'est ce qui est ridicule et honteux. Dès à présent je suis sûr de moi : après ce que je viens d'oser dire, rien ne peut plus m'arrêter. On peut juger de ce qu'ont pu me coûter de semblables aveux, sur ce que, dans tout le cours de ma vie, emporté quelquefois près de celles que j'aimais par les fureurs d'une passion qui m'ôtait la faculté de voir, d'entendre, hors de sens et saisi d'un tremblement convulsif dans tout mon corps, jamais je n'ai pu prendre sur moi de leur déclarer ma folie, et d'implorer d'elles, dans la plus intime familiarité, la seule faveur qui manquait aux autres. Cela ne m'est jamais arrivé qu'une fois, dans l'enfance, avec une enfant de mon âge ; encore fut-ce elle qui en fit la première proposition.

En remontant de cette sorte aux premières traces de mon être sensible, je trouve des éléments qui, semblant quelquefois incompatibles, n'ont pas laissé de s'unir pour produire avec force un effet uniforme et simple, et j'en trouve d'autres qui, les mêmes en apparence, ont formé, par le concours de certaines circonstances, de si différentes combinaisons, qu'on n'imaginerait jamais qu'ils eussent entre eux aucun rapport. Qui croirait, par exemple, qu'un des ressorts les plus vigoureux de mon âme fût trempé dans la même source d'où la luxure et la mollesse ont coulé dans mon sang ? Sans quitter le sujet dont je viens de parler, on en va voir sortir une impression bien différente.

J'étudiais un jour seul ma leçon dans la chambre contiguë à la cuisine. La servante avait mis sécher à la plaque[1] les peignes de Mlle Lambercier. Quand elle revint les prendre, il s'en trouva un dont tout un côté de dents était brisé. A qui s'en prendre de ce dégât ?

personne autre que moi n'était entré dans la chambre. On m'interroge : je nie d'avoir touché le peigne. M. et Mlle Lambercier se réunissent, m'exhortent, me pressent, me menacent ; je persiste avec opiniâtreté ; mais la conviction était trop forte, elle l'emporta sur toutes mes protestations, quoique ce fût la première fois qu'on m'eût trouvé tant d'audace à mentir. La chose fut prise au sérieux ; elle méritait de l'être. La méchanceté, le mensonge, l'obstination parurent également dignes de punition ; mais pour le coup ce ne fut pas par Mlle Lambercier qu'elle me fut infligée. On écrivit à mon oncle Bernard ; il vint. Mon pauvre cousin était chargé d'un autre délit, non moins grave : nous fûmes enveloppés dans la même exécution. Elle fut terrible. Quand, cherchant le remède dans le mal même, on eût voulu pour jamais amortir mes sens dépravés, on n'aurait pu mieux s'y prendre. Aussi me laissèrent-ils en repos pour longtemps.

On ne put m'arracher l'aveu qu'on exigeait. Repris à plusieurs fois et mis dans l'état le plus affreux, je fus inébranlable. J'aurais souffert la mort, et j'y étais résolu. Il fallut que la force même cédât au diabolique entêtement d'un enfant, car on n'appela pas autrement ma constance. Enfin je sortis de cette cruelle épreuve en pièces, mais triomphant.

Il y a maintenant près de cinquante ans de cette aventure, et je n'ai pas peur d'être aujourd'hui puni derechef pour le même fait ; eh bien, je déclare à la face du Ciel que j'en étais innocent, que je n'avais ni cassé, ni touché le peigne, que je n'avais pas approché de la plaque, et que je n'y avais pas même songé. Qu'on ne me demande pas comment ce dégât se fit : je l'ignore et ne puis le comprendre ; ce que je sais très certainement, c'est que j'en étais innocent.

Qu'on se figure un caractère timide et docile dans la vie ordinaire, mais ardent, fier, indomptable dans les passions, un enfant toujours gouverné par la voix de la raison, toujours traité avec douceur, équité, complaisance, qui n'avait pas même l'idée de l'injustice, et qui, pour la première fois, en éprouve une si terrible de la part précisément des gens qu'il chérit et qu'il respecte le plus : quel renversement d'idées ! quel désordre de sentiments ! quel bouleversement dans son cœur, dans sa cervelle, dans tout son petit être intelligent et moral ! Je dis qu'on s'imagine tout cela, s'il est possible, car pour moi, je ne me sens pas capable de démêler, de suivre la moindre trace de ce qui se passait alors en moi.

Je n'avais pas encore assez de raison pour sentir combien les apparences me condamnaient, et pour me mettre à la place des autres. Je me tenais à la mienne, et tout ce que je sentais, c'était la rigueur d'un châtiment effroyable pour un crime que je n'avais pas commis. La douleur du corps, quoique vive, m'était peu sensible ; je ne sentais que l'indignation, la rage, le désespoir. Mon cousin, dans un cas à peu près semblable, et qu'on avait puni d'une faute involontaire comme d'un acte prémédité, se mettait en fureur à mon exemple, et se montait, pour ainsi dire, à mon unisson. Tous deux dans le même lit nous nous embrassions avec des transports convulsifs, nous étouffions, et quand nos jeunes cœurs un peu soulagés pouvaient exhaler leur colère, nous nous levions sur notre séant, et nous nous mettions tous deux à crier cent fois de toute notre force : *Carnifex !* *carnifex ! carnifex*[1] *!*

Je sens en écrivant ceci que mon pouls s'élève encore ; ces moments me seront toujours présents quand je vivrais cent mille ans. Ce premier sentiment de la violence et de l'injustice est resté si profondément gravé dans mon âme, que toutes les idées qui s'y rapportent me rendent ma première émotion, et ce sentiment, relatif à moi dans son origine, a pris une telle consistance en lui-même, et s'est tellement détaché de tout intérêt personnel, que mon cœur s'enflamme au spectacle ou au récit de toute action injuste, quel qu'en soit l'objet et en quelque lieu qu'elle se

commette, comme si l'effet en retombait sur moi.
Quand je lis les cruautés d'un tyran féroce, les subtiles
noirceurs d'un fourbe de prêtre, je partirais volontiers
pour aller poignarder ces misérables, dussé-je cent fois
y périr. Je me suis souvent mis en nage à poursuivre à
la course ou à coups de pierre un coq, une vache, un
chien, un animal que j'en voyais tourmenter un autre,
uniquement parce qu'il se sentait le plus fort. Ce
mouvement peut m'être naturel, et je crois qu'il l'est ;
mais le souvenir profond de la première injustice que
j'ai soufferte y fut trop longtemps et trop fortement
lié pour ne l'avoir pas beaucoup renforcé.

Là fut le terme de la sérénité de ma vie enfantine.
Dès ce moment je cessai de jouir d'un bonheur pur,
et je sens aujourd'hui même que le souvenir des
charmes de mon enfance s'arrête là. Nous restâmes
encore à Bossey quelques mois. Nous y fûmes comme
on nous représente le premier homme encore dans le
paradis terrestre, mais ayant cessé d'en jouir : c'était
en apparence la même situation, et en effet une tout
autre manière d'être. L'attachement, le respect, l'intimité, la confiance, ne liaient plus les élèves à leurs
guides ; nous ne les regardions plus comme des dieux
qui lisaient dans nos cœurs : nous étions moins honteux de mal faire et plus craintifs d'être accusés : nous
commencions à nous cacher, à nous mutiner, à mentir. Tous les vices de notre âge corrompaient notre
innocence, et enlaidissaient nos jeux. La campagne
même perdit à nos yeux cet attrait de douceur et de
simplicité qui va au cœur : elle nous semblait déserte
et sombre ; elle s'était comme couverte d'un voile qui
nous en cachait les beautés. Nous cessâmes de cultiver
nos petits jardins, nos herbes, nos fleurs. Nous n'allions plus gratter légèrement la terre, et crier de joie
en découvrant le germe du grain que nous avions
semé. Nous nous dégoûtâmes de cette vie ; on se
dégoûta de nous ; mon oncle nous retira, et nous
nous séparâmes de M. et Mlle Lambercier, rassasiés les
uns des autres, et regrettant peu de nous quitter.

Près de trente ans se sont passés depuis ma sortie
de Bossey sans que je m'en sois rappelé le séjour
d'une manière agréable par des souvenirs un peu
liés : mais depuis qu'ayant passé l'âge mûr je décline
vers la vieillesse, je sens que ces mêmes souvenirs
renaissent, tandis que les autres s'effacent, et se gra-
vent dans ma mémoire avec des traits dont le charme
et la force augmentent de jour en jour ; comme si,
sentant déjà la vie qui s'échappe, je cherchais à la ressaisir par ses commencements. Les moindres faits de
ce temps-là me plaisent, par cela seul qu'ils sont de ce
temps-là. Je me rappelle toutes les circonstances des
lieux, des personnes, des heures. Je vois la servante ou
le valet agissant dans la chambre, une hirondelle
entrant par la fenêtre, une mouche se poser sur ma
main tandis que je récitais ma leçon : je vois tout l'arrangement de la chambre où nous étions ; le cabinet
de M. Lambercier à main droite, une estampe repré-
sentant tous les papes, un baromètre, un grand calen-
drier, des framboisiers qui, d'un jardin fort élevé dans
lequel la maison s'enfonçait sur le derrière, venaient
ombrager la fenêtre, et passaient quelquefois jusqu'en
dedans. Je sais bien que le lecteur n'a pas grand
besoin de savoir tout cela, mais j'ai besoin, moi, de le
lui dire. Que n'osé-je lui raconter de même toutes les
petites anecdotes de cet heureux âge, qui me font
encore tressaillir d'aise quand je me les rappelle !
Cinq ou six surtout... Composons. Je vous fais grâce
des cinq ; mais j'en veux une, une seule, pourvu
qu'on me la laisse conter le plus longuement qu'il me
sera possible, pour prolonger mon plaisir.

Si je ne cherchais que le vôtre, je pourrais choisir
celle du derrière de Mlle Lambercier, qui, par une
malheureuse culbute au bas du pré, fut étalé tout en
plein devant le roi de Sardaigne à son passage[1] : mais
celle du noyer de la terrasse est plus amusante pour
moi qui fus acteur, au lieu que je ne fus que spectateur de la culbute ; et j'avoue que je ne trouvai pas le
moindre mot pour rire à un accident qui, bien que

comique en lui-même, m'alarmait pour une personne que j'aimais comme une mère, et peut-être plus.

O vous, lecteurs curieux de la grande histoire du noyer de la terrasse, écoutez-en l'horrible tragédie et vous abstenez de frémir si vous pouvez !

Il y avait, hors la porte de la cour, une terrasse à gauche en entrant, sur laquelle on allait souvent s'asseoir l'après-midi, mais qui n'avait point d'ombre. Pour lui en donner, M. Lambercier y fit planter un noyer. La plantation de cet arbre se fit avec solennité : les deux pensionnaires en furent les parrains ; et, tandis qu'on comblait le creux, nous tenions l'arbre chacun d'une main avec des chants de triomphe. On fit pour l'arroser une espèce de bassin tout autour du pied. Chaque jour, ardents spectateurs de cet arrosement, nous nous confirmions, mon cousin et moi, dans l'idée très naturelle qu'il était plus beau de planter un arbre sur la terrasse qu'un drapeau sur la brèche, et nous résolûmes de nous procurer cette gloire sans la partager avec qui que ce fût.

Pour cela nous allâmes couper une bouture d'un jeune saule, et nous la plantâmes sur la terrasse, à huit ou dix pieds de l'auguste noyer. Nous n'oubliâmes pas de faire aussi un creux autour de notre arbre : la difficulté était d'avoir de quoi le remplir ; car l'eau venait d'assez loin, et on ne nous laissait pas courir pour en aller prendre. Cependant il en fallait absolument pour notre saule. Nous employâmes toutes sortes de ruses pour lui en fournir durant quelques jours, et cela nous réussit si bien, que nous le vîmes bourgeonner et pousser de petites feuilles dont nous mesurions l'accroissement d'heure en heure, persuadés, quoiqu'il ne fût pas à un pied de terre, qu'il ne tarderait pas à nous ombrager.

Comme notre arbre, nous occupant tout entiers, nous rendait incapables de toute application, de toute étude, que nous étions comme en délire, et que, ne sachant à qui nous en avions, on nous tenait de plus court qu'auparavant, nous vîmes l'instant fatal où

l'eau nous allait manquer, et nous nous désolions
dans l'attente de voir notre arbre périr de sécheresse.
Enfin la nécessité, mère de l'industrie, nous suggéra
une invention pour garantir l'arbre et nous d'une
mort certaine : ce fut de faire par-dessous terre une
rigole qui conduisît secrètement au saule une partie
de l'eau dont on arrosait le noyer. Cette entreprise,
exécutée avec ardeur, ne réussit pourtant pas d'abord.
Nous avions si mal pris la pente, que l'eau ne coulait
point ; la terre s'éboulait et bouchait la rigole ; l'entrée se remplissait d'ordures ; tout allait de travers.
Rien ne nous rebuta : *Omnia vincit labor improbus*[1].
Nous creusâmes davantage et la terre et notre bassin,
pour donner à l'eau son écoulement ; nous coupâmes
des fonds de boîtes en petites planches étroites, dont
les unes mises de plat à la file, et d'autres posées en
angle des deux côtés sur celles-là, nous firent un canal
triangulaire pour notre conduit. Nous plantâmes à
l'entrée de petits bouts de bois minces et à claire-voie,
qui, faisant une espèce de grillage ou de crapaudine[2],
retenaient le limon et les pierres sans boucher le passage à l'eau. Nous recouvrîmes soigneusement notre
ouvrage de terre bien foulée ; et le jour où tout fut
fait, nous attendîmes dans des transes d'espérance et
de crainte l'heure de l'arrosement. Après des siècles
d'attente, cette heure vint enfin ; M. Lambercier vint
aussi à son ordinaire assister à l'opération, durant
laquelle nous nous tenions tous deux derrière lui
pour cacher notre arbre, auquel très heureusement il
tournait le dos.

A peine achevait-on de verser le premier seau d'eau
que nous commençâmes d'en voir couler dans notre
bassin. A cet aspect la prudence nous abandonna ;
nous nous mîmes à pousser des cris de joie qui firent
retourner M. Lambercier, et ce fut dommage, car il
prenait grand plaisir à voir comment la terre du noyer
était bonne et buvait avidement son eau. Frappé de la
voir se partager entre deux bassins, il s'écrie à son
tour, regarde, aperçoit la friponnerie, se fait brusque-

ment apporter une pioche, donne un coup, fait voler deux ou trois éclats de nos planches, et criant à pleine tête : *Un aqueduc ! un aqueduc !* il frappe de toutes parts des coups impitoyables, dont chacun portait au milieu de nos cœurs. En un moment, les planches, le conduit, le bassin, le saule, tout fut détruit, tout fut labouré, sans qu'il y eût, durant cette expédition terrible, nul autre mot prononcé, sinon l'exclamation qu'il répétait sans cesse. *Un aqueduc !* s'écriait-il en brisant tout, *un aqueduc ! un aqueduc !*

On croira que l'aventure finit mal pour les petits architectes. On se trompera : tout fut fini. M. Lambercier ne nous dit pas un mot de reproche, ne nous fit pas plus mauvais visage, et ne nous en parla plus ; nous l'entendîmes même un peu après rire auprès de sa sœur à gorge déployée, car le rire de M. Lambercier s'entendait de loin, et ce qu'il y eut de plus étonnant encore, c'est que, passé le premier saisissement, nous ne fûmes pas nous-mêmes fort affligés. Nous plantâmes ailleurs un autre arbre, et nous nous rappelions souvent la catastrophe du premier, en répétant entre nous avec emphase : *Un aqueduc ! un aqueduc !* Jusque-là j'avais eu des accès d'orgueil par intervalles quand j'étais Aristide ou Brutus[1]. Ce fut ici mon premier mouvement de vanité bien marquée. Avoir pu construire un aqueduc de nos mains, avoir mis une bouture en concurrence avec un grand arbre, me paraissait le suprême degré de la gloire. A dix ans j'en jugeais mieux que César à trente.

L'idée de ce noyer et la petite histoire qui s'y rapporte m'est si bien restée ou revenue, qu'un de mes plus agréables projets dans mon voyage de Genève, en 1754, était d'aller à Bossey y revoir les monuments des jeux de mon enfance, et surtout le cher noyer, qui devait alors avoir déjà le tiers d'un siècle. Je fus si continuellement obsédé, si peu maître de moi-même, que je ne pus trouver le moment de me satisfaire. Il y a peu d'apparence que cette occasion renaisse jamais pour moi. Cependant je n'en ai pas perdu le désir avec l'espérance, et je suis presque sûr que si jamais, retournant dans ces lieux chéris, j'y retrouvais mon cher noyer encore en être, je l'arroserais de mes pleurs.

De retour à Genève, je passai deux ou trois ans chez mon oncle[1] en attendant qu'on résolût ce que l'on ferait de moi. Comme il destinait son fils au génie, il lui fit apprendre un peu de dessin, et lui enseignait les éléments d'Euclide. J'apprenais tout cela par compagnie, et j'y pris goût, surtout au dessin. Cependant on délibérait si l'on me ferait horloger, procureur ou ministre. J'aimais mieux être ministre, car je trouvais bien beau de prêcher. Mais le petit revenu du bien de ma mère à partager entre mon frère et moi ne suffisait pas pour pousser mes études. Comme l'âge où j'étais ne rendait pas ce choix bien pressant encore, je restais en attendant chez mon oncle, perdant à peu près mon temps, et ne laissant pas de payer, comme il était juste, une assez forte pension.

Mon oncle, homme de plaisir ainsi que mon père, ne savait pas comme lui se captiver[2] par ses devoirs, et prenait assez peu de soin de nous. Ma tante était une dévote un peu piétiste, qui aimait mieux chanter les psaumes que veiller à notre éducation. On nous laissait presque une liberté entière dont nous n'abusâmes jamais. Toujours inséparables, nous nous suffisions l'un à l'autre, et n'étant point tentés de fréquenter les polissons de notre âge, nous ne prîmes aucune des habitudes libertines que l'oisiveté nous pouvait inspirer. J'ai même tort de nous supposer oisifs, car de la vie nous ne le fûmes moins, et ce qu'il y avait d'heureux était que tous les amusements dont nous nous passionnions successivement nous tenaient ensemble occupés dans la maison sans que nous fussions même tentés de descendre à la rue. Nous faisions des cages, des flûtes, des volants, des tambours, des maisons, des *équiffles*[3], des arbalètes. Nous gâtions les outils de mon bon vieux grand-père[4] pour faire des montres à son imitation. Nous avions surtout un goût de préférence pour barbouiller du papier, dessiner, laver, enluminer, faire un dégât de couleurs. Il vint à Genève un charlatan italien, appelé *Gamba-Corta* ; nous allâmes le voir une fois, et puis nous n'y voulûmes plus aller : mais il avait des marionnettes, et nous nous mîmes à faire des marionnettes ; ses marionnettes jouaient des manières de comédies, et nous fîmes des comédies pour les nôtres. Faute de pratique, nous contrefaisions du gosier la voix de Polichinelle, pour jouer ces charmantes comédies que nos pauvres bons parents avaient la patience de voir et d'entendre. Mais mon oncle Bernard ayant un jour lu dans la famille un très beau sermon de sa façon, nous quittâmes les comédies, et nous nous mîmes à composer des sermons. Ces détails ne sont pas fort intéressants, je l'avoue ; mais ils montrent à quel point il fallait que notre première éducation eût été bien dirigée, pour que, maîtres presque de notre temps et de nous dans un âge si tendre, nous fussions si peu tentés d'en abuser. Nous avions si peu besoin de nous faire des camarades que nous en négligions même l'occasion. Quand nous allions nous promener, nous regardions en passant leurs jeux sans convoitise, sans songer même à y prendre part. L'amitié remplissait si bien nos cœurs, qu'il nous suffisait d'être ensemble pour que les plus simples goûts fissent nos délices.

A force de nous voir inséparables, on y prit garde ; d'autant plus que, mon cousin étant très grand et moi très petit, cela faisait un couple assez plaisamment assorti. Sa longue figure effilée, son petit visage de pomme cuite, son air mou, sa démarche nonchalante excitaient les enfants à se moquer de lui. Dans le patois du pays on lui donna le surnom de *Barnâ Bredanna*[1], et sitôt que nous sortions nous n'entendions que *Barnâ Bredanna* tout autour de nous.

Il endurait cela plus tranquillement que moi. Je me fâchai, je voulus me battre, c'était ce que les petits coquins demandaient. Je battis, je fus battu. Mon

pauvre cousin me soutenait de son mieux ; mais il
était faible, d'un coup de poing on le renversait. Alors
je devenais furieux. Cependant, quoique j'attrapasse
force horions, ce n'était pas à moi qu'on en voulait,
c'était à *Barnâ Bredanna* ; mais j'augmentai tellement
le mal par ma mutine colère que nous n'osions plus
sortir qu'aux heures où l'on était en classe, de peur
d'être hués et suivis par les écoliers.

Me voilà déjà redresseur des torts. Pour être un
paladin dans les formes, il ne me manquait que
d'avoir une dame ; j'en eus deux. J'allais de temps en
temps voir mon père à Nyon, petite ville du pays de
Vaud, où il s'était établi. Mon père était fort aimé, et
son fils se sentait de cette bienveillance. Pendant le
peu de séjour que je faisais près de lui, c'était à qui
me fêterait. Une Madame de Vulson, surtout, me faisait mille caresses ; et pour y mettre le comble, sa fille
me prit pour son galant. On sent ce que c'est qu'un
galant de onze ans pour une fille de vingt-deux. Mais
toutes ces friponnes sont si aises de mettre ainsi de
petites poupées en avant pour cacher les grandes, ou
pour les tenter par l'image d'un jeu qu'elles savent
rendre attirant ! Pour moi, qui ne voyais point entre
elle et moi de disconvenance, je pris la chose au
sérieux ; je me livrai de tout mon cœur, ou plutôt de
toute ma tête, car je n'étais guère amoureux que par
là, quoique je le fusse à la folie, et que mes transports,
mes agitations, mes fureurs donnassent des scènes à
pâmer de rire.

Je connais deux sortes d'amours très distincts, très
réels, et qui n'ont presque rien de commun, quoique
très vifs l'un et l'autre, et tous deux différents de la
tendre amitié. Tout le cours de ma vie s'est partagé
entre ces deux amours de si diverses natures, et je les
ai même éprouvés tous deux à la fois ; car, par exemple, au moment dont je parle, tandis que je m'empa-
rais de Mlle de Vulson si publiquement et si tyranni-
quement que je ne pouvais souffrir qu'aucun homme
approchât d'elle, j'avais avec une petite Mlle Goton des

tête-à-tête assez courts, mais assez vifs, dans lesquels
elle daignait faire la maîtresse d'école, et c'était tout ;
mais ce tout, qui en effet était tout pour moi, me
paraissait le bonheur suprême, et, sentant déjà le prix
du mystère, quoique je n'en susse user qu'en enfant,
je rendais à Mlle de Vulson, qui ne s'en doutait guère,
le soin qu'elle prenait de m'employer à cacher
d'autres amours. Mais à mon grand regret mon secret
fut découvert, ou moins bien gardé de la part de ma
petite maîtresse d'école que de la mienne, car on ne
tarda pas à nous séparer, et quelque temps après, de
retour à Genève, j'entendis, en passant à Coutance, de
petites filles me crier à demi-voix : *Goton tic tac
Rousseau*[1].

C'était, en vérité, une singulière personne que cette
petite Mlle Goton. Sans être belle, elle avait une figure
difficile à oublier, et que je me rappelle encore, souvent beaucoup trop pour un vieux fou. Ses yeux surtout n'étaient pas de son âge, ni sa taille, ni son maintien. Elle avait un petit air imposant et fier, très
propre à son rôle, et qui en avait occasionné la première idée entre nous. Mais ce qu'elle avait de plus
bizarre était un mélange d'audace et de réserve difficile à concevoir. Elle se permettait avec moi les plus
grandes privautés, sans jamais m'en permettre aucune
avec elle ; elle me traitait exactement en enfant : ce
qui me fait croire, ou qu'elle avait déjà cessé de l'être,
ou qu'au contraire elle l'était encore assez elle-même
pour ne voir qu'un jeu dans le péril auquel elle s'ex-
posait.

J'étais tout entier, pour ainsi dire, à chacune de ces
deux personnes, et si parfaitement, qu'avec aucune
des deux il ne m'arrivait jamais de songer à l'autre.
Mais, du reste, rien de semblable en ce qu'elles me
faisaient éprouver. J'aurais passé ma vie entière avec
Mlle de Vulson sans songer à la quitter ; mais en
l'abordant ma joie était tranquille et n'allait pas à
l'émotion. Je l'aimais surtout en grande compagnie ;
les plaisanteries, les agaceries, les jalousies, même,

m'attachaient, m'intéressaient ; je triomphais avec
orgueil de ses préférences près des grands rivaux
qu'elle paraissait maltraiter. J'étais tourmenté, mais
j'aimais ce tourment. Les applaudissements, les encou-
ragements, les ris m'échauffaient, m'animaient. J'avais
des emportements, des saillies, j'étais transporté
d'amour dans un cercle ; tête à tête j'aurais été
contraint, froid, peut-être ennuyé. Cependant je m'intéressais tendrement à elle ; je souffrais quand elle
était malade, j'aurais donné ma santé pour rétablir la
sienne, et notez que je savais très bien par expérience
ce que c'était que maladie, et ce que c'était que santé.
Absent d'elle, j'y pensais, elle me manquait ; présent,
ses caresses m'étaient douces au cœur, non aux sens.
J'étais impunément familier avec elle ; mon imagination ne me demandait que ce qu'elle m'accordait ;
cependant je n'aurais pu supporter de lui en voir faire
autant à d'autres. Je l'aimais en frère, mais j'en étais
jaloux en amant.

Je l'eusse été de Mlle Goton en Turc, en furieux, en
tigre, si j'avais seulement imaginé qu'elle pût faire à
un autre le même traitement qu'elle m'accordait, car
cela même était une grâce qu'il fallait demander à
genoux. J'abordais Mlle de Vulson avec un plaisir très
vif, mais sans trouble ; au lieu qu'en voyant seulement
Mlle Goton, je ne voyais plus rien ; tous mes sens
étaient bouleversés. J'étais familier avec la première
sans avoir de familiarités ; au contraire, j'étais aussi
tremblant qu'agité devant la seconde, même au fort
des plus grandes familiarités. Je crois que si j'avais
resté[1] trop longtemps avec elle, je n'aurais pu vivre ;
les palpitations m'auraient étouffé. Je craignais également de leur déplaire ; mais j'étais plus complaisant
pour l'une, et plus obéissant pour l'autre. Pour rien
au monde, je n'aurais voulu fâcher Mlle de Vulson ;
mais si Mlle Goton m'eût ordonné de me jeter dans les
flammes, je crois qu'à l'instant j'aurais obéi.

Mes amours ou plutôt mes rendez-vous avec celle-ci
durèrent peu, très heureusement pour elle et pour

moi. Quoique mes liaisons avec Mlle de Vulson n'eussent pas le même danger, elles ne laissèrent pas d'avoir aussi leur catastrophe, après avoir un peu plus longtemps duré. Les fins de tout cela devaient toujours avoir l'air un peu romanesque, et donner prise aux exclamations. Quoique mon commerce avec Mlle de Vulson fût moins vif, il était plus attachant peut-être. Nos séparations ne se faisaient jamais sans larmes, et il est singulier dans quel vide accablant je me sentais plongé après l'avoir quittée. Je ne pouvais parler que d'elle, ni penser qu'à elle : mes regrets étaient vrais et vifs ; mais je crois qu'au fond ces héroïques regrets n'étaient pas tous pour elle, et que, sans que je m'en aperçusse, les amusements dont elle était le centre y avaient leur bonne part. Pour tempérer les douleurs de l'absence, nous nous écrivions des lettres d'un pathétique à faire fendre les rochers. Enfin j'eus la gloire qu'elle n'y put plus tenir, et qu'elle vint me voir à Genève. Pour le coup, la tête acheva de me tourner ; je fus ivre et fou les deux jours qu'elle y resta. Quand elle partit, je voulais me jeter dans l'eau après elle, et je fis longtemps retentir l'air de mes cris. Huit jours après, elle m'envoya des bonbons et des gants ; ce qui m'eût paru fort galant, si je n'eusse appris en même temps qu'elle était mariée, et que ce voyage, dont il lui avait plu de me faire honneur, était pour acheter ses habits de noces. Je ne décrirai pas ma fureur ; elle se conçoit. Je jurai dans mon noble courroux de ne plus revoir la perfide, n'imaginant pas pour elle de plus terrible punition. Elle n'en mourut pas cependant ; car vingt ans après, étant allé voir mon père, et me promenant avec lui sur le lac, je demandai qui étaient des dames que je voyais dans un bateau peu loin du nôtre. « Comment ! me dit mon père en souriant, le cœur ne te le dit-il pas ? ce sont tes anciennes amours ; c'est Mme Cristin, c'est Mlle de Vulson. » Je tressaillis à ce nom presque oublié ; mais je dis aux bateliers de changer de route, ne jugeant pas, quoique j'eusse assez beau jeu pour prendre ma revanche, que ce fût la peine d'être parjure, et de renouveler une querelle de vingt ans avec une femme de quarante.

Ainsi se perdait en niaiseries le plus précieux temps de mon enfance avant qu'on eût décidé de ma destination. Après de longues délibérations pour suivre mes dispositions naturelles, on prit enfin le parti pour lequel j'en avais le moins, et l'on me mit chez M. Masseron, greffier de la ville, pour apprendre sous lui, comme disait M. Bernard, l'utile métier de grapignan[1]. Ce surnom me déplaisait souverainement ; l'espoir de gagner force écus par une voie ignoble flattait peu mon humeur hautaine ; l'occupation me paraissait ennuyeuse, insupportable ; l'assiduité, l'assujettissement, achevèrent de m'en rebuter, et je n'entrais jamais au greffe qu'avec une horreur qui croissait de jour en jour. M. Masseron, de son côté, peu content de moi, me traitait avec mépris, me reprochant sans cesse mon engourdissement, ma bêtise, me répétant tous les jours que mon oncle l'avait assuré *que je savais, que je savais*, tandis que dans le vrai je ne savais rien ; qu'il lui avait promis un joli garçon, et qu'il ne lui avait donné qu'un âne. Enfin je fus renvoyé du greffe ignominieusement pour mon ineptie, et il fut prononcé par les clercs de M. Masseron que je n'étais bon qu'à mener la lime.

Ma vocation ainsi déterminée, je fus mis en apprentissage, non toutefois chez un horloger, mais chez un graveur[2]. Les dédains du greffier m'avaient extrêmement humilié et j'obéis sans murmure. Mon maître, appelé M. Ducommun, était un jeune homme rustre et violent, qui vint à bout, en très peu de temps, de ternir tout l'éclat de mon enfance, d'abrutir mon caractère aimant et vif, et de me réduire, par l'esprit ainsi que par la fortune, à mon véritable état d'apprenti. Mon latin, mes antiquités, mon histoire, tout fut pour longtemps oublié ; je ne me souvenais pas même qu'il y eut des Romains au monde. Mon père, quand je l'allais voir, ne trouvait plus en moi son idole, je n'étais plus pour les dames le galant Jean-Jacques, et je sentais si bien moi-même que M. et Mlle Lambercier n'auraient plus reconnu en moi leur élève, que j'eus honte de me représenter à eux, et ne les ai plus revus depuis lors. Les goûts les plus vils, la plus basse polissonnerie succédèrent à mes aimables amusements, sans m'en laisser même la moindre idée. Il faut que, malgré l'éducation la plus honnête, j'eusse un grand penchant à dégénérer ; car cela se fit très rapidement, sans la moindre peine, et jamais César si précoce ne devint si promptement Laridon[1].

Le métier ne me déplaisait pas en lui-même : j'avais un goût vif pour le dessin, le jeu du burin m'amusait assez, et, comme le talent du graveur pour l'horlogerie est très borné, j'avais l'espoir d'en atteindre la perfection. J'y serais parvenu peut-être si la brutalité de mon maître et la gêne excessive ne m'avaient rebuté du travail. Je lui dérobais mon temps pour l'employer en occupations du même genre, mais qui avaient pour moi l'attrait de la liberté. Je gravais des espèces de médailles pour nous servir, à moi et à mes camarades, d'ordre de chevalerie. Mon maître me surprit à ce travail de contrebande, et me roua de coups, disant que je m'exerçais à faire de la fausse monnaie, parce que nos médailles avaient les armes de la République. Je puis bien jurer que je n'avais nulle idée de la fausse monnaie, et très peu de la véritable. Je savais mieux comment se faisaient les as romains que nos pièces de trois sols.

La tyrannie de mon maître finit par me rendre insupportable le travail que j'aurais aimé, et par me donner des vices que j'aurais haïs, tels que le mensonge, la fainéantise, le vol. Rien ne m'a mieux appris la différence qu'il y a de la dépendance filiale à l'esclavage servile, que le souvenir des changements que produisit en moi cette époque. Naturellement timide et honteux, je n'eus jamais plus d'éloignement pour aucun défaut que pour l'effronterie. Mais j'avais joui d'une liberté honnête, qui seulement s'était restreinte jusque-là par degrés, et s'évanouit enfin tout à fait. J'étais hardi chez mon père, libre chez M. Lambercier, discret chez mon oncle ; je devins craintif chez mon maître, et dès lors je fus un enfant perdu. Accoutumé à une égalité parfaite avec mes supérieurs dans la manière de vivre, à ne pas connaître un plaisir qui ne fût à ma portée, à ne pas voir un mets dont je n'eusse ma part, à n'avoir pas un désir que je ne témoignasse, à mettre enfin tous les mouvements de mon cœur sur mes lèvres : qu'on juge de ce que je dus devenir dans une maison où je n'osais pas ouvrir la bouche, où il fallait sortir de table au tiers du repas[1], et de la chambre aussitôt que je n'y avais rien à faire, où, sans cesse enchaîné à mon travail, je ne voyais qu'objets de jouissances pour d'autres et de privations pour moi seul ; où l'image de la liberté du maître et des compagnons augmentait le poids de mon assujettissement ; où, dans les disputes sur ce que je savais le mieux, je n'osais ouvrir la bouche ; où tout enfin ce que je voyais devenait pour mon cœur un objet de convoitise, uniquement parce que j'étais privé de tout. Adieu l'aisance, la gaieté, les mots heureux qui jadis souvent dans mes fautes m'avaient fait échapper au châtiment. Je ne puis me rappeler sans rire qu'un soir, chez mon père, étant condamné pour quelque espièglerie à m'aller coucher sans souper, et passant par la cuisine avec mon triste morceau de pain, je vis et flairai le rôti tournant à la broche. On était autour du feu ; il fallut en passant saluer tout le monde. Quand la ronde fut faite, lorgnant du coin de l'œil ce rôti qui avait si bonne mine et qui sentait si bon, je ne pus m'abstenir de lui faire aussi la révérence, et de lui dire d'un ton piteux : *Adieu, rôti.* Cette saillie de naïveté parut si plaisante, qu'on me fit rester à souper. Peut-être eût-elle eu le même bonheur chez mon maître, mais il est sûr qu'elle ne m'y serait pas venue, ou que je n'aurais osé m'y livrer.

Voilà comment j'appris à convoiter en silence, à me cacher, à dissimuler, à mentir, et à dérober enfin, fantaisie qui jusqu'alors ne m'était pas venue, et dont je n'ai pu depuis lors bien me guérir[1]. La convoitise et l'impuissance mènent toujours là. Voilà pourquoi tous les laquais sont fripons, et pourquoi tous les apprentis doivent l'être ; mais dans un état égal et tranquille, où tout ce qu'ils voient est à leur portée, ces derniers perdent en grandissant ce honteux penchant. N'ayant pas eu le même avantage, je n'en ai pu tirer le même profit.

Ce sont presque toujours de bons sentiments mal dirigés qui font faire aux enfants le premier pas vers le mal. Malgré les privations et les tentations continuelles, j'avais demeuré plus d'un an chez mon maître sans pouvoir me résoudre à rien prendre, pas même des choses à manger. Mon premier vol fut une affaire de complaisance ; mais il ouvrit la porte à d'autres qui n'avaient pas une si louable fin.

Il y avait chez mon maître un compagnon appelé M. Verrat, dont la maison, dans le voisinage, avait un jardin assez éloigné qui produisait de très belles asperges. Il prit envie à M. Verrat, qui n'avait pas beaucoup d'argent, de voler à sa mère des asperges dans leur primeur, et de les vendre pour faire quelques bons déjeuners. Comme il ne voulait pas s'exposer lui-même et qu'il n'était pas fort ingambe, il me choisit pour cette expédition. Après quelques cajoleries préliminaires, qui me gagnèrent d'autant mieux que je n'en voyais pas le but, il me la proposa comme une idée qui lui venait sur-le-champ. Je disputai beaucoup ; il insista. Je n'ai jamais pu résister aux caresses ; je me rendis. J'allais tous les matins moissonner les plus belles asperges ; je les portais au Molard, où quelque bonne femme, qui voyait que je venais de les voler, me le disait pour les avoir à meilleur compte. Dans ma frayeur je prenais ce qu'elle voulait bien me donner ; je le portais à M. Verrat. Cela se changeait promptement en un déjeuner dont j'étais le pourvoyeur, et qu'il partageait avec un autre camarade ;

car pour moi, très content d'en avoir quelque bribe, je ne touchais pas même à leur vin.

Ce petit manège dura plusieurs jours sans qu'il me vînt même à l'esprit de voler le voleur, et de dîmer sur M. Verrat le produit de ses asperges. J'exécutais ma friponnerie avec la plus grande fidélité ; mon seul motif était de complaire à celui qui me la faisait faire. Cependant, si j'eusse été surpris, que de coups, que d'injures, quels traitements cruels n'eussé-je point essuyés, tandis que le misérable, en me démentant, eût été cru sur sa parole, et moi doublement puni pour avoir osé le charger, attendu qu'il était compagnon et que je n'étais qu'apprenti ! Voilà comment en tout état le fort coupable se sauve aux dépens du faible innocent.

J'appris ainsi qu'il n'était pas si terrible de voler que je l'avais cru, et tirai bientôt si bon parti de ma science, que rien de ce que je convoitais n'était à ma portée en sûreté. Je n'étais pas absolument mal nourri chez mon maître et la sobriété ne m'était pénible qu'en la lui voyant si mal garder. L'usage de faire sortir de table les jeunes gens quand on y sert ce qui les tente le plus, me paraît très bien entendu pour les rendre aussi friands que fripons. Je devins en peu de temps l'un et l'autre ; et je m'en trouvais fort bien pour l'ordinaire, quelquefois fort mal quand j'étais surpris.

Un souvenir qui me fait frémir encore et rire tout à la fois, est celui d'une chasse aux pommes qui me coûta cher. Ces pommes étaient au fond d'une dépense[1] qui, par une jalousie élevée, recevait du jour de la cuisine. Un jour que j'étais seul dans la maison, je montai sur la may[2] pour regarder dans le jardin des Hespérides ce précieux fruit dont je ne pouvais approcher. J'allai chercher la broche pour voir si elle y pourrait atteindre : elle était trop courte. Je l'allongeai par une autre petite broche qui servait pour le menu gibier ; car mon maître aimait la chasse. Je piquai plusieurs fois sans succès ; enfin je sentis avec transport que j'amenais une pomme. Je tirai très doucement : déjà la pomme touchait à la jalousie : j'étais prêt à la saisir. Qui dira ma douleur ? La pomme était trop grosse, elle ne put passer par le trou. Que d'inventions ne mis-je point en usage pour la tirer ! Il fallut trouver des supports pour tenir la broche en état, un couteau assez long pour fendre la pomme, une latte pour la soutenir. À force d'adresse et de temps je parvins à la partager, espérant tirer ensuite les pièces l'une après l'autre ; mais à peine furent-elles séparées, qu'elles tombèrent toutes deux dans la dépense. Lecteur pitoyable, partagez mon affliction.

Je ne perdis point courage ; mais j'avais perdu beaucoup de temps. Je craignais d'être surpris ; je renvoie au lendemain une tentative plus heureuse, et je me remets à l'ouvrage tout aussi tranquillement que si je n'avais rien fait, sans songer aux deux témoins indiscrets qui déposaient contre moi dans la dépense.

Le lendemain, retrouvant l'occasion belle, je tente un nouvel essai. Je monte sur mes tréteaux, j'allonge la broche, je l'ajuste ; j'étais prêt à piquer... Malheureusement le dragon ne dormait pas ; tout à coup la porte de la dépense s'ouvre : mon maître en sort, croise les bras, me regarde et me dit : « Courage !... » La plume me tombe des mains.

Bientôt, à force d'essuyer de mauvais traitements, j'y devins moins sensible ; ils me parurent enfin une sorte de compensation du vol, qui me mettait en droit de le continuer. Au lieu de retourner les yeux en arrière et de regarder la punition, je les portais en avant et je regardais la vengeance. Je jugeais que me battre comme fripon, c'était m'autoriser à l'être. Je trouvais que voler et être battu allaient ensemble, et constituaient en quelque sorte un état, et qu'en remplissant la partie de cet état qui dépendait de moi, je pouvais laisser le soin de l'autre à mon maître. Sur cette idée je me mis à voler plus tranquillement qu'auparavant. Je me disais : « Qu'en arrivera-t-il enfin ? Je serai battu. Soit : je suis fait pour l'être. »

J'aime à manger, sans être avide : je suis sensuel, et
non pas gourmand. Trop d'autres goûts me distraient
de celui-là. Je ne me suis jamais occupé de ma bouche
que quand mon cœur était oisif ; et cela m'est si rarement arrivé dans ma vie, que je n'ai guère eu le
temps de songer aux bons morceaux. Voilà pourquoi
je ne bornai pas longtemps ma friponnerie au comes-
tible, je l'étendis bientôt à tout ce qui me tentait ; et
si je ne devins pas un voleur en forme, c'est que je
n'ai jamais été beaucoup tenté d'argent. Dans le cabinet commun, mon maître avait un autre cabinet à
part qui fermait à clef ; je trouvai le moyen d'en
ouvrir la porte et de la refermer sans qu'il y parût. Là
je mettais à contribution ses bons outils, ses meilleurs
dessins, ses empreintes[1], tout ce qui me faisait envie et
qu'il affectait d'éloigner de moi. Dans le fond, ces vols
étaient bien innocents, puisqu'ils n'étaient faits que
pour être employés à son service : mais j'étais transporté de joie d'avoir ces bagatelles en mon pouvoir ;
je croyais voler le talent avec ses productions. Du
reste, il y avait dans des boîtes des recoupes[2] d'or et
d'argent, de petits bijoux, des pièces de prix, de la
monnaie. Quand j'avais quatre ou cinq sols dans ma
poche, c'était beaucoup : cependant, loin de toucher
à rien de tout cela, je ne me souviens pas même d'y
avoir jeté de ma vie un regard de convoitise. Je le
voyais avec plus d'effroi que de plaisir. Je crois bien
que cette horreur du vol de l'argent et de ce qui en
produit me venait en grande partie de l'éducation. Il
se mêlait à cela des idées secrètes d'infamie, de prison, de châtiment, de potence qui m'auraient fait frémir si j'avais été tenté ; au lieu que mes tours ne me
semblaient que des espiègleries, et n'étaient pas autre
chose en effet. Tout cela ne pouvait valoir que d'être
bien étrillé par mon maître, et d'avance je m'arran-
geais là-dessus.

Mais, encore une fois, je ne convoitais pas même
assez pour avoir à m'abstenir ; je ne sentais rien à
combattre. Une seule feuille de beau papier à dessi-

ner me tentait plus que l'argent pour en payer une rame. Cette bizarrerie tient à une des singularités de mon caractère ; elle a eu tant d'influence sur ma conduite qu'il importe de l'expliquer.

J'ai des passions très ardentes, et tandis qu'elles m'agitent, rien n'égale mon impétuosité : je ne connais plus ni ménagement, ni respect, ni crainte, ni bienséance ; je suis cynique, effronté, violent, intrépide ; il n'y a ni honte qui m'arrête, ni danger qui m'effraye : hors le seul objet qui m'occupe, l'univers n'est plus rien pour moi. Mais tout cela ne dure qu'un moment, et le moment qui suit me jette dans l'anéantissement.

Prenez-moi dans le calme, je suis l'indolence et la timidité même : tout m'effarouche, tout me rebute ; une mouche en volant me fait peur ; un mot à dire, un geste à faire épouvante ma paresse ; la crainte et la honte me subjuguent à tel point que je voudrais m'éclipser aux yeux de tous les mortels. S'il faut agir, je ne sais que faire ; s'il faut parler, je ne sais que dire ; si l'on me regarde, je suis décontenancé. Quand je me passionne, je sais trouver quelquefois ce que j'ai à dire ; mais dans les entretiens ordinaires, je ne trouve rien, rien du tout ; ils me sont insupportables par cela seul que je suis obligé de parler.

Ajoutez qu'aucun de mes goûts dominants ne consiste en choses qui s'achètent. Il ne me faut que des plaisirs purs, et l'argent les empoisonne tous. J'aime par exemple ceux de la table ; mais ne pouvant souffrir ni la gêne de la bonne compagnie, ni la crapule du cabaret, je ne puis les goûter qu'avec un ami ; car seul, cela ne m'est pas possible ; mon imagination s'occupe alors d'autre chose, et je n'ai pas le plaisir de manger. Si mon sang allumé me demande des femmes, mon cœur ému me demande encore plus de l'amour. Des femmes à prix d'argent perdraient pour moi tous leurs charmes ; je doute même s'il serait à moi d'en profiter. Il en est ainsi de tous les plaisirs à ma portée ; s'ils ne sont gratuits, je les trouve insipides. J'aime les seuls biens qui ne sont à personne qu'au premier qui sait les goûter.

Jamais l'argent ne me parut une chose aussi précieuse qu'on la trouve. Bien plus, il ne m'a même jamais paru fort commode ; il n'est bon à rien par lui-même, il faut le transformer pour en jouir ; il faut acheter, marchander, souvent être dupe, bien payer, être mal servi. Je voudrais une chose bonne dans sa qualité ; avec mon argent je suis sûr de l'avoir mauvaise. J'achète cher un œuf frais, il est vieux, un beau fruit, il est vert ; une fille, elle est gâtée. J'aime le bon vin ? mais où en prendre ? Chez un marchand de vin ? Comme que je fasse[1], il m'empoisonnera. Veux-je absolument être bien servi ? que de soins, que d'embarras ! avoir des amis, des correspondants, donner des commissions, écrire, aller, venir, attendre ; et souvent au bout être encore trompé. Que de peine avec mon argent ! Je la crains plus que je n'aime le bon vin.

Mille fois, durant mon apprentissage et depuis, je suis sorti dans le dessein d'acheter quelque friandise. J'approche de la boutique d'un pâtissier, j'aperçois des femmes au comptoir ; je crois déjà les voir rire et se moquer entre elles du petit gourmand. Je passe devant une fruitière, je lorgne du coin de l'œil de belles poires, leur parfum me tente ; deux ou trois jeunes gens tout près de là me regardent ; un homme qui me connaît est devant sa boutique ; je vois de loin venir une fille ; n'est-ce point la servante de la maison ? Ma vue courte me fait mille illusions. Je prends tous ceux qui passent pour des gens de connaissance ; partout je suis intimidé, retenu par quelque obstacle ; mon désir croît avec ma honte, et je rentre enfin comme un sot, dévoré de convoitise, ayant dans ma poche de quoi la satisfaire, et n'ayant osé rien acheter.

J'entrerais dans les plus insipides détails, si je suivais dans l'emploi de mon argent, soit par moi, soit par d'autres, l'embarras, la honte, la répugnance, les inconvénients, les dégoûts de toute espèce que j'ai toujours éprouvés. A mesure qu'avançant dans ma vie le lecteur prendra connaissance de mon humeur, il sentira tout cela sans que je m'appesantisse à le lui dire.

Cela compris, on comprendra sans peine une de mes prétendues contradictions : celle d'allier une avarice presque sordide avec le plus grand mépris pour l'argent. C'est un meuble[1] pour moi si peu commode, que je ne m'avise pas même de désirer celui que je n'ai pas ; et que quand j'en ai je le garde longtemps sans le dépenser, faute de savoir l'employer à ma fantaisie ; mais l'occasion commode et agréable se présente-t-elle, j'en profite si bien que ma bourse se vide avant que je m'en sois aperçu. Du reste, ne cherchez pas en moi le tic des avares, celui de dépenser pour l'ostentation ; tout au contraire, je dépense en secret et pour le plaisir : loin de me faire gloire de dépenser, je m'en cache. Je sens si bien que l'argent n'est pas à mon usage, que je suis presque honteux d'en avoir, encore plus de m'en servir. Si j'avais eu jamais un revenu suffisant pour vivre commodément, je n'aurais point été tenté d'être avare, j'en suis très sûr. Je dépenserais tout mon revenu sans chercher à l'augmenter : mais ma situation précaire me tient en crainte. J'adore la liberté. J'abhorre la gêne, la peine, l'assujettissement. Tant que dure l'argent que j'ai dans ma bourse, il assure mon indépendance ; il me dispense de m'intriguer pour en trouver d'autre ; nécessité que j'eus toujours en horreur : mais de peur de le voir finir, je le choie. L'argent qu'on possède est l'instrument de la liberté ; celui qu'on pourchasse est celui de la servitude. Voilà pourquoi je serre bien et ne convoite rien.

Mon désintéressement n'est donc que paresse ; le plaisir d'avoir ne vaut pas la peine d'acquérir : et ma dissipation n'est encore que paresse ; quand l'occasion de dépenser agréablement se présente, on ne peut trop la mettre à profit. Je suis moins tenté de l'argent

que des choses, parce qu'entre l'argent et la possession désirée il y a toujours un intermédiaire ; au lieu
qu'entre la chose même et sa jouissance il n'y en a
point. Je vois la chose, elle me tente ; si je ne vois que
le moyen de l'acquérir, il ne me tente pas. J'ai donc
été fripon et quelquefois je le suis encore de bagatelles qui me tentent et que j'aime mieux prendre que
demander : mais, petit ou grand, je ne me souviens
pas d'avoir pris de ma vie un liard à personne ; hors
une seule fois, il n'y a pas quinze ans, que je volai sept
livres dix sols. L'aventure vaut la peine d'être contée,
car il s'y trouve un concours impayable d'effronterie
et de bêtise, que j'aurais peine moi-même à croire s'il
regardait un autre que moi.

C'était à Paris. Je me promenais avec M. de Francueil[1] au Palais-Royal, sur les cinq heures. Il tire sa
montre, la regarde, et me dit : « Allons à l'Opéra » : je
le veux bien ; nous allons. Il prend deux billets d'amphithéâtre, m'en donne un, et passe le premier avec
l'autre ; je le suis, il entre. En entrant après lui, je
trouve la porte embarrassée. Je regarde, je vois tout le
monde debout ; je juge que je pourrai bien me perdre
dans cette foule, ou du moins laisser supposer à M. de
Francueil que j'y suis perdu. Je sors, je reprends ma
contremarque, puis mon argent, et je m'en vais sans
songer qu'à peine avais-je atteint la porte que tout le
monde était assis, et qu'alors M. de Francueil voyait
clairement que je n'y étais plus.

Comme jamais rien ne fut plus éloigné de mon
humeur que ce trait-là, je le note, pour montrer qu'il
y a des moments d'une espèce de délire où il ne faut
point juger des hommes par leurs actions. Ce n'était
pas précisément voler cet argent ; c'était en voler
l'emploi : moins c'était un vol, plus c'était une
infamie.

Je ne finirais pas ces détails si je voulais suivre
toutes les routes par lesquelles, durant mon apprentissage, je passai de la sublimité de l'héroïsme à la bassesse d'un vaurien. Cependant, en prenant les vices de

mon état, il me fut impossible d'en prendre tout à fait
les goûts. Je m'ennuyais des amusements de mes
camarades ; et quand la trop grande gêne m'eut aussi
rebuté du travail, je m'ennuyai de tout. Cela me rendit le goût de la lecture que j'avais perdu depuis longtemps. Ces lectures, prises sur mon travail, devinrent
un nouveau crime qui m'attira de nouveaux châti-
ments. Ce goût irrité par la contrainte devint passion,
bientôt fureur. La Tribu[1], fameuse loueuse de livres,
m'en fournissait de toute espèce. Bons et mauvais,
tout passait ; je ne choisissais point : je lisais tout avec
une égale avidité. Je lisais à l'établi, je lisais en allant
faire mes messages, je lisais à la garde-robe, et m'y
oubliais des heures entières ; la tête me tournait de la
lecture, je ne faisais plus que lire. Mon maître
m'épiait, me surprenait, me battait, me prenait mes
livres. Que de volumes furent déchirés, brûlés, jetés
par les fenêtres ! que d'ouvrages restèrent dépareillés
chez la Tribu ! Quand je n'avais plus de quoi la payer,
je lui donnais mes chemises, mes cravates, mes har-
des ; mes trois sols d'étrennes tous les dimanches lui
étaient régulièrement portés.

Voilà donc, me dira-t-on, l'argent devenu nécessaire. Il est vrai, mais ce fut quand la lecture m'eut
ôté toute activité. Livré tout entier à mon nouveau
goût, je ne faisais plus que lire, je ne volais plus. C'est
encore ici une de mes différences caractéristiques. Au
fort d'une certaine habitude d'être, un rien me distrait, me change, m'attache, enfin me passionne ; et
alors tout est oublié, je ne songe plus qu'au nouvel
objet qui m'occupe. Le cœur me battait d'impatience
de feuilleter le nouveau livre que j'avais dans la
poche ; je le tirais aussitôt que j'étais seul, et ne songeais plus à fouiller le cabinet de mon maître. J'ai
même peine à croire que j'eusse volé quand même
j'aurais eu des passions plus coûteuses. Borné au
moment présent, il n'était pas dans mon tour d'esprit
de m'arranger ainsi pour l'avenir. La Tribu me faisait
crédit : les avances étaient petites ; et quand j'avais

empoché mon livre, je ne songeais plus à rien. L'argent qui me venait naturellement passait de même à cette femme, et quand elle devenait pressante, rien n'était plus tôt sous ma main que mes propres effets. Voler par avance était trop de prévoyance, et voler pour payer n'était pas même une tentation.

A force de querelles, de coups, de lectures dérobées et mal choisies, mon humeur devint taciturne, sauvage ; ma tête commençait à s'altérer, et je vivais en vrai loup-garou. Cependant si mon goût ne me préserva pas des livres plats et fades, mon bonheur me préserva des livres obscènes et licencieux : non que la Tribu, femme à tous égards très accommodante, se fît un scrupule de m'en prêter. Mais, pour les faire valoir, elle me les nommait avec un air de mystère qui me forçait précisément à les refuser, tant par dégoût que par honte ; et le hasard seconda si bien mon humeur pudique, que j'avais plus de trente ans avant que j'eusse jeté les yeux sur aucun de ces dangereux livres qu'une belle dame de par le monde trouve incommodes, en ce qu'on ne peut, dit-elle, les lire que d'une main.

En moins d'un an j'épuisai la mince boutique de la Tribu, et alors je me trouvai dans mes loisirs cruellement désœuvré. Guéri de mes goûts d'enfant et de polisson par celui de la lecture, et même par mes lectures, qui, bien que sans choix et souvent mauvaises, ramenaient pourtant mon cœur à des sentiments plus nobles que ceux que m'avait donnés mon état ; dégoûté de tout ce qui était à ma portée, et sentant trop loin de moi tout ce qui m'aurait tenté, je ne voyais rien de possible qui pût flatter mon cœur. Mes sens émus depuis longtemps me demandaient une jouissance dont je ne savais pas même imaginer l'objet. J'étais aussi loin du véritable que si je n'avais point eu de sexe ; et, déjà pubère et sensible, je pensais quelquefois à mes folies, mais je ne voyais rien au-delà. Dans cette étrange situation, mon inquiète imagination prit un parti qui me sauva de moi-même et calma ma naissante sensualité ; ce fut de se nourrir des situations qui m'avaient intéressé dans mes lectures, de les rappeler, de les varier, de les combiner, de me les approprier tellement que je devinsse un des personnages que j'imaginais, que je me visse toujours dans les positions les plus agréables selon mon goût, enfin que l'état fictif où je venais à bout de me mettre, me fît oublier mon état réel dont j'étais si mécontent. Cet amour des objets imaginaires et cette facilité de m'en occuper achevèrent de me dégoûter de tout ce qui m'entourait, et déterminèrent ce goût pour la solitude qui m'est toujours resté depuis ce temps-là. On verra plus d'une fois dans la suite les bizarres effets de cette disposition si misanthrope et si sombre en apparence, mais qui vient en effet d'un cœur trop affectueux, trop aimant, trop tendre, qui, faute d'en trouver d'existants qui lui ressemblent, est forcé de s'alimenter de fictions. Il me suffit, quant à présent, d'avoir marqué l'origine et la première cause d'un penchant qui a modifié toutes mes passions, et qui, les contenant par elles-mêmes, m'a toujours rendu paresseux à faire, par trop d'ardeur à désirer.

J'atteignis ainsi ma seizième année, inquiet, mécontent de tout et de moi, sans goûts de mon état, sans plaisir de mon âge, dévoré de désirs dont j'ignorais l'objet, pleurant sans sujets de larmes, soupirant sans savoir de quoi ; enfin caressant tendrement mes chimères, faute de rien voir autour de moi qui les valût. Les dimanches, mes camarades venaient me chercher après le prêche pour m'ébattre avec eux. Je leur aurais volontiers échappé si j'avais pu ; mais une fois en train dans les jeux, j'étais plus ardent et j'allais plus loin qu'aucun autre ; difficile à ébranler et à retenir. Ce fut là de tout temps ma disposition constante. Dans nos promenades hors de la ville, j'allais toujours en avant sans songer au retour, à moins que d'autres n'y songeassent pour moi. J'y fus pris deux fois ; les portes furent fermées avant que je pusse arriver. Le lendemain je fus traité comme on s'imagine, et la

seconde fois il me fut promis un tel accueil pour la
troisième, que je résolus de ne m'y pas exposer. Cette
troisième fois si redoutée arriva pourtant. Ma vigilance
fut mise en défaut par un maudit capitaine appelé
M. Minutoli, qui fermait toujours la porte où il était
de garde une demi-heure avant les autres. Je revenais
avec deux camarades[1]. A demi-lieue de la ville, j'entends sonner la retraite ; je double le pas ; j'entends
battre la caisse, je cours à toutes jambes ; j'arrive
essoufflé, tout en nage ; le cœur me bat ; je vois de
loin les soldats à leur poste, j'accours, je crie d'une
voix étouffée. Il était trop tard. A vingt pas de l'avan-
cée je vois lever le premier pont. Je frémis en voyant
en l'air ces cornes terribles, sinistre et fatal augure du
sort inévitable que ce moment commençait pour moi.

Dans le premier transport de douleur, je me jetai
sur le glacis et mordis la terre. Mes camarades, riant
de leur malheur, prirent à l'instant leur parti. Je pris
aussi le mien ; mais ce fut d'une autre manière. Sur le
lieu même je jurai de ne retourner jamais chez mon
maître ; et le lendemain, quand, à l'heure de la
découverte, ils rentrèrent en ville, je leur dis adieu
pour jamais, les priant seulement d'avertir en secret
mon cousin Bernard de la résolution que j'avais prise,
et du lieu où il pourrait me voir encore une fois.

A mon entrée en apprentissage, étant plus séparé
de lui, je le vis moins : toutefois, durant quelque
temps nous nous rassemblions les dimanches ; mais
insensiblement chacun prit d'autres habitudes, et
nous nous vîmes plus rarement ; je suis persuadé que
sa mère contribua beaucoup à ce changement. Il était,
lui, un garçon du haut ; moi, chétif apprenti, je
n'étais plus qu'un enfant de Saint-Gervais, il n'y avait
plus entre nous d'égalité malgré la naissance ; c'était
déroger que de me fréquenter. Cependant les liaisons
ne cessèrent point tout à fait entre nous, et comme
c'était un garçon d'un bon naturel, il suivait quelquefois son cœur malgré les leçons de sa mère. Instruit
de ma résolution, il accourut, non pour m'en dissua-

der ou la partager, mais pour jeter, par de petits présents, quelque agrément dans ma fuite ; car mes propres ressources ne pouvaient me mener fort loin. Il me donna entre autres une petite épée, dont j'étais fort épris, que j'ai portée jusqu'à Turin, où le besoin m'en fit défaire, et où je me la passai, comme on dit, au travers du corps[1]. Plus j'ai réfléchi depuis à la manière dont il se conduisit avec moi dans ce moment critique, plus je me suis persuadé qu'il suivit les instructions de sa mère, et peut-être de son père ; car il n'est pas possible que de lui-même il n'eût fait quelque effort pour me retenir, ou qu'il n'eût été tenté de me suivre : mais point. Il m'encouragea dans mon dessein plutôt qu'il ne m'en détourna ; puis, quand il me vit bien résolu, il me quitta sans beaucoup de larmes. Nous ne nous sommes jamais écrit ni revus. C'est dommage : il était d'un caractère essentiellement bon : nous étions faits pour nous aimer.

Avant de m'abandonner à la fatalité de ma destinée, qu'on me permette de tourner un moment les yeux sur celle qui m'attendait naturellement si j'étais tombé dans les mains d'un meilleur maître. Rien n'était plus convenable à mon humeur, ni plus propre à me rendre heureux, que l'état tranquille et obscur d'un bon artisan, dans certaines classes surtout, telle qu'est à Genève celle des graveurs. Cet état assez lucratif pour donner une subsistance aisée, et pas assez pour mener à la fortune, eût borné mon ambition pour le reste de mes jours, et, me laissant un loisir honnête pour cultiver des goûts modérés, il m'eût contenu dans ma sphère sans m'offrir aucun moyen d'en sortir. Ayant une imagination assez riche pour orner de ses chimères tous les états, assez puissante pour me transporter, pour ainsi dire, à mon gré, de l'un à l'autre, il m'importait peu dans lequel je fusse en effet. Il ne pouvait y avoir si loin du lieu où j'étais au premier château en Espagne, qu'il ne me fût aisé de m'y établir. De cela seul il suivait que l'état le plus simple, celui qui donnait le moins de tracas et de soins, celui qui laissait l'esprit le plus libre, était celui qui me convenait le mieux ; et c'était précisément le mien. J'aurais passé dans le sein de ma religion, de ma patrie, de ma famille et de mes amis, une vie paisible et douce, telle qu'il la fallait à mon caractère, dans l'uniformité d'un travail de mon goût et d'une société selon mon cœur. J'aurais été bon chrétien, bon citoyen, bon père de famille, bon ami, bon ouvrier, bon homme en toute chose. J'aurais aimé mon état, je l'aurais honoré peut-être, et après avoir passé une vie obscure et simple, mais égale et douce, je serais mort paisiblement dans le sein des miens. Bientôt oublié, sans doute, j'aurais été regretté du moins aussi longtemps qu'on se serait souvenu de moi.

Au lieu de cela... quel tableau vais-je faire ? Ah ! n'anticipons point sur les misères de ma vie ; je n'occuperai que trop mes lecteurs de ce triste sujet.

LIVRE SECOND

Autant le moment où l'effroi me suggéra le projet de fuir m'avait paru triste, autant celui où je l'exécutai me parut charmant. Encore enfant, quitter mon pays, mes parents, mes appuis, mes ressources ; laisser un apprentissage à moitié fait, sans savoir mon métier assez pour en vivre ; me livrer aux horreurs de la misère sans voir aucun moyen d'en sortir ; dans l'âge de la faiblesse et de l'innocence, m'exposer à toutes les tentations du vice et du désespoir ; chercher au loin les maux, les erreurs, les pièges, l'esclavage et la mort, sous un joug bien plus inflexible que celui que je n'avais pu souffrir : c'était là ce que j'allais faire ; c'était la perspective que j'aurais dû envisager. Que celle que je me peignais était différente ! L'indépendance que je croyais avoir acquise était le seul sentiment qui m'affectait. Libre et maître de moi-même, je croyais pouvoir tout faire, atteindre à tout : je n'avais qu'à m'élancer pour m'élever et voler dans les airs. J'entrais avec sécurité dans le vaste espace du monde ; mon mérite allait le remplir ; à chaque pas j'allais trouver des festins, des trésors, des aventures, des amis prêts à me servir, des maîtresses empressées à me plaire : en me montrant j'allais occuper de moi l'univers, non pas pourtant l'univers tout entier, je l'en dispensais en quelque sorte, il ne m'en fallait pas tant. Une société charmante me suffisait sans m'embarras-

ser du reste. Ma modération m'inscrivait dans une
sphère étroite, mais délicieusement choisie, où j'étais
assuré de régner. Un seul château bornait mon ambition. Favori du seigneur et de la dame, amant de la
demoiselle, ami du frère et protecteur des voisins,
j'étais content ; il ne m'en fallait pas davantage.

En attendant ce modeste avenir, j'errai quelques
jours autour de la ville, logeant chez des paysans de
ma connaissance, qui tous me reçurent avec plus de
bonté que n'auraient fait des urbains[1]. Ils m'accueil-
laient, me logeaient, me nourrissaient trop bonnement pour en avoir le mérite. Cela ne pouvait pas
s'appeler faire l'aumône ; ils n'y mettaient pas assez
l'air de la supériorité.

A force de voyager et de parcourir le monde, j'allai
jusqu'à Confignon, terres de Savoie à deux lieues de
Genève. Le curé s'appelait M. de Pontverre[2]. Ce nom
fameux dans l'histoire de la République me frappa
beaucoup. J'étais curieux de voir comment étaient
faits les descendants des gentilshommes de la cuiller[3].
J'allai voir M. de Pontverre : il me reçut bien, me
parla de l'hérésie de Genève, de l'autorité de la sainte
mère Église, et me donna à dîner. Je trouvai peu de
chose à répondre à des arguments qui finissaient
ainsi, et je jugeai que des curés chez qui l'on dînait si
bien valaient tout au moins nos ministres. J'étais certainement plus savant que M. de Pontverre, tout gentilhomme qu'il était ; mais j'étais trop bon convive
pour être si bon théologien, et son vin de Frangy, qui
me parut excellent, argumentait si victorieusement
pour lui, que j'aurais rougi de fermer la bouche à un
si bon hôte. Je cédais donc, ou du moins je ne résis-
tais pas en face. A voir les ménagements dont j'usais,
on m'aurait cru faux. On se fût trompé ; je n'étais
qu'honnête, cela est certain. La flatterie, ou plutôt la
condescendance, n'est pas toujours un vice, elle est
plus souvent une vertu, surtout dans les jeunes gens.
La bonté avec laquelle un homme nous traite nous
attache à lui : ce n'est pas pour l'abuser qu'on lui

cède, c'est pour ne pas l'attrister, pour ne pas lui rendre le mal pour le bien. Quel intérêt avait M. de Pontverre à m'accueillir, à me bien traiter, à vouloir me convaincre ? Nul autre que le mien propre. Mon jeune cœur se disait cela. J'étais touché de reconnaissance et de respect pour le bon prêtre. Je sentais ma supériorité ; je ne voulais pas l'en accabler pour prix de son hospitalité. Il n'y avait point de motif hypocrite à cette conduite : je ne songeais point à changer de religion ; et, bien loin de me familiariser si vite avec cette idée, je ne l'envisageais qu'avec une horreur qui devait l'écarter de moi pour longtemps : je voulais seulement ne point fâcher ceux qui me caressaient dans cette vue ; je voulais cultiver leur bienveillance, et leur laisser l'espoir du succès en paraissant moins armé que je ne l'étais en effet. Ma faute en cela ressemblait à la coquetterie des honnêtes femmes qui, quelquefois, pour parvenir à leurs fins, savent, sans rien permettre ni rien promettre, faire espérer plus qu'elles ne veulent tenir.

La raison, la pitié, l'amour de l'ordre exigeaient assurément que, loin de se prêter à ma folie, on m'éloignât de ma perte où je courais, en me renvoyant dans ma famille. C'est là ce qu'aurait fait ou tâché de faire tout homme vraiment vertueux. Mais quoique M. de Pontverre fût un bon homme, ce n'était assurément pas un homme vertueux ; au contraire, c'était un dévot qui ne connaissait d'autre vertu que d'adorer les images et de dire le rosaire ; une espèce de missionnaire qui n'imaginait rien de mieux, pour le bien de la foi, que de faire des libelles contre les ministres de Genève. Loin de penser à me renvoyer chez moi, il profita du désir que j'avais de m'en éloigner, pour me mettre hors d'état d'y retourner quand même il m'en prendrait envie. Il y avait tout à parier qu'il m'envoyait périr de misère ou devenir un vaurien. Ce n'était point là ce qu'il voyait : il voyait une âme ôtée à l'hérésie et rendue à l'Église. Honnête homme ou vaurien, qu'importait cela

pourvu que j'allasse à la messe ? Il ne faut pas croire,
au reste, que cette façon de penser soit particulière
aux catholiques ; elle est celle de toute religion dogmatique où l'on fait l'essentiel non de faire, mais de
croire.

« Dieu vous appelle, me dit M. de Pontverre : allez
à Annecy ; vous y trouverez une bonne dame bien
charitable, que les bienfaits du roi mettent en état de
retirer d'autres âmes de l'erreur dont elle est sortie
elle-même. » Il s'agissait de Mme de Warens, nouvelle
convertie, que les prêtres forçaient, en effet, de partager avec la canaille qui venait vendre sa foi, une pension de deux mille francs que lui donnait le roi de
Sardaigne. Je me sentais fort humilié d'avoir besoin
d'une bonne dame bien charitable. J'aimais fort
qu'on me donnât mon nécessaire, mais non pas qu'on
me fît la charité ; et une dévote n'était pas pour moi
fort attirante. Toutefois, pressé par M. de Pontverre,
par la faim qui me talonnait, bien aise aussi de faire
un voyage et d'avoir un but, je prends mon parti,
quoique avec peine, et je pars pour Annecy. J'y pouvais être aisément en un jour ; mais je ne me pressais
pas, j'en mis trois. Je ne voyais pas un château à droite
ou à gauche sans aller chercher l'aventure que j'étais
sûr qui m'y attendait. Je n'osais entrer dans le château
ni heurter, car j'étais fort timide, mais je chantais sous
la fenêtre qui avait le plus d'apparence, fort surpris,
après m'être longtemps époumoné, de ne voir
paraître ni dames ni demoiselles qu'attirât la beauté
de ma voix ou le sel de mes chansons, vu que j'en
savais d'admirables que mes camarades m'avaient
apprises, et que je chantais admirablement.

J'arrive enfin ; je vois Mme de Warens. Cette époque
de ma vie a décidé de mon caractère ; je ne puis me
résoudre à la passer légèrement. J'étais au milieu de
ma seizième année. Sans être ce qu'on appelle un
beau garçon, j'étais bien pris dans ma petite taille ;
j'avais un joli pied, la jambe fine, l'air dégagé, la physionomie animée, la bouche mignonne, les sourcils et

les cheveux noirs, les yeux petits et même enfoncés, mais qui lançaient avec force le feu dont mon sang était embrasé. Malheureusement, je ne savais rien de tout cela, et de ma vie il ne m'est arrivé de songer à ma figure que lorsqu'il n'était plus temps d'en tirer parti. Ainsi j'avais avec la timidité de mon âge celle d'un naturel très aimant, toujours troublé par la crainte de déplaire. D'ailleurs, quoique j'eusse l'esprit assez orné, n'ayant jamais vu le monde, je manquais totalement de manières, et mes connaissances, loin d'y suppléer, ne servaient qu'à m'intimider davantage, en me faisant sentir combien j'en manquais.

Craignant donc que mon abord ne prévînt pas en ma faveur, je pris autrement mes avantages, et je fis une belle lettre en style d'orateur, où, cousant des phrases des livres avec des locutions d'apprenti, je déployais toute mon éloquence pour capter la bienveillance de Mme de Warens. J'enfermai la lettre de M. de Pontverre dans la mienne, et je partis pour cette terrible audience. Je ne trouvai point Mme de Warens ; on me dit qu'elle venait de sortir pour aller à l'église. C'était le jour des Rameaux de l'année 1728. Je cours pour la suivre : je la vois, je l'atteins, je lui parle... Je dois me souvenir du lieu ; je l'ai souvent depuis mouillé de mes larmes et couvert de mes baisers. Que ne puis-je entourer d'un balustre d'or cette heureuse place ! que n'y puis-je attirer les hommages de toute la terre ! Quiconque aime à honorer les monuments du salut des hommes n'en devrait approcher qu'à genoux.

C'était un passage derrière sa maison, entre un ruisseau à main droite qui la séparait du jardin, et le mur de la cour à gauche, conduisant par une fausse porte à l'église des cordeliers. Prête à entrer dans cette porte, Mme de Warens se retourne à ma voix. Que devins-je à cette vue ! Je m'étais figuré une vieille dévote bien rechignée : la bonne dame de M. de Pontverre ne pouvait être autre chose à mon avis. Je vois un visage pétri de grâces, de beaux yeux bleus

pleins de douceur, un teint éblouissant, le contour
d'une gorge enchanteresse. Rien n'échappa au rapide
coup d'œil du jeune prosélyte ; car je devins à l'instant le sien, sûr qu'une religion prêchée par de tels
missionnaires ne pouvait manquer de mener en paradis. Elle prend en souriant la lettre que je lui présente
d'une main tremblante, l'ouvre, jette un coup d'œil
sur celle de M. de Pontverre, revient à la mienne,
qu'elle lit tout entière, et qu'elle eût relue encore si
son laquais ne l'eût avertie qu'il était temps d'entrer.
« Eh ! mon enfant, me dit-elle d'un ton qui me fit
tressaillir, vous voilà courant le pays bien jeune ; c'est
dommage en vérité. » Puis, sans attendre ma réponse,
elle ajouta : « Allez chez moi m'attendre ; dites qu'on
vous donne à déjeuner ; après la messe j'irai causer
avec vous. »

Louise-Éléonore de Warens[1] était une demoiselle de
la Tour de Pil, noble et ancienne famille de Vevey,
ville du pays de Vaud. Elle avait épousé fort jeune
M. de Warens de la maison de Loys, fils aîné de M. de
Villardin, de Lausanne. Ce mariage, qui ne produisit
point d'enfants, n'ayant pas trop réussi, Mme de
Warens, poussée par quelque chagrin domestique, prit
le temps que le roi Victor-Amédée était à Évian, pour
passer le lac et venir se jeter aux pieds de ce prince,
abandonnant ainsi son mari, sa famille et son pays,
par une étourderie assez semblable à la mienne, et
qu'elle a eu tout le temps de pleurer aussi. Le roi, qui
aimait à faire le zélé catholique, la prit sous sa protection, lui donna une pension de quinze cents livres de
Piémont, ce qui était beaucoup pour un prince aussi
peu prodigue, et voyant que sur cet accueil on l'en
croyait amoureux, il l'envoya à Annecy, escortée par
un détachement de ses gardes, où, sous la direction
de Michel-Gabriel de Bernex, évêque titulaire de
Genève, elle fit abjuration au couvent de la Visitation.

Il y avait six ans qu'elle y était quand j'y vins, et elle
en avait alors vingt-huit, étant née avec le siècle. Elle
avait de ces beautés qui se conservent, parce qu'elle

sont plus dans la physionomie que dans les traits ; aussi la sienne était-elle encore dans tout son premier éclat. Elle avait un air caressant et tendre, un regard très doux, un sourire angélique, une bouche à la mesure de la mienne, des cheveux cendrés d'une beauté peu commune, et auxquels elle donnait un tour négligé qui la rendait très piquante. Elle était petite de stature, courte même, et ramassée un peu dans sa taille, quoique sans difformité ; mais il était impossible de voir une plus belle tête, un plus beau sein, de plus belles mains et de plus beaux bras.

Son éducation avait été fort mêlée : elle avait, ainsi que moi, perdu sa mère dès sa naissance, et, recevant indifféremment des instructions comme elles s'étaient présentées, elle avait appris un peu de sa gouvernante, un peu de son père, un peu de ses maîtres, et beaucoup de ses amants, surtout d'un M. de Tavel[1], qui, ayant du goût et des connaissances, en orna la personne qu'il aimait. Mais tant de genres différents se nuisirent les uns aux autres, et le peu d'ordre qu'elle y mit empêcha que ses diverses études n'étendissent la justesse naturelle de son esprit. Ainsi, quoiqu'elle eût quelques principes de philosophie et de physique, elle ne laissa pas de prendre le goût que son père avait pour la médecine empirique et pour l'alchimie : elle faisait des élixirs, des teintures, des baumes, des magistères[2] ; elle prétendait avoir des secrets. Les charlatans, profitant de sa faiblesse, s'emparèrent d'elle, l'obsédèrent, la ruinèrent, et consumèrent, au milieu des fourneaux et des drogues, son esprit, ses talents et ses charmes, dont elle eût pu faire les délices des meilleures sociétés.

Mais si de vils fripons abusèrent de son éducation mal dirigée pour obscurcir les lumières de sa raison, son excellent cœur fut à l'épreuve et demeura toujours le même : son caractère aimant et doux, sa sensibilité pour les malheureux, son inépuisable bonté, son humeur gaie, ouverte et franche, ne s'altérèrent jamais ; et même aux approches de la vieillesse, dans

Les Confessions

le sein de l'indigence, des maux, des calamités diverses, la sérénité de sa belle âme lui conserva jusqu'à la fin de sa vie toute la gaieté de ses plus beaux jours.

Ses erreurs lui vinrent d'un fonds d'activité inépuisable qui voulait sans cesse de l'occupation. Ce n'étaient pas des intrigues de femmes qu'il lui fallait, c'étaient des entreprises à faire et à diriger. Elle était née pour les grandes affaires. A sa place Mme de Longueville[1] n'eût été qu'une tracassière ; à la place de Mme de Longueville elle eût gouverné l'État. Ses talents ont été déplacés ; et ce qui eût fait sa gloire dans une situation plus élevée a fait sa perte dans celle où elle a vécu. Dans les choses qui étaient à sa portée, elle étendait toujours son plan dans sa tête et voyait toujours son objet en grand. Cela faisait qu'employant des moyens proportionnés à ses vues plus qu'à ses forces, elle échouait par la faute des autres, et son projet venant à manquer, elle était ruinée où d'autres n'auraient presque rien perdu. Ce goût des affaires, qui lui fit tant de maux, lui fit du moins un grand bien dans son asile monastique, en l'empêchant de s'y fixer pour le reste de ses jours comme elle en était tentée. La vie uniforme et simple des religieuses, leur petit cailletage[2] de parloir, tout cela ne pouvait flatter un esprit toujours en mouvement, qui, formant chaque jour de nouveaux systèmes, avait besoin de liberté pour s'y livrer. Le bon évêque de Bernex, avec moins d'esprit que François de Sales, lui ressemblait sur bien des points ; et Mme de Warens, qu'il appelait sa fille, et qui ressemblait à Mme de Chantal sur beaucoup d'autres, eût pu lui ressembler encore dans sa retraite, si son goût ne l'eût détournée de l'oisiveté d'un couvent. Ce ne fut point manque de zèle si cette aimable femme ne se livra pas aux menues pratiques de dévotion qui semblaient convenir à une nouvelle convertie vivant sous la direction d'un prélat. Quel qu'eût été le motif de son changement de religion, elle fut sincère dans celle qu'elle avait embrassée. Ell a pu se repentir d'avoir commis la faute, mais non pas désirer d'en revenir. Elle n'est pas seulement morte bonne catholique, elle a vécu telle de bonne foi, et j'ose affirmer, moi qui pense avoir lu dans le fond de son âme, que c'était uniquement par aversion pour les simagrées qu'elle ne faisait point en public la dévote : elle avait une piété trop solide pour affecter de la dévotion. Mais ce n'est pas ici le lieu de m'étendre sur ses principes ; j'aurai d'autres occasions d'en parler.

Que ceux qui nient la sympathie des âmes expliquent, s'ils peuvent, comment, de la première entrevue, du premier mot, du premier regard, Mme de Warens m'inspira non seulement le plus vif attachement, mais une confiance parfaite et qui ne s'est jamais démentie. Supposons que ce que j'ai senti pour elle fût véritablement de l'amour, ce qui paraîtra tout au moins douteux à qui suivra l'histoire de nos liaisons, comment cette passion fut-elle accompagnée, dès sa naissance, des sentiments qu'elle inspire le moins : la paix du cœur, le calme, la sérénité, la sécurité, l'assurance ? Comment, en approchant pour la première fois d'une femme aimable, polie, éblouissante, d'une dame d'un état supérieur au mien, dont je n'avais jamais abordé la pareille, de celle dont dépendait mon sort en quelque sorte par l'intérêt plus ou moins grand qu'elle y prendrait, comment, dis-je, avec tout cela me trouvai-je à l'instant aussi libre, aussi à mon aise que si j'eusse été parfaitement sûr de lui plaire ? Comment n'eus-je pas un moment d'embarras, de timidité, de gêne ? Naturellement honteux, décontenancé, n'ayant jamais vu le monde, comment pris-je avec elle, du premier jour, du premier instant, les manières faciles, le langage tendre, le ton familier que j'avais dix ans après, lorsque la plus grande intimité l'eut rendu naturel ? A-t-on de l'amour, je ne dis pas sans désirs, j'en avais, mais sans inquiétude, sans jalousie ? Ne veut-on pas au moins apprendre de l'objet qu'on aime si l'on est aimé ?

C'est une question qu'il ne m'est pas plus venu dans l'esprit de lui faire une fois en ma vie que de me demander à moi-même si je m'aimais, et jamais elle n'a été plus curieuse avec moi. Il y eut certainement quelque chose de singulier dans mes sentiments pour cette charmante femme, et l'on y trouvera dans la suite des bizarreries auxquelles on ne s'attend pas.

Il fut question de ce que je deviendrais, et pour en causer plus à loisir, elle me retint à dîner. Ce fut le premier repas de ma vie où j'eusse manqué d'appétit, et sa femme de chambre, qui nous servait, dit aussi que j'étais le premier voyageur de mon âge et de mon étoffe qu'elle en eût vu manquer. Cette remarque, qui ne me nuisit pas dans l'esprit de sa maîtresse, tombait un peu à plomb sur un gros manant qui dînait avec nous et qui dévora, lui tout seul, un repas honnête pour six personnes. Pour moi, j'étais dans un ravissement qui ne me permettait pas de manger. Mon cœur se nourrissait d'un sentiment tout nouveau dont il occupait tout mon être ; il ne me laissait des esprits pour nulle autre fonction.

Mme de Warens voulut savoir les détails de ma petite histoire ; je retrouvai pour la lui conter tout le feu que j'avais perdu chez mon maître. Plus j'intéressais cette excellente âme en ma faveur, plus elle plaignait le sort auquel j'allais m'exposer. Sa tendre compassion se marquait dans son air, dans son regard, dans ses gestes. Elle n'osait m'exhorter à retourner à Genève. Dans sa position c'eût été un crime de lèse-catholicité, et elle n'ignorait pas combien elle était surveillée et combien ses discours étaient pesés. Mais elle me parlait d'un ton si touchant de l'affliction de mon père, qu'on voyait bien qu'elle eût approuvé que j'allasse le consoler. Elle ne savait pas combien, sans y songer, elle plaidait contre elle-même. Outre que ma résolution était prise, comme je crois l'avoir dit, plus je la trouvais éloquente, persuasive, plus ses discours m'allaient au cœur, et moins je pouvais me résoudre à me détacher d'elle. Je sentais que retourner à Genève était mettre entre elle et moi une barrière presque insurmontable, à moins de revenir à la démarche que j'avais faite, et à laquelle mieux valait me tenir tout d'un coup. Je m'y tins donc. Mme de Warens, voyant ses efforts inutiles, ne les poussa pas jusqu'à se compromettre ; mais elle me dit avec un regard de commisération : « Pauvre petit, tu dois aller où Dieu t'appelle ; mais quand tu seras grand, tu te souviendras de moi. » Je crois qu'elle ne pensait pas elle-même que cette prédiction s'accomplirait si cruellement.

La difficulté restait tout entière. Comment subsister si jeune hors de mon pays ? A peine à la moitié de mon apprentissage, j'étais bien loin de savoir mon métier. Quand je l'aurais su, je n'en aurais pu vivre en Savoie, pays trop pauvre pour avoir des arts. Le manant qui dînait pour nous, forcé de faire une pause pour reposer sa mâchoire, ouvrit un avis qu'il disait venir du Ciel, et qui, à juger par les suites, venait bien plutôt du côté contraire ; c'était que j'allasse à Turin, où, dans un hospice établi pour l'instruction des catéchumènes, j'aurais, dit-il, la vie temporelle et spirituelle, jusqu'à ce que, entré dans le sein de l'Église, je trouvasse, par la charité des bonnes âmes, une place qui me convînt. A l'égard des frais du voyage, continua mon homme, Sa Grandeur Mgr l'évêque ne manquera pas, si madame lui propose cette sainte œuvre, de vouloir charitablement y pourvoir, et madame la baronne, qui est si charitable, dit-il en s'inclinant sur son assiette, s'empressera sûrement d'y contribuer aussi.

Je trouvai toutes ces charités bien dures : j'avais le cœur serré, je ne disais rien, et Mme de Warens, sans saisir ce projet avec autant d'ardeur qu'il était offert, se contenta de répondre que chacun devait contribuer au bien selon son pouvoir, et qu'elle en parlerait à Monseigneur : mais mon diable d'homme, qui craignit qu'elle n'en parlât pas à son gré, et qui avait son petit intérêt dans cette affaire, courut prévenir les

aumôniers, et emboucha si bien les bons prêtres, que
quand Mme de Warens, qui craignait pour moi ce
voyage, en voulut parler à l'évêque, elle trouva que
c'était une affaire arrangée, et il lui remit à l'instant
l'argent destiné pour mon petit viatique. Elle n'osa
insister pour me faire rester : j'approchais d'un âge
où une femme du sien ne pouvait décemment vouloir
retenir un jeune homme auprès d'elle.

Mon voyage étant ainsi réglé par ceux qui prenaient
soin de moi, il fallut bien me soumettre et c'est même
ce que je fis sans beaucoup de répugnance. Quoique
Turin fût plus loin que Genève, je jugeai qu'étant la
capitale, elle avait avec Annecy des relations plus
étroites qu'une ville étrangère d'État et de Religion ;
et puis, partant pour obéir à Mme de Warens, je me
regardais comme vivant toujours sous sa direction ;
c'était plus que de vivre à son voisinage. Enfin l'idée
d'un grand voyage flattait ma manie ambulante, qui
déjà commençait à se déclarer. Il me paraissait beau
de passer les monts à mon âge, et de m'élever au-
dessus de mes camarades de toute la hauteur des
Alpes. Voir du pays est un appât auquel un Genevois
ne résiste guère. Je donnai donc mon consentement.
Mon manant devait partir dans deux jours avec sa
femme. Je leur fus confié et recommandé. Ma bourse
leur fut remise, renforcée par Mme de Warens qui de
plus me donna secrètement un petit pécule, auquel
elle joignit d'amples instructions, et nous partîmes le
mercredi saint.

Le lendemain de mon départ d'Annecy, mon père
arriva courant à ma piste avec un M. Rival, son ami
horloger comme lui, homme d'esprit, bel espri
même, qui faisait des vers mieux que La Motte[1] et par
lait presque aussi bien que lui ; de plus, parfaitemen
honnête homme, mais dont la littérature déplacée
n'aboutit qu'à faire un de ses fils comédien.

Ces messieurs virent Mme de Warens et se contentè
rent de pleurer mon sort avec elle, au lieu de m
suivre et de m'atteindre, comme ils l'auraient pu fac

lement, étant à cheval et moi à pied. La même chose était arrivée à mon oncle Bernard. Il était venu à Confignon, et de là, sachant que j'étais à Annecy, il s'en retourna à Genève. Il semblait que mes proches conspirassent avec mon étoile pour me livrer au destin qui m'attendait. Mon frère s'était perdu par une semblable négligence, et si bien perdu qu'on n'a jamais su ce qu'il était devenu.

Mon père n'était pas seulement un homme d'honneur, c'était un homme d'une probité sûre, et il avait une de ces âmes fortes qui font les grandes vertus ; de plus, il était bon père, surtout pour moi. Il m'aimait très tendrement ; mais il aimait aussi ses plaisirs, et d'autres goûts avaient un peu attiédi l'affection paternelle depuis que je vivais loin de lui. Il s'était remarié à Nyon, et quoique sa femme ne fût plus en âge de me donner des frères, elle avait des parents ; cela faisait une autre famille, d'autres objets, un nouveau ménage, qui ne rappelait plus si souvent mon souvenir. Mon père vieillissait et n'avait aucun bien pour soutenir sa vieillesse. Nous avions, mon frère et moi, quelque bien de ma mère, dont le revenu devait appartenir à mon père durant notre éloignement. Cette idée ne s'offrait pas à lui directement, et ne l'empêchait pas de faire son devoir ; mais elle agissait sourdement sans qu'il s'en aperçût lui-même, et ralentissait quelquefois son zèle qu'il eût poussé plus loin sans cela. Voilà, je crois, pourquoi, venu d'abord à Annecy sur mes traces, il ne me suivit pas jusqu'à Chambéry, où il était moralement sûr de m'atteindre. Voilà pourquoi encore l'étant allé voir souvent depuis ma fuite, je reçus toujours de lui des caresses de père, mais sans grands efforts pour me retenir.

Cette conduite d'un père dont j'ai si bien connu la tendresse et la vertu m'a fait faire des réflexions sur moi-même qui n'ont pas peu contribué à me maintenir le cœur sain. J'en ai tiré cette grande maxime de morale, la seule peut-être d'usage dans la pratique, d'éviter les situations qui mettent nos devoirs en

opposition avec nos intérêts, et qui nous montrent
notre bien dans le mal d'autrui, sûr que, dans de
telles situations, quelque sincère amour de la vertu
qu'on y porte, on faiblit tôt ou tard sans s'en apercevoir, et l'on devient injuste et méchant dans le fait,
sans avoir cessé d'être juste et bon dans l'âme.

Cette maxime fortement imprimée au fond de mon
cœur, et mise en pratique, quoiqu'un peu tard, dans
toute ma conduite, est une de celles qui m'ont donné
l'air le plus bizarre et le plus fou dans le public, et
surtout parmi mes connaissances. On m'a imputé de
vouloir être original et faire autrement que les autres.
En vérité, je ne songeais guère à faire ni comme les
autres ni autrement qu'eux. Je désirais sincèrement de
faire ce qui était bien. Je me dérobais de toute ma
force à des situations qui me donnassent un intérêt
contraire à l'intérêt d'un autre homme, et par conséquent un désir secret, quoique involontaire, du mal
de cet homme-là.

Il y a deux ans (1763) que Mylord Maréchal[1] me
voulut mettre dans son testament. Je m'y opposai de
toute ma force. Je lui marquai que je ne voudrais
pour rien au monde me savoir dans le testament de
qui que ce fût, et beaucoup moins dans le sien. Il se
rendit : maintenant il veut me faire une pension via-
gère, et je ne m'y oppose pas. On dira que je trouve
mon compte à ce changement, cela peut être. Mais, ô
mon bienfaiteur et mon père, si j'ai le malheur de
vous survivre, je sais qu'en vous perdant j'ai tout à
perdre, et que je n'ai rien à gagner.

C'est là, selon moi, la bonne philosophie, la seule
vraiment assortie au cœur humain. Je me pénètre
chaque jour davantage de sa profonde solidité, et je
l'ai retournée de différentes manières dans tous mes
derniers écrits ; mais le public, qui est frivole, ne l'y a
pas su remarquer. Si je survis assez à cette entreprise
consommée pour en reprendre une autre, je me propose de donner dans la suite de l'*Émile* un exemple si
charmant et si frappant de cette même maxime, que

mon lecteur soit forcé d'y faire attention. Mais c'est assez de réflexions pour un voyageur ; il est temps de reprendre ma route.

Je la fis plus agréablement que je n'aurais dû m'y attendre, et mon manant ne fut pas si bourru qu'il en avait l'air. C'était un homme entre deux âges, portant en queue ses cheveux noirs grisonnants, l'air grenadier, la voix forte, assez gai, marchant bien, mangeant mieux, et qui faisait toute sorte de métiers, faute d'en savoir aucun. Il avait proposé, je crois, d'établir à Annecy je ne sais quelle manufacture. Mme de Warens n'avait pas manqué de donner dans le projet, et c'était pour tâcher de le faire agréer au ministre qu'il faisait, bien défrayé, le voyage de Turin. Notre homme avait le talent d'intriguer en se fourrant toujours avec les prêtres, et faisant l'empressé pour les servir ; il avait pris à leur école un certain jargon dévot dont il usait sans cesse, se piquant d'être un grand prédicateur. Il savait même un passage latin de la Bible, et c'était comme s'il en avait su mille, parce qu'il le répétait mille fois le jour ; du reste, manquant rarement d'argent quand il en savait dans la bourse des autres ; plus adroit pourtant que fripon, et qui, débitant d'un ton de racoleur ses capucinades, ressemblait à l'ermite Pierre prêchant la croisade le sabre au côté.

Pour Mme Sabran, son épouse, c'était une assez bonne femme, plus tranquille le jour que la nuit. Comme je couchais toujours dans leur chambre, ses bruyantes insomnies m'éveillaient souvent et m'auraient éveillé bien davantage si j'en avais compris le sujet. Mais je ne m'en doutais pas même, et j'étais sur ce chapitre d'une bêtise qui a laissé à la seule nature tout le soin de mon instruction.

Je m'acheminais gaiement avec mon dévot guide et sa sémillante compagne. Nul accident ne troubla mon voyage ; j'étais dans la plus heureuse situation de corps et d'esprit où j'aie été de mes jours. Jeune, vigoureux, plein de santé, de sécurité, de confiance en moi et aux autres, j'étais dans ce court, mais précieux moment de la vie, où sa plénitude expansive étend pour ainsi dire notre être par toutes nos sensations, et embellit à nos yeux la nature entière du charme de notre existence. Ma douce inquiétude avait un objet qui la rendait moins errante et fixait mon imagination. Je me regardais comme l'ouvrage, l'élève, l'ami, presque l'amant de Mme de Warens. Les choses obligeantes qu'elle m'avait dites, les petites caresses qu'elle m'avait faites, l'intérêt si tendre qu'elle avait paru prendre à moi, ses regards charmants, qui me semblaient pleins d'amour parce qu'ils m'en inspiraient, tout cela nourrissait mes idées durant la marche, et me faisait rêver délicieusement. Nulle crainte, nul doute sur mon sort ne troublait ces rêveries. M'envoyer à Turin, c'était, selon moi s'engager à m'y faire vivre, à m'y placer convenablement. Je n'avais plus de souci sur moi-même ; d'autres s'étaient chargés de ce soin. Ainsi je marchais légèrement, allégé de ce poids ; les jeunes désirs, l'espoir enchanteur, les brillants projets remplissaient mon âme. Tous les objets que je voyais me semblaient les garants de ma prochaine félicité. Dans les maisons j'imaginais des festins rustiques ; dans les prés, de folâtres jeux ; le long des eaux, les bains, des promenades, la pêche ; sur les arbres, des fruits délicieux ; sous leur ombre, de voluptueux tête-à-tête ; sur les montagnes, des cuves de lait et de crème, une oisiveté charmante, la paix, la simplicité, le plaisir d'aller sans savoir où. Enfin rien ne frappait mes yeux sans porter à mon cœur quelque attrait de jouissance. La grandeur, la variété, la beauté réelle du spectacle rendaient cet attrait digne de la raison ; la vanité même y mêlait sa pointe. Si jeune, aller en Italie, avoir déjà vu tant de pays, suivre Annibal à travers les monts, me paraissait une gloire au-dessus de mon âge. Joignez à tout cela des stations fréquentes et bonnes, un grand appétit et de quoi le contenter ; car en vérité ce n'était pas la

peine de m'en faire faute, et sur le dîner de
M. Sabran le mien ne paraissait pas.

Je ne me souviens pas d'avoir eu, dans tout le cours
de ma vie, d'intervalle plus parfaitement exempt de
soucis et de peine que celui des sept ou huit jours que
nous mîmes à ce voyage ; car le pas de Mme Sabran,
sur lequel il fallait régler le nôtre, n'en fit qu'une
longue promenade. Ce souvenir m'a laissé le goût le
plus vif pour tout ce qui s'y rapporte, surtout pour les
montagnes et pour les voyages pédestres. Je n'ai
voyagé à pied que dans mes beaux jours, et toujours
avec délices. Bientôt les devoirs, les affaires, un bagage
à porter m'ont forcé de faire le monsieur et de
prendre des voitures ; les soucis rongeants, les embarras, la gêne y sont montés avec moi, et dès lors, au
lieu qu'auparavant dans mes voyages, je ne sentais que
le plaisir d'aller, je n'ai plus senti que le besoin d'arriver. J'ai cherché longtemps, à Paris, deux camarades
du même goût que moi qui voulussent consacrer chacun cinquante louis de sa bourse et un an de son
temps à faire ensemble, à pied, le tour de l'Italie, sans
autre équipage qu'un garçon qui portât avec nous un
sac de nuit. Beaucoup de gens se sont présentés,
enchantés de ce projet en apparence, mais au fond le
prenant tous pour un pur château en Espagne, dont
on cause en conversation sans vouloir l'exécuter en
effet. Je me souviens que, parlant avec passion de ce
projet avec Diderot et Grimm, je leur en donnai enfin
la fantaisie. Je crus une fois l'affaire faite ; mais le tout
se réduisit à vouloir faire un voyage par écrit, dans
lequel Grimm ne trouvait rien de si plaisant que de
faire faire à Diderot beaucoup d'impiétés, et de me
faire fourrer à l'Inquisition à sa place.

Mon regret d'arriver si vite à Turin fut tempéré par
le plaisir de voir une grande ville, et par l'espoir d'y
faire bientôt une figure digne de moi, car déjà les
fumées de l'ambition me montaient à la tête ; déjà je
me regardais comme infiniment au-dessus de mon

ancien état d'apprenti ; j'étais bien loin de prévoir que dans peu j'allais être fort au-dessous.

Avant que d'aller plus loin, je dois au lecteur mon excuse ou ma justification, tant sur les menus détails où je viens d'entrer que sur ceux où j'entrerai dans la suite, et qui n'ont rien d'intéressant à ses yeux. Dans l'entreprise que j'ai faite de me montrer tout entier au public, il faut que rien de moi ne lui reste obscur ou caché ; il faut que je me tienne incessamment sous ses yeux ; qu'il me suive dans tous les égarements de mon cœur, dans tous les recoins de ma vie ; qu'il ne me perde pas de vue un seul instant, de peur que, trouvant dans mon récit la moindre lacune, le moindre vide, et se demandant : Qu'a-t-il fait durant ce temps-là ? il ne m'accuse de n'avoir pas voulu tout dire. Je donne assez de prise à la malignité des hommes par mes récits, sans lui en donner encore par mon silence.

Mon petit pécule était parti : j'avais jasé, et mon indiscrétion ne fut pas pour mes conducteurs à pure perte. Mme Sabran trouva le moyen de m'arracher jusqu'à un petit ruban glacé d'argent que Mme de Warens m'avait donné pour ma petite épée, et que je regrettai plus que tout le reste ; l'épée même eût resté dans leurs mains si je m'étais moins obstiné. Ils m'avaient fidèlement défrayé dans la route, mais ils ne m'avaient rien laissé. J'arrive à Turin sans habits, sans argent, sans linge, et laissant très exactement à mon seul mérite tout l'honneur de la fortune que j'allais faire.

J'avais des lettres, je les portai ; et tout de suite je fus mené à l'Hospice des catéchumènes[1], pour y être instruit dans la religion pour laquelle on me vendait ma subsistance. En entrant je vis une grosse porte à barreaux de fer, qui dès que je fus passé fut fermée à double tour sur mes talons. Ce début me parut plus imposant qu'agréable, et commençait à me donner à penser, quand on me fit entrer dans une assez grande pièce. J'y vis pour tout meuble un autel de bois surmonté d'un grand crucifix au fond de la chambre, et autour quatre ou cinq chaises aussi de bois, qui paraissaient avoir été cirées, mais qui seulement étaient luisantes à force de s'en servir et de les frotter. Dans cette salle d'assemblée étaient quatre ou cinq affreux bandits, mes camarades d'instruction, et qui semblaient plutôt des archers du diable que des aspirants à se faire enfants de Dieu. Deux de ces coquins étaient des Esclavons[1], qui se disaient Juifs et Maures, et qui, comme ils me l'avouèrent, passaient leur vie à courir l'Espagne et l'Italie, embrassant le christianisme et se faisant baptiser partout où le produit en valait la peine. On ouvrit une autre porte de fer qui partageait en deux un grand balcon régnant sur la cour. Par cette porte entrèrent nos sœurs les catéchumènes, qui comme moi s'allaient régénérer, non par le baptême, mais par une solennelle abjuration. C'étaient bien les plus grandes salopes et les plus vilaines coureuses qui jamais aient empuanti le bercail du Seigneur. Une seule me parut jolie et assez intéressante. Elle était à peu près de mon âge, peut-être un an ou deux de plus. Elle avait des yeux fripons qui rencontraient quelquefois les miens. Cela m'inspira quelque désir de faire connaissance avec elle ; mais, pendant près de deux mois qu'elle demeura encore dans cette maison, où elle était depuis trois, il me fut absolument impossible de l'accoster, tant elle était recommandée à notre vieille geôlière, et obsédée par le saint missionnaire, qui travaillait à sa conversion avec plus de zèle que de diligence. Il fallait qu'elle fût extrêmement stupide, quoiqu'elle n'en eût pas l'air, car jamais instruction ne fut plus longue. Le saint homme ne la trouvait toujours point en état d'abjurer. Mais elle s'ennuya de sa clôture, et dit qu'elle voulait sortir, chrétienne ou non. Il fallut la prendre au mot, tandis qu'elle consentait encore à l'être, de peur qu'elle ne se mutinât et qu'elle ne le voulût plus.

La petite communauté fut assemblée en l'honneur du nouveau venu. On nous fit une courte exhorta-

tion ; à moi, pour m'engager à répondre à la grâce
que Dieu me faisait ; aux autres, pour les inviter à
m'accorder leurs prières et à m'édifier par leurs
exemples. Après quoi, nos vierges étant rentrées dans
leur clôture, j'eus le temps de m'étonner tout à mon
aise de celle où je me trouvais.

Le lendemain matin on nous assembla de nouveau pour l'instruction, et ce fut alors que je commençai à réfléchir pour la première fois sur le pas que
j'allais faire et sur les démarches qui m'y avaient
entraîné.

J'ai dit, je répète et je répéterai peut-être une chose
dont je suis tous les jours plus pénétré ; c'est que si
jamais enfant reçut une éducation raisonnable et
saine, ç'a été moi. Né dans une famille que ses mœurs
distinguaient du peuple, je n'avais reçu que des leçons
de sagesse et des exemples d'honneur de tous mes
parents. Mon père, quoique homme de plaisir, avait
non seulement une probité sûre, mais beaucoup de
religion. Galant homme dans le monde et chrétien
dans l'intérieur, il m'avait inspiré de bonne heure les
sentiments dont il était pénétré. De mes trois tantes,
toutes sages et vertueuses, les deux aînées étaient
dévotes, et la troisième, fille à la fois pleine de grâces,
d'esprit et de sens, l'était peut-être encore plus
qu'elles, quoique avec moins d'ostentation. Du sein
de cette estimable famille, je passai chez M. Lambercier, qui, bien qu'homme d'Église et prédicateur, était
croyant en dedans et faisait presque aussi bien qu'il
disait. Sa sœur et lui cultivèrent, par des instructions
douces et judicieuses, les principes de piété qu'ils
trouvèrent dans mon cœur. Ces dignes gens em-
ployèrent pour cela des moyens si vrais, si discrets, si
raisonnables, que, loin de m'ennuyer au sermon, je
n'en sortais jamais sans être intérieurement touché et
sans faire des résolutions de bien vivre, auxquelles je
manquais rarement en y pensant. Chez ma tante Bernard la dévotion m'ennuyait un peu plus, parce

qu'elle en faisait un métier. Chez mon maître je n'y pensais plus guère, sans pourtant penser différemment. Je ne trouvai point de jeunes gens qui me pervertissent. Je devins polisson, mais non libertin.

J'avais donc de la religion tout ce qu'un enfant à l'âge où j'étais en pouvait avoir. J'en avais même davantage, car pourquoi déguiser ici ma pensée ? Mon enfance ne fut point d'un enfant ; je sentis, je pensai toujours en homme. Ce n'est qu'en grandissant que je suis rentré dans la classe ordinaire ; en naissant, j'en étais sorti. L'on rira de me voir me donner modestement pour un prodige. Soit : mais quand on aura bien ri, qu'on trouve un enfant qu'à six ans les romans attachent, intéressent, transportent au point d'en pleurer à chaudes larmes ; alors je sentirai ma vanité ridicule, et je conviendrai que j'ai tort.

Ainsi, quand j'ai dit qu'il ne fallait point parler aux enfants de religion si l'on voulait qu'un jour ils en eussent, et qu'ils étaient incapables de connaître Dieu, même à notre manière, j'ai tiré mon sentiment de mes observations, non de ma propre expérience : je savais qu'elle ne concluait rien pour les autres. Trouvez des J.-J. Rousseau à six ans, et parlez-leur de Dieu à sept, je vous réponds que vous ne courez aucun risque.

On sent, je crois, qu'avoir de la religion, pour un enfant, et même pour un homme, c'est suivre celle où il est né. Quelquefois on en ôte ; rarement on y ajoute ; la foi dogmatique est un fruit de l'éducation. Outre ce principe commun qui m'attachait au culte de mes pères, j'avais l'aversion particulière à notre ville pour le catholicisme, qu'on nous donnait pour une affreuse idolâtrie, et dont on nous peignait le clergé sous les plus noires couleurs. Ce sentiment allait si loin chez moi, qu'au commencement je n'entrevoyais jamais le dedans d'une église, je ne rencontrais jamais un prêtre en surplis, je n'entendais jamais la sonnette d'une procession sans un frémissement de terreur et d'effroi, qui me quitta bientôt dans les villes, mais qui souvent m'a repris dans les paroisses de campagne, plus semblables à celles où je l'avais d'abord éprouvé. Il est vrai que cette impression était singulièrement contrastée par le souvenir des caresses que les curés des environs de Genève font volontiers aux enfants de la ville. En même temps que la sonnette du viatique me faisait peur, la cloche de la messe ou de vêpres me rappelait un déjeuner, un goûter, du beurre frais, des fruits, du laitage. Le bon dîner de M. de Pontverre avait produit encore un grand effet. Ainsi je m'étais aisément étourdi sur tout cela. N'envisageant le papisme que par ses liaisons avec les amusements et la gourmandise, je m'étais apprivoisé sans peine avec l'idée d'y vivre ; mais celle d'y entrer solennellement ne s'était présentée à moi qu'en fuyant, et dans un avenir éloigné. Dans ce moment il n'y eut plus moyen de prendre le change : je vis avec l'horreur la plus vive l'espèce d'engagement que j'avais pris et sa suite inévitable. Les futurs néophytes que j'avais autour de moi n'étaient pas propres à soutenir mon courage par leur exemple, et je ne pus me dissimuler que la sainte œuvre que j'allais faire n'était au fond que l'action d'un bandit. Tout jeune encore, je sentis que, quelque religion qui fût la vraie, j'allais vendre la mienne, et que, quand même je choisirais bien, j'allais au fond de mon cœur mentir au Saint-Esprit et mériter le mépris des hommes. Plus j'y pensais, plus je m'indignais contre moi-même ; et je gémissais du sort qui m'avait amené là, comme si ce sort n'eût pas été mon ouvrage. Il y eut des moments où ces réflexions devinrent si fortes, que si j'avais un instant trouvé la porte ouverte, je me serais certainement évadé ; mais il ne me fut pas possible, et cette résolution ne tint pas non plus bien fortement.

Trop de désirs secrets la combattaient pour ne la pas vaincre. D'ailleurs, l'obstination du dessein formé de ne pas retourner à Genève, la honte, la difficulté même de repasser les monts, l'embarras de me voir loin de mon pays, sans amis, sans ressources, tout cela concourait à me faire regarder comme un repentir tardif les remords de ma conscience ; j'affectais de me reprocher ce que j'avais fait, pour excuser ce que j'allais faire. En aggravant les torts du passé, j'en regardais l'avenir comme une suite nécessaire. Je ne me disais pas : rien n'est fait encore, et tu peux être innocent si tu veux ; mais je me disais : gémis du crime dont tu t'es rendu coupable et que tu t'es mis dans la nécessité d'achever.

En effet, quelle rare force d'âme ne me fallait-il point à mon âge pour révoquer tout ce que jusque-là j'avais pu promettre ou laisser espérer, pour rompre les chaînes que je m'étais données, pour déclarer avec intrépidité que je voulais rester dans la religion de mes pères, au risque de tout ce qui en pouvait arriver ! Cette vigueur n'était pas de mon âge, et il est peu probable qu'elle eût eu un heureux succès. Les choses étaient trop avancées pour qu'on voulût en avoir le démenti, et plus ma résistance eût été grande, plus, de manière ou d'autre, on se fût fait une loi de la surmonter.

Le sophisme qui me perdit est celui de la plupart des hommes, qui se plaignent de manquer de force quand il est déjà trop tard pour en user. La vertu ne nous coûte que par notre faute, et si nous voulions être toujours sages, rarement aurions-nous besoin d'être vertueux. Mais des penchants faciles à surmonter nous entraînent sans résistance ; nous cédons à des tentations légères dont nous méprisons le danger. Insensiblement nous tombons dans des situations périlleuses, dont nous pouvions aisément nous garantir, mais dont nous ne pouvons plus nous tirer sans des efforts héroïques qui nous effrayent, et nous tombons enfin dans l'abîme en disant à Dieu : « Pourquoi m'as-tu fait si faible ? » Mais malgré nous il répond à nos consciences : « Je t'ai fait trop faible pour sortir du gouffre, parce que je t'ai fait assez fort pour n'y pas tomber. »

Je ne pris pas précisément la résolution de me faire
catholique ; mais, voyant le terme encore éloigné, je
pris le temps de m'apprivoiser à cette idée, et en
attendant je me figurais quelque événement imprévu
qui me tirerait d'embarras. Je résolus, pour gagner du
temps, de faire la plus belle défense qu'il me serait
possible. Bientôt ma vanité me dispensa de songer à
ma résolution, et dès que je m'aperçus que j'embar-
rassais quelquefois ceux qui voulaient m'instruire, il
ne m'en fallut pas davantage pour chercher à les ter-
rasser tout à fait. Je mis même à cette entreprise un
zèle bien ridicule ; car tandis qu'ils travaillaient sur
moi, je voulus travailler sur eux. Je croyais bonnement
qu'il ne fallait que les convaincre pour les engager à
se faire protestants.

Ils ne trouvèrent donc pas en moi tout à fait autant
de facilité qu'ils en attendaient, ni du côté des
lumières ni du côté de la volonté. Les protestants sont
généralement mieux instruits que les catholiques.
Cela doit être : la doctrine des uns exige la discussion,
celle des autres la soumission. Le catholique doit
adopter la décision qu'on lui donne ; le protestant
doit apprendre à se décider. On savait cela ; mais on
n'attendait ni de mon état ni de mon âge de grandes
difficultés pour des gens exercés. D'ailleurs je n'avais
point fait encore ma première communion ni reçu les
instructions qui s'y rapportent : on le savait encore,
mais on ne savait pas qu'en revanche j'avais été bien
instruit chez M. Lambercier, et que de plus j'avais par-
devers moi un petit magasin fort incommode à ces
messieurs, dans l'*Histoire de l'Église et de l'Empire*[1], que
j'avais apprise presque par cœur chez mon père, et
depuis à peu près oubliée, mais qui me revint à
mesure que la dispute s'échauffait.

Un vieux prêtre, petit, mais assez vénérable, nous fit
en commun la première conférence. Cette conférence
était pour mes camarades un catéchisme plutôt
qu'une controverse, et il avait plus à faire à les instruire qu'à résoudre leurs objections. Il n'en fut pas

de même avec moi. Quand mon tour vint, je l'arrêtai
sur tout ; je ne lui sauvai pas une des difficultés que je
pus lui faire. Cela rendit la conférence fort longue et
fort ennuyeuse pour les assistants. Mon vieux prêtre
parlait beaucoup, s'échauffait, battait la campagne, et
se tirait d'affaire en disant qu'il n'entendait pas bien
le français. Le lendemain, de peur que mes indis-
crètes objections ne scandalisassent mes camarades,
on me mit à part dans une autre chambre avec un
autre prêtre, plus jeune, beau parleur, c'est-à-dire fai-
seur de longues phrases, et content de lui si jamais
docteur le fut. Je ne me laissai pourtant pas trop sub-
juguer à sa mine imposante, et, sentant qu'après tout
je faisais ma tâche, je me mis à lui répondre avec assez
d'assurance et à le bourrer par-ci par-là du mieux que
je pus. Il croyait m'assommer avec saint Augustin,
saint Grégoire et les autres Pères, et il trouvait, avec
une surprise incroyable, que je maniais tous ces Pères-
là presque aussi légèrement que lui : ce n'était pas
que je les eusse jamais lus, ni lui peut-être ; mais j'en
avais retenu beaucoup de passages tirés de mon Le
Sueur ; et sitôt qu'il m'en citait un, sans disputer sur
sa citation, je lui ripostais par une autre du même
Père, et qui souvent l'embarrassait beaucoup. Il l'emportait pourtant à la fin par deux raisons : l'une, qu'il
était le plus fort, et que, me sentant pour ainsi dire à
sa merci, je jugeais très bien, quelque jeune que je
fusse, qu'il ne fallait pas le pousser à bout ; car je
voyais assez que le vieux petit prêtre n'avait pris en
amitié ni mon érudition ni moi ; l'autre raison était
que le jeune avait de l'étude, et que je n'en avais
point. Cela faisait qu'il mettait dans sa manière d'ar-
gumenter une méthode que je ne pouvais pas suivre,
et que, sitôt qu'il se sentait pressé d'une objection
imprévue, il la remettait au lendemain, disant que je
sortais du sujet présent. Il rejetait même quelquefois
toutes mes citations, soutenant qu'elles étaient fausses,
et, s'offrant à m'aller chercher le livre, me défiait de
les y trouver. Il sentait qu'il ne risquait pas grand-

chose, et qu'avec toute mon érudition d'emprunt j'étais trop peu exercé à manier les livres, et trop peu latiniste pour trouver un passage dans un gros volume, quand même je serais assuré qu'il y est. Je le soupçonne même d'avoir usé de l'infidélité dont il accusait les ministres, et d'avoir fabriqué quelquefois des passages pour se tirer d'une objection qui l'incommodait.

Tandis que duraient ces petites ergoteries, et que les jours se passaient à disputer, à marmotter des prières et à faire le vaurien, il m'arriva une petite vilaine aventure assez dégoûtante, et qui faillit même à finir fort mal pour moi.

Il n'y a point d'âme si vile et de cœur si barbare qui ne soit susceptible de quelque sorte d'attachement. L'un de ces deux bandits qui se disaient Maures me prit en affection. Il m'accostait volontiers, causait avec moi dans son baragouin franc, me rendait de petits services, me faisait part quelquefois de sa portion à table, et me donnait surtout de fréquents baisers avec une ardeur qui m'était fort incommode. Quelque effroi que j'eusse naturellement de ce visage de pain d'épice, orné d'une longue balafre, et de ce regard allumé qui semblait plutôt furieux que tendre, j'endurais ces baisers en me disant en moi-même : le pauvre homme a conçu pour moi une amitié bien vive ; j'aurais tort de le rebuter. Il passait par degrés à des manières plus libres, et me tenait de si singuliers propos, que je croyais quelquefois que la tête lui avait tourné. Un soir, il voulut venir coucher avec moi ; je m'y opposai, disant que mon lit était trop petit. Il me pressa d'aller dans le sien ; je le refusai encore ; car ce misérable était si malpropre et puait si fort le tabac mâché, qu'il me faisait mal au cœur.

Le lendemain, d'assez bon matin, nous étions tous deux seuls dans la salle d'assemblée : il recommença ses caresses, mais avec des mouvements si violents qu'il en était effrayant. Enfin, il voulut passer par degrés aux privautés les plus malpropres et me forcer,

en disposant de ma main, d'en faire autant. Je me
dégageai impétueusement en poussant un cri et faisant un saut en arrière, et, sans marquer ni indignation ni colère, car je n'avais pas la moindre idée de ce
dont il s'agissait, j'exprimai ma surprise et mon
dégoût avec tant d'énergie, qu'il me laissa là : mais
tandis qu'il achevait de se démener, je vis partir vers
la cheminée et tomber à terre je ne sais quoi de
gluant et de blanchâtre qui me fit soulever le cœur. Je
m'élançai sur le balcon, plus ému, plus troublé, plus
effrayé même que je ne l'avais été de ma vie, et prêt à
me trouver mal.

Je ne pouvais comprendre ce qu'avait ce malheureux ; je le crus saisi du haut mal[1], ou de quelque fré-
nésie encore plus terrible, et véritablement je ne
sache rien de plus hideux à voir pour quelqu'un de
sang-froid que cet obscène et sale maintien, et ce
visage affreux enflammé de la plus brutale concupis-
cence. Je n'ai jamais vu d'autre homme en pareil
état ; mais si nous sommes ainsi dans nos transports
près des femmes, il faut qu'elles aient les yeux bien
fascinés pour ne pas nous prendre en horreur.

Je n'eus rien de plus pressé que d'aller conter à
tout le monde ce qui venait de m'arriver. Notre vieille
intendante me dit de me taire, mais je vis que cette
histoire l'avait fort affectée, et je l'entendais grom-
meler entre ses dents : *Can maledet ! brutta bestia*[2] !
Comme je ne comprenais pas pourquoi je devais me
taire, j'allai toujours mon train, malgré la défense, et
je bavardai si bien que le lendemain un des adminis-
trateurs vint de bon matin m'adresser une assez vive
mercuriale, m'accusant de faire beaucoup de bruit
pour peu de mal et de commettre[3] l'honneur d'une
maison sainte.

Il prolongea sa censure[4] en m'expliquant beaucoup
de choses que j'ignorais, mais qu'il ne croyait pas
m'apprendre, persuadé que je m'étais défendu
sachant ce qu'on me voulait, et n'y voulant pas
consentir. Il me dit gravement que c'était une œuvre

défendue, ainsi que la paillardise, mais dont au reste l'intention n'était pas plus offensante pour la personne qui en était l'objet, et qu'il n'y avait pas de quoi s'irriter si fort pour avoir été trouvé aimable. Il me dit sans détour que lui-même, dans sa jeunesse, avait eu le même honneur, et qu'ayant été surpris hors d'état de faire résistance, il n'avait rien trouvé là de si cruel. Il poussa l'impudence jusqu'à se servir des propres termes, et s'imaginant que la cause de ma résistance était la crainte de la douleur, il m'assura que cette crainte était vaine, et qu'il ne fallait pas s'alarmer de rien.

J'écoutais cet infâme avec un étonnement d'autant plus grand qu'il ne parlait point pour lui-même ; il semblait ne m'instruire que pour mon bien. Son discours lui paraissait si simple, qu'il n'avait pas même cherché le secret du tête-à-tête ; et nous avions en tiers un ecclésiastique que tout cela n'effarouchait pas plus que lui. Cet air naturel m'en imposa tellement, que j'en vins à croire que c'était sans doute un usage admis dans le monde, et dont je n'avais pas eu plus tôt occasion d'être instruit. Cela fit que je l'écoutai sans colère, mais non sans dégoût. L'image de ce qui m'était arrivé, mais surtout de ce que j'avais vu, restait si fortement empreinte dans ma mémoire, qu'en y pensant, le cœur me soulevait encore. Sans que j'en susse davantage, l'aversion de la chose s'étendit à l'apologiste, et je ne pus me contraindre assez pour qu'il ne vît pas le mauvais effet de ses leçons. Il me lança un regard peu caressant, et dès lors il n'épargna rien pour me rendre le séjour de l'hospice désagréable. Il y parvint si bien que, n'apercevant pour en sortir qu'une seule voie, je m'empressai de la prendre, autant que jusque-là je m'étais efforcé de l'éloigner.

Cette aventure me mit pour l'avenir à couvert des entreprises des chevaliers de la manchette[1], et la vue des gens qui passaient pour en être, me rappelant l'air et les gestes de mon effroyable Maure, m'a toujours inspiré tant d'horreur que j'avais peine à le cacher. Au contraire, les femmes gagnèrent beaucoup dans mon esprit à cette comparaison : il me semblait que je leur devais en tendresse de sentiments, en hommage de ma personne, la réparation des offenses de mon sexe, et la plus laide guenon devenait à mes yeux un objet adorable, par le souvenir de ce faux Africain.

Pour lui, je ne sais ce qu'on put lui dire ; il ne me parut pas que, excepté la dame Lorenza, personne le vît de plus mauvais œil qu'auparavant. Cependant il ne m'accosta ni ne me parla plus. Huit jours après, il fut baptisé en grande cérémonie, et habillé de blanc de la tête aux pieds, pour représenter la candeur de son âme régénérée. Le lendemain il sortit de l'hospice et je ne l'ai jamais revu.

Mon tour vint un mois après ; car il fallut tout ce temps-là pour donner à mes directeurs l'honneur d'une conversion difficile, et l'on me fit passer en revue tous les dogmes pour triompher de ma nouvelle docilité.

Enfin, suffisamment instruit et suffisamment disposé au gré de mes maîtres, je fus mené processionnellement à l'église métropolitaine de Saint-Jean pour y faire une abjuration solennelle, et recevoir les accessoires du baptême, quoiqu'on ne me baptisât pas réellement[1] : mais comme ce sont à peu près les mêmes cérémonies, cela sert à persuader au peuple que les protestants ne sont pas chrétiens. J'étais revêtu d'une certaine robe grise, garnie de brandebourgs blancs, et destinée pour ces sortes d'occasions. Deux hommes portaient, devant et derrière moi, des bassins de cuivre, sur lesquels ils frappaient avec une clef, et où chacun mettait son aumône, au gré de sa dévotion ou de l'intérêt qu'il prenait au nouveau converti. Enfin, rien du faste catholique ne fut omis pour rendre la solennité plus édifiante pour le public, et plus humiliante pour moi. Il n'y eut que l'habit blanc, qui m'eût été fort utile, et qu'on ne me donna pas comme au Maure, attendu que je n'avais pas l'honneur d'être Juif.

Ce ne fut pas tout. Il fallut ensuite aller à l'Inquisition recevoir l'absolution du crime d'hérésie, et rentrer dans le sein de l'Église avec la même cérémonie à laquelle Henri IV fut soumis par son ambassadeur. L'air et les manières du très révérend père inquisiteur n'étaient pas propres à dissiper la terreur secrète qui m'avait saisi en entrant dans cette maison. Après plusieurs questions sur ma foi, sur mon état, sur ma famille, il me demanda brusquement si ma mère était damnée. L'effroi me fit réprimer le premier mouvement de mon indignation ; je me contentai de répondre que je voulais espérer qu'elle ne l'était pas, et que Dieu avait pu l'éclairer à sa dernière heure. Le moine se tut, mais il fit une grimace qui ne me parut point du tout un signe d'approbation.

Tout cela fait, au moment où je pensais être enfin placé selon mes espérances, on me mit à la porte avec un peu plus de vingt francs en petite monnaie qu'avait produits ma quête. On me recommanda de vivre en bon chrétien, d'être fidèle à la grâce ; on me souhaita bonne fortune, on ferma sur moi la porte, et tout disparut.

Ainsi s'éclipsèrent en un instant toutes mes grandes espérances, et il ne me resta de la démarche intéressée que je venais de faire que le souvenir d'avoir été apostat et dupe tout à la fois. Il est aisé de juger quelle brusque révolution dut se faire dans mes idées, lorsque de mes brillants projets de fortune je me vis tomber dans la plus complète misère, et qu'après avoir délibéré le matin sur le choix du palais que j'habiterais, je me vis le soir réduit à coucher dans la rue. On croira que je commençai par me livrer à un désespoir d'autant plus cruel que le regret de mes fautes devait s'irriter, en me reprochant que tout mon malheur était mon ouvrage. Rien de tout cela. Je venais pour la première fois de ma vie d'être enfermé pendant plus de deux mois ; le premier sentiment que je

goûtai fut celui de la liberté que j'avais recouvrée.
Après un long esclavage, redevenu maître de moi-
même et de mes actions, je me voyais au milieu d'une
grande ville abondante en ressources, pleine de gens
de condition dont mes talents et mon mérite ne pouvaient manquer de me faire accueillir sitôt que j'en
serais connu. J'avais de plus tout le temps d'attendre,
et vingt francs que j'avais dans ma poche me semblaient un trésor qui ne pouvait s'épuiser. J'en pouvais
disposer à mon gré sans rendre compte à personne.
C'était la première fois que je m'étais vu si riche. Loin
de me livrer au découragement et aux larmes, je ne
fis que changer d'espérances, et l'amour-propre n'y
perdit rien. Jamais je ne me sentis tant de confiance
et de sécurité ; je croyais déjà ma fortune faite, et je
trouvais beau de n'en avoir l'obligation qu'à moi seul.

La première chose que je fis fut de satisfaire ma
curiosité en parcourant toute la ville, quand ce n'eût
été que pour faire un acte de ma liberté. J'allais voir
monter la garde ; les instruments militaires me plaisaient beaucoup. Je suivis des processions ; j'aimais le
faux-bourdon des prêtres ; j'allai voir le palais du roi ;
j'en approchais avec crainte ; mais voyant d'autres
gens entrer, je fis comme eux ; on me laissa faire.
Peut-être dus-je cette grâce au petit paquet que j'avais
sous le bras. Quoi qu'il en soit, je conçus une grande
opinion de moi-même, en me trouvant dans ce palais ;
déjà je m'en regardais presque comme un habitant.
Enfin, à force d'aller et venir, je me lassai ; j'avais
faim, il faisait chaud : j'entrai chez une marchande de
laitage ; on me donna de la giunca[1], du lait caillé, et
avec deux grisses[2] de cet excellent pain de Piémont,
que j'aime plus qu'aucun autre, je fis pour mes cinq
ou six sols un des bons dîners que j'aie faits de mes
jours.

Il fallut chercher un gîte. Comme je savais déjà
assez de piémontais pour me faire entendre, il ne me
fut pas difficile à trouver, et j'eus la prudence de le
choisir plus selon ma bourse que selon mon goût. On

m'enseigna dans la rue du Pô la femme d'un soldat qui retirait[1] à un sol par nuit des domestiques hors de service. Je trouvai chez elle un grabat vide, et je m'y établis. Elle était jeune et nouvellement mariée, quoiqu'elle eût déjà cinq ou six enfants. Nous couchâmes tous dans la même chambre, la mère, les enfants, les hôtes ; et cela dura de cette façon tant que je restai chez elle. Au demeurant c'était une bonne femme, jurant comme un charretier, toujours débraillée et décoiffée, mais douce de cœur, officieuse, qui me prit en amitié, et qui même me fut utile.

Je passai plusieurs jours à me livrer uniquement au plaisir de l'indépendance et de la curiosité. J'allais errant dedans et dehors la ville, furetant, visitant tout ce qui me paraissait curieux et nouveau ; et tout l'était pour un jeune homme sortant de sa niche, qui n'avait jamais vu de capitale. J'étais surtout fort exact à faire ma cour, et j'assistais régulièrement tous les matins à la messe du roi. Je trouvais beau de me voir dans la même chapelle avec ce prince et sa suite : mais ma passion pour la musique, qui commençait à se déclarer, avait plus de part à mon assiduité que la pompe de la cour, qui, bientôt vue et toujours la même, ne frappe pas longtemps. Le roi de Sardaigne avait alors la meilleure symphonie de l'Europe. Somis, Desjardins, les Bezuzzi[2] y brillaient alternativement. Il n'en fallait pas tant pour attirer un jeune homme que le jeu du moindre instrument, pourvu qu'il fût juste, transportait d'aise. Du reste, je n'avais pour la magnificence qui frappait mes yeux qu'une admiration stupide et sans convoitise. La seule chose qui m'intéressât dans tout l'éclat de la cour était de voir s'il n'y aurait point là quelque jeune princesse qui méritât mon hommage, et avec laquelle je pusse faire un roman.

Je faillis en commencer un dans un état moins brillant, mais où, si je l'eusse mis à fin, j'aurais trouvé des plaisirs mille fois plus délicieux.

Quoique je vécusse avec beaucoup d'économie, ma

bourse insensiblement s'épuisait. Cette économie, au reste, était moins l'effet de la prudence que d'une simplicité de goût que même aujourd'hui l'usage des grandes tables n'a point altéré. Je ne connaissais pas et je ne connais pas encore de meilleure chère que celle d'un repas rustique. Avec du laitage, des œufs, des herbes, du fromage, du pain bis et du vin passable, on est toujours sûr de me bien régaler ; mon bon appétit fera le reste, quand un maître d'hôtel et des laquais autour de moi ne me rassasieront pas de leur importun aspect. Je faisais alors de beaucoup meilleurs repas, avec six ou sept sols de dépense, que je ne les ai faits depuis à six ou sept francs. J'étais donc sobre, faute d'être tenté de ne pas l'être : encore ai-je tort d'appeler tout cela sobriété, car j'y mettais toute la sensualité possible. Mes poires, ma giunca, mon fromage, mes grisses, et quelques verres d'un gros vin de Montferrat à couper par tranches, me rendaient le plus heureux des gourmands. Mais encore avec tout cela pouvait-on voir la fin de vingt livres. C'était ce que j'apercevais plus sensiblement de jour en jour, et, malgré l'étourderie de mon âge, mon inquiétude sur l'avenir alla bientôt jusqu'à l'effroi. De tous mes châteaux en Espagne, il ne me resta que celui de chercher une occupation qui me fît vivre, encore n'était-il pas facile à réaliser. Je songeai à mon ancien métier ; mais je ne le savais pas assez pour aller travailler chez un maître, et les maîtres mêmes n'abondaient pas à Turin. Je pris donc, en attendant mieux, le parti d'aller m'offrir de boutique en boutique pour graver un chiffre ou des armes sur de la vaisselle, espérant tenter les gens par le bon marché en me mettant à leur discrétion. Cet expédient ne fut pas fort heureux. Je fus presque partout éconduit, et ce que je trouvais à faire était si peu de chose, qu'à peine y gagnai-je quelques repas. Un jour, cependant, passant d'assez bon matin dans la Contra nova, je vis, à travers les vitres d'un comptoir, une jeune marchande de si bonne grâce et d'un air si attirant, que, malgré ma timidité près des dames, je n'hésitai pas d'entrer et de lui offrir mon petit talent. Elle ne me rebuta point, me fit asseoir, conter ma petite histoire, me plaignit, me dit d'avoir bon courage, et que les bons chrétiens ne m'abandonneraient pas ; puis, tandis qu'elle envoyait chercher chez un orfèvre du voisinage, les outils dont j'avais dit avoir besoin, elle monta dans sa cuisine et m'apporta elle-même à déjeuner. Ce début me parut de bon augure ; la suite ne le démentit pas. Elle parut contente de mon petit travail, encore plus de mon petit babil quand je me fus un peu rassuré ; car elle était brillante et parée, et, malgré son air gracieux, cet éclat m'en avait imposé. Mais son accueil plein de bonté, son ton compatissant, ses manières douces et caressantes me mirent bientôt à mon aise. Je vis que je réussissais, et cela me fit réussir davantage. Mais quoique Italienne, et trop jolie pour n'être pas un peu coquette, elle était pourtant si modeste, et moi si timide, qu'il était difficile que cela vînt sitôt à bien. On ne nous laissa pas le temps d'achever l'aventure. Je ne m'en rappelle qu'avec plus de charmes les courts moments que j'ai passés auprès d'elle, et je puis dire y avoir goûté dans leurs prémices les plus doux ainsi que les plus purs plaisirs de l'amour.

C'était une brune extrêmement piquante, mais dont le bon naturel peint sur son joli visage rendait la vivacité touchante. Elle s'appelait Mme Basile. Son mari, plus âgé qu'elle et passablement jaloux, la laissait, durant ses voyages, sous la garde d'un commis trop maussade pour être séduisant, et qui ne laissait pas d'avoir des prétentions pour son compte, qu'il ne montrait guère que par sa mauvaise humeur. Il en prit beaucoup contre moi, quoique j'aimasse à l'entendre jouer de la flûte, dont il jouait assez bien. Ce nouvel Égiste[1] grognait toujours quand il me voyait entrer chez sa dame : il me traitait avec un dédain qu'elle lui rendait bien. Il semblait même qu'elle se plût, pour le tourmenter, à me caresser en sa pré-

sence, et cette sorte de vengeance, quoique fort de
mon goût, l'eût été bien plus dans le tête-à-tête. Mais
elle ne la poussait pas jusque-là, ou du moins ce
n'était pas de la même manière. Soit qu'elle me trou-
vât trop jeune, soit qu'elle ne sût point faire les
avances, soit qu'elle voulût sérieusement être sage,
elle avait alors une sorte de réserve qui n'était pas
repoussante, mais qui m'intimidait sans que je susse
pourquoi. Quoique je ne me sentisse pas pour elle ce
respect aussi vrai que tendre que j'avais pour Mme de
Warens, je me sentais plus de crainte et bien moins de
familiarité. J'étais embarrassé, tremblant ; je n'osais la
regarder, je n'osais respirer auprès d'elle ; cependant
je craignais plus que la mort de m'en éloigner. Je
dévorais d'un œil avide tout ce que je pouvais regarder sans être aperçu : les fleurs de sa robe, le bout de
son joli pied, l'intervalle d'un bras ferme et blanc qui
paraissait entre son gant et sa manchette, et celui qui
se faisait quelquefois entre son tour de gorge et son
mouchoir. Chaque objet ajoutait à l'impression des
autres. A force de regarder ce que je pouvais voir, et
même au-delà, mes yeux se troublaient, ma poitrine
s'oppressait, ma respiration, d'instant en instant plus
embarrassée, me donnait beaucoup de peine à gouverner, et tout ce que je pouvais faire était de filer
sans bruit des soupirs fort incommodes dans le silence
où nous étions assez souvent. Heureusement, Mme
Basile, occupée à son ouvrage, ne s'en apercevait pas,
à ce qu'il me semblait. Cependant je voyais quelquefois, par une sorte de sympathie, son fichu se renfler
assez fréquemment. Ce dangereux spectacle achevait
de me perdre, et quand j'étais prêt à céder à mon
transport, elle m'adressait quelque mot d'un ton tranquille qui me faisait rentrer en moi-même à l'instant.
  Je la vis plusieurs fois seule de cette manière, sans
que jamais un mot, un geste, un regard, même trop
expressif, marquât entre nous la moindre intelligence.
Cet état, très tourmentant pour moi, faisait cependant
mes délices, et à peine dans la simplicité de mon

cœur pouvais-je imaginer pourquoi j'étais si tourmenté. Il paraissait que ces petits tête-à-tête ne lui déplaisaient pas non plus, du moins elle en rendait les occasions assez fréquentes ; soin bien gratuit assurément de sa part pour l'usage qu'elle en faisait et qu'elle m'en laissait faire.

Un jour qu'ennuyée des sots colloques du commis, elle avait monté dans sa chambre, je me hâtai, dans l'arrière-boutique où j'étais, d'achever ma petite tâche et je la suivis. Sa chambre était entrouverte ; j'y entrai sans être aperçu. Elle brodait près d'une fenêtre, ayant, en face, le côté de la chambre opposé à la porte. Elle ne pouvait me voir entrer, ni m'entendre, à cause du bruit que des chariots faisaient dans la rue. Elle se mettait toujours bien : ce jour-là sa parure approchait de la coquetterie. Son attitude était gracieuse, sa tête un peu baissée laissait voir la blancheur de son cou ; ses cheveux relevés avec élégance étaient ornés de fleurs. Il régnait dans toute sa figure un charme que j'eus le temps de considérer, et qui me mit hors de moi. Je me jetai à genoux à l'entrée de la chambre, en tendant les bras vers elle d'un mouvement passionné, bien sûr qu'elle ne pouvait m'entendre, et ne pensant pas qu'elle pût me voir : mais il y avait à la cheminée une glace qui me trahit. Je ne sais quel effet ce transport fit sur elle ; elle ne me regarda point, ne me parla point ; mais, tournant à demi la tête, d'un simple mouvement de doigt, elle me montra la natte à ses pieds. Tressaillir, pousser un cri, m'élancer à la place qu'elle m'avait marquée, ne fut pour moi qu'une même chose : mais ce qu'on aurait peine à croire est que dans cet état je n'osai rien entreprendre au-delà, ni dire un seul mot, ni lever les yeux sur elle, ni la toucher même, dans une attitude aussi contrainte, pour m'appuyer un instant sur ses genoux. J'étais muet, immobile, mais non pas tranquille assurément : tout marquait en moi l'agitation, la joie, la reconnaissance, les ardents désirs incertains dans leur objet et contenus par la frayeur

de déplaire sur laquelle mon jeune cœur ne pouvait
se rassurer.

Elle ne paraissait ni plus tranquille ni moins timide
que moi. Troublée de me voir là, interdite de m'y
avoir attiré, et commençant à sentir toute la conséquence d'un signe parti sans doute avant la réflexion,
elle ne m'accueillait ni ne me repoussait, elle n'ôtait
pas les yeux de dessus son ouvrage, elle tâchait de
faire comme si elle ne m'eût pas vu à ses pieds : mais
toute ma bêtise ne m'empêchait pas de juger qu'elle
partageait mon embarras, peut-être mes désirs, et
qu'elle était retenue par une honte semblable à la
mienne, sans que cela me donnât la force de la surmonter. Cinq ou six ans qu'elle avait de plus que moi
devaient, selon moi, mettre de son côté toute la har-
diesse, et je me disais que, puisqu'elle ne faisait rien
pour exciter la mienne, elle ne voulait pas que j'en
eusse. Même encore aujourd'hui je trouve que je pensais juste, et sûrement elle avait trop d'esprit pour ne
pas voir qu'un novice tel que moi avait besoin non
seulement d'être encouragé, mais d'être instruit.

Je ne sais comment eût fini cette scène vive et
muette, ni combien de temps j'aurais demeuré immobile dans cet état ridicule et délicieux, si nous n'eussions été interrompus. Au plus fort de mes agitations,
j'entendis ouvrir la porte de la cuisine, qui touchait la
chambre où nous étions, et Mme Basile alarmée me dit
vivement de la voix et du geste : « Levez-vous, voici
Rosina. » En me levant en hâte, je saisis une main
qu'elle me tendait, et j'y appliquai deux baisers brûlants, au second desquels je sentis cette charmante
main se presser un peu contre mes lèvres. De mes
jours je n'eus un si doux moment : mais l'occasion
que j'avais perdue ne revint plus, et nos jeunes
amours en restèrent là.

C'est peut-être pour cela même que l'image de
cette aimable femme est restée empreinte au fond de
mon cœur en traits si charmants. Elle s'y est même
embellie à mesure que j'ai mieux connu le monde et

les femmes. Pour peu qu'elle eût eu d'expérience, elle s'y fût prise autrement pour animer un petit garçon : mais si son cœur était faible, il était honnête ; elle cédait involontairement au penchant qui l'entraînait : c'était, selon toute apparence, sa première infidélité, et j'aurais peut-être eu plus à faire à vaincre sa honte que la mienne. Sans en être venu là, j'ai goûté près d'elle des douceurs inexprimables. Rien de tout ce que m'a fait sentir la possession des femmes ne vaut les deux minutes que j'ai passées à ses pieds sans même oser toucher à sa robe. Non, il n'y a point de jouissances pareilles à celles que peut donner une honnête femme qu'on aime ; tout est faveur auprès d'elle. Un petit signe du doigt, une main légèrement pressée contre ma bouche sont les seules faveurs que je reçus jamais de Mme Basile, et le souvenir de ces faveurs si légères me transporte encore en y pensant.

Les deux jours suivants, j'eus beau guetter un nouveau tête-à-tête, il me fut impossible d'en trouver le moment, et je n'aperçus de sa part aucun soin pour le ménager. Elle eut même le maintien non plus froid, mais plus retenu qu'à l'ordinaire, et je crois qu'elle évitait mes regards, de peur de ne pouvoir assez gouverner les siens. Son maudit commis fut plus désolant que jamais : il devint même railleur, goguenard ; il me dit que je ferais mon chemin près des dames. Je tremblais d'avoir commis quelque indiscrétion, et, me regardant déjà comme d'intelligence avec elle, je voulus couvrir du mystère un goût qui jusqu'alors n'en avait pas grand besoin. Cela me rendit plus circonspect à saisir les occasions de le satisfaire, et, à force de les vouloir sûres, je n'en trouvai plus du tout.

Voici encore une autre folie romanesque dont jamais je n'ai pu me guérir, et qui, jointe à ma timidité naturelle, a beaucoup démenti les prédictions du commis. J'aimais trop sincèrement, trop parfaitement, j'ose dire, pour pouvoir aisément être heureux. Jamais passions ne furent en même temps plus vives et plus pures que les miennes, jamais amour ne fut plus

tendre, plus vrai, plus désintéressé. J'aurais mille fois
sacrifié mon bonheur à celui de la personne que j'aimais ; sa réputation m'était plus chère que ma vie, et
jamais pour tous les plaisirs de la jouissance je n'aurais voulu compromettre un moment son repos. Cela
m'a fait apporter tant de soins, tant de secret, tant de
précaution dans mes entreprises, que jamais aucune
n'a pu réussir. Mon peu de succès près des femmes
est toujours venu de les trop aimer.

   Pour revenir au flûteur Égiste, ce qu'il y avait de
singulier était qu'en devenant plus insupportable, le
traître semblait devenir plus complaisant. Dès le premier jour que sa dame m'avait pris en affection, elle
avait songé à me rendre utile dans le magasin. Je
savais passablement l'arithmétique ; elle lui avait proposé de m'apprendre à tenir les livres ; mais mon
bourru reçut très mal la proposition, craignant peut-
être d'être supplanté. Ainsi tout mon travail après
mon burin était de transcrire quelques comptes et
mémoires, de mettre au net quelques livres, et de traduire quelques lettres de commerce d'italien en français. Tout d'un coup mon homme s'avisa de revenir à
la proposition faite et rejetée, et dit qu'il m'appren-
drait les comptes à parties doubles, et qu'il voulait me
mettre en état d'offrir mes services à M. Basile quand
il serait de retour. Il y avait dans son ton, dans son air,
je ne sais quoi de faux, de malin, d'ironique, qui ne
me donnait pas de la confiance. Mme Basile, sans
attendre ma réponse, lui dit sèchement que je lui
étais obligé de ses offres, qu'elle espérait que la fortune favoriserait enfin mon mérite, et que ce serait
grand dommage qu'avec tant d'esprit je ne fusse
qu'un commis.

   Elle m'avait dit plusieurs fois qu'elle voulait me
faire faire une connaissance qui pourrait m'être utile.
Elle pensait assez sagement pour sentir qu'il était
temps de me détacher d'elle. Nos muettes déclara-
tions s'étaient faites le jeudi. Le dimanche elle donna
un dîner, où je me trouvai et où se trouva aussi un

jacobin[1] de bonne mine auquel elle me présenta. Le
moine me traita très affectueusement, me félicita sur
ma conversion, et me dit plusieurs choses sur mon
histoire qui m'apprirent qu'elle la lui avait détaillée ;
puis, me donnant deux petits coups d'un revers de
main sur la joue, il me dit d'être sage, d'avoir bon
courage, et de l'aller voir, que nous causerions plus à
loisir ensemble. Je jugeai, par les égards que tout le
monde avait pour lui, que c'était un homme de considération, et par le ton paternel qu'il prenait avec
Mme Basile, qu'il était son confesseur. Je me rappelle
bien aussi que sa décente familiarité était mêlée de
marques d'estime et même de respect pour sa péni-
tente, qui me firent alors moins d'impression qu'elles
ne m'en font aujourd'hui. Si j'avais eu plus d'intelligence, combien j'eusse été touché d'avoir pu rendre
sensible une jeune femme respectée par son confesseur !
   La table ne se trouva pas assez grande pour le
nombre que nous étions ; il en fallut une petite, où
j'eus l'agréable tête-à-tête de M. le commis. Je n'y perdis rien du côté des attentions et de la bonne chère ;
il y eut bien des assiettes envoyées à la petite table
dont l'intention n'était sûrement pas pour lui. Tout
allait très bien jusque-là : les femmes étaient fort
gaies, les hommes fort galants ; Mme Basile faisait ses
honneurs avec une grâce charmante. Au milieu du
dîner, l'on entend arrêter une chaise à la porte ; quelqu'un monte, c'est M. Basile. Je le vois comme s'il
entrait actuellement, en habit d'écarlate à boutons
d'or, couleur que j'ai prise en aversion depuis ce jour-
là. M. Basile était un grand et bel homme qui se présentait très bien. Il entre avec fracas, et de l'air de
quelqu'un qui surprend son monde, quoiqu'il n'y eût
là que de ses amis. Sa femme lui saute au cou, lui
prend les mains, lui fait mille caresses qu'il reçoit sans
les lui rendre. Il salue la compagnie, on lui donne un
couvert, il mange. A peine avait-on commencé de parler de son voyage, que, jetant les yeux sur la petite

table, il demande d'un ton sévère ce que c'est que ce petit garçon qu'il aperçoit là. Mme Basile le lui dit tout naïvement. Il demande si je loge dans la maison. On lui dit que non. « Pourquoi non ? reprend-il grossièrement : puisqu'il s'y tient le jour, il peut bien y rester la nuit. » Le moine prit la parole, et après un éloge grave et vrai de Mme Basile, il fit le mien en peu de mots, ajoutant que, loin de blâmer la pieuse charité de sa femme, il devait s'empresser d'y prendre part, puisque rien n'y passait les bornes de la discrétion. Le mari répliqua d'un ton d'humeur, dont il cachait la moitié, contenu par la présence du moine, mais qui suffit pour me faire sentir qu'il avait des instructions sur mon compte, et que le commis m'avait servi à sa façon.

A peine était-on hors de table, que celui-ci, dépêché par son bourgeois, vint en triomphe me signifier de sa part de sortir à l'instant de chez lui, et de n'y remettre les pieds de ma vie. Il assaisonna sa commission de tout ce qui pouvait la rendre insultante et cruelle. Je partis sans rien dire, mais le cœur navré, moins de quitter cette aimable femme que de la laisser en proie à la brutalité de son mari. Il avait raison, sans doute, de ne vouloir pas qu'elle fût infidèle ; mais, quoique sage et bien née, elle était Italienne, c'est-à-dire sensible et vindicative, et il avait tort, ce me semble, de prendre avec elle les moyens les plus propres à s'attirer le malheur qu'il craignait.

Tel fut le succès de ma première aventure. Je voulus essayer de repasser deux ou trois fois dans la rue, pour revoir au moins celle que mon cœur regrettait sans cesse ; mais au lieu d'elle je ne vis que son mari et le vigilant commis qui, m'ayant aperçu, me fit, avec l'aune de la boutique, un geste plus expressif qu'attirant. Me voyant si bien guetté, je perdis courage et n'y passai plus. Je voulus aller voir au moins le patron qu'elle m'avait ménagé. Malheureusement je ne savais pas son nom. Je rôdai plusieurs fois inutilement autour du couvent, pour tâcher de le rencontrer.

Enfin d'autres événements m'ôtèrent les charmants souvenirs de Mme Basile, et dans peu je l'oubliai si bien, qu'aussi simple et aussi novice qu'auparavant je ne restai pas même affriandé de jolies femmes.

Cependant ses libéralités avaient un peu remonté mon petit équipage, très modestement toutefois, et avec la précaution d'une femme prudente, qui regardait plus à la propreté, qu'à la parure, et qui voulait m'empêcher de souffrir, et non pas me faire briller. Mon habit, que j'avais apporté de Genève, était bon et portable encore ; elle y ajouta seulement un chapeau et quelque linge. Je n'avais point de manchettes ; elle ne voulut point m'en donner, quoique j'en eusse bonne envie. Elle se contenta de me mettre en état de me tenir propre, et c'est un soin qu'il ne fallut pas me recommander tant que je parus devant elle.

Peu de jours après ma catastrophe, mon hôtesse, qui, comme je l'ai dit, m'avait pris en amitié, me dit qu'elle m'avait peut-être trouvé une place, et qu'une dame de condition voulait me voir. À ce mot, je me crus tout de bon dans les hautes aventures : car j'en revenais toujours là. Celle-ci ne se trouva pas aussi brillante que je me l'étais figuré. Je fus chez cette dame avec le domestique qui lui avait parlé de moi. Elle m'interrogea, m'examina : je ne lui déplus pas ; et tout de suite j'entrai à son service, non pas tout à fait en qualité de favori, mais en qualité de laquais. Je fus vêtu de la couleur de ses gens ; la seule distinction fut qu'ils portaient l'aiguillette[1], et qu'on ne me la donna pas : comme il n'y avait point de galons à sa livrée, cela faisait à peu près un habit bourgeois. Voilà le terme inattendu auquel aboutirent enfin toutes mes grandes espérances.

Mme la comtesse de Vercellis[2], chez qui j'entrai, était veuve et sans enfants : son mari était Piémontais ; pour elle, je l'ai toujours crue Savoyarde, ne pouvant imaginer qu'une Piémontaise parlât si bien le français et eût un accent si pur. Elle était entre deux âges, d'une figure fort noble, d'un esprit orné, aimant la littérature française, et s'y connaissant. Elle écrivait beaucoup et toujours en français. Ses lettres avaient le tour et presque la grâce de celles de Mme de Sévigné ; on aurait pu s'y tromper à quelques-unes. Mon principal emploi, et qui ne me déplaisait pas, était de les écrire sous sa dictée, un cancer au sein, qui la faisait beaucoup souffrir, ne lui permettant plus d'écrire elle-même.

Mme de Vercellis avait non seulement beaucoup d'esprit, mais une âme élevée et forte. J'ai suivi sa dernière maladie ; je l'ai vue souffrir et mourir sans jamais marquer un instant de faiblesse, sans faire le moindre effort pour se contraindre, sans sortir de son rôle de femme, et sans se douter qu'il y eût à cela de la philosophie, mot qui n'était pas encore à la mode, et qu'elle ne connaissait même pas dans le sens qu'il porte aujourd'hui. Cette force de caractère allait quelquefois jusqu'à la sécheresse. Elle m'a toujours paru aussi peu sensible pour autrui que pour elle-même : et quand elle faisait du bien aux malheureux, c'était pour faire ce qui était bien en soi, plutôt que par une véritable commisération. J'ai un peu éprouvé de cette insensibilité pendant les trois mois que j'ai passés auprès d'elle. Il était naturel qu'elle prît en affection un jeune homme de quelque espérance, qu'elle avait incessamment sous les yeux, et qu'elle songeât, se sentant mourir, qu'après elle il aurait besoin de secours et d'appui : cependant, soit qu'elle ne me jugeât pas digne d'une attention particulière, soit que les gens qui l'obsédaient ne lui aient permis de songer qu'à eux, elle ne fit rien pour moi.

Je me rappelle pourtant fort bien qu'elle avait marqué quelque curiosité de me connaître. Elle m'interrogeait quelquefois : elle était bien aise que je lui montrasse les lettres que j'écrivais à Mme de Warens, que je lui rendisse compte de mes sentiments. Mais elle ne s'y prenait assurément pas bien pour les connaître, en ne me montrant jamais les siens. Mon cœur aimait à s'épancher, pourvu qu'il sentît que c'était dans un autre. Des interrogations sèches et froides, sans aucun signe d'approbation ni de blâme sur mes réponses, ne me donnaient aucune confiance. Quand rien ne m'apprenait si mon babil plaisait ou déplaisait, j'étais toujours en crainte, et je cherchais moins à montrer ce que je pensais qu'à ne rien dire qui pût me nuire. J'ai remarqué depuis que cette manière sèche d'interroger les gens pour les connaître est un tic assez commun chez les femmes qui se piquent d'esprit. Elles s'imaginent qu'en ne laissant point paraître leur sentiment, elles parviendront à mieux pénétrer le vôtre : mais elles ne voient pas qu'elles ôtent par là le courage de le montrer. Un homme qu'on interroge commence par cela seul à se mettre en garde, et s'il croit que, sans prendre à lui un véritable intérêt, on ne veut que le faire jaser, il ment, ou se tait, ou redouble d'attention sur lui-même, et aime encore mieux passer pour un sot que d'être dupe de votre curiosité. Enfin c'est toujours un mauvais moyen de lire dans le cœur des autres que d'affecter de cacher le sien.

Mme de Vercellis ne m'a jamais dit un mot qui sentît l'affection, la pitié, la bienveillance. Elle m'interrogeait froidement ; je répondais avec réserve. Mes réponses étaient si timides qu'elle dut les trouver basses et s'en ennuya. Sur la fin elle ne me questionnait plus, ne me parlait plus que pour son service. Elle me jugea moins sur ce que j'étais que sur ce qu'elle m'avait fait, et à force de ne voir en moi qu'un laquais, elle m'empêcha de lui paraître autre chose.

Je crois que j'éprouvai dès lors ce jeu malin des intérêts cachés qui m'a traversé[1] toute ma vie, et qui m'a donné une aversion bien naturelle pour l'ordre apparent qui les produit. Mme de Vercellis, n'ayant point d'enfants, avait pour héritier son neveu le comte de la Roque, qui lui faisait assidûment sa cour. Outre cela, ses principaux domestiques, qui la voyaient tirer à sa fin, ne s'oubliaient pas, et il y avait tant d'empressés autour d'elle, qu'il était difficile qu'elle eût du temps pour penser à moi. A la tête de sa maison était un nommé M. Lorenzi, homme adroit, dont la femme, encore plus adroite, s'était tellement insinuée dans les bonnes grâces de sa maîtresse, qu'elle était plutôt chez elle sur le pied d'une amie que d'une femme à ses gages. Elle lui avait donné pour femme de chambre une nièce à elle appelée Mlle Pontal, fine mouche, qui se donnait des airs de demoiselle suivante, et aidait sa tante à obséder si bien leur maîtresse, qu'elle ne voyait que par leurs yeux et n'agissait que par leurs mains. Je n'eus pas le bonheur d'agréer à ces trois personnes : je leur obéissais, mais je ne les servais pas ; je n'imaginais pas qu'outre le service de notre commune maîtresse, je dusse être encore le valet de ses valets. J'étais d'ailleurs une espèce de personnage inquiétant pour eux. Ils voyaient bien que je n'étais pas à ma place ; ils craignaient que madame ne le vît aussi, et que ce qu'elle ferait pour m'y mettre ne diminuât leurs portions : car ces sortes de gens, trop avides pour être justes, regardent tous les legs qui sont pour d'autres comme pris sur leur propre bien. Ils se réunirent donc pour m'écarter de ses yeux. Elle aimait à écrire des lettres ; c'était un amusement pour elle dans son état : ils l'en dégoûtèrent et l'en firent détourner par le médecin, en la persuadant que cela la fatiguait. Sous prétexte que je n'entendais pas le service, on employait au lieu de moi deux gros manants de porteurs de chaise autour d'elle ; enfin l'on fit si bien, que, quand elle fit son testament, il y avait huit jours que je n'étais entré dans sa chambre. Il est vrai qu'après cela j'y entrai comme auparavant, et j'y fus même plus assidu que personne, car les douleurs de cette pauvre femme me déchiraient ; la constance avec laquelle elle les souffrait me la rendait extrêmement respectable et chère, et j'ai bien versé dans sa chambre des larmes sincères, sans qu'elle ni personne s'en aperçût.

Nous la perdîmes enfin. Je la vis expirer. Sa vie avait été celle d'une femme d'esprit et de sens ; sa mort fut celle d'un sage. Je puis dire qu'elle me rendit la religion catholique aimable par la sérénité d'âme avec laquelle elle en remplit les devoirs sans négligence et sans affectation. Elle était naturellement sérieuse. Sur la fin de sa maladie, elle prit une sorte de gaieté trop égale pour être jouée, et qui n'était qu'un contrepoids donné par la raison même contre la tristesse de son état. Elle ne garda le lit que les deux derniers jours, et ne cessa de s'entretenir paisiblement avec tout le monde. Enfin, ne parlant plus, et déjà dans les combats de l'agonie, elle fit un gros pet. « Bon ! dit-elle en se retournant, femme qui pète n'est pas morte. » Ce furent les derniers mots qu'elle prononça.

Elle avait légué un an de leurs gages à ses bas domestiques ; mais n'étant point couché sur l'état de sa maison, je n'eus rien. Cependant le comte de la Roque me fit donner trente livres, et me laissa l'habit neuf que j'avais sur le corps, et que M. Lorenzi voulait m'ôter. Il promit même de chercher à me placer et me permit de l'aller voir. J'y fus deux ou trois fois sans pouvoir lui parler. J'étais facile à rebuter, je n'y retournai plus. On verra bientôt que j'eus tort.

Que n'ai-je achevé tout ce que j'avais à dire de mon séjour chez Mme de Vercellis ! Mais, bien que mon apparente situation demeurât la même, je ne sortis pas de sa maison comme j'y étais entré. J'en emportai les longs souvenirs du crime et l'insupportable poids des remords dont au bout de quarante ans ma conscience est encore chargée, et dont l'amer sentiment, loin de s'affaiblir, s'irrite à mesure que je vieillis. Qui croirait que la faute d'un enfant pût avoir des suites aussi cruelles ? C'est de ces suites plus que probables que mon cœur ne saurait se consoler. J'ai peut-être fait périr dans l'opprobre et dans la misère une fille aimable, honnête, estimable, et qui sûrement valait beaucoup mieux que moi.

Il est bien difficile que la dissolution d'un ménage n'entraîne un peu de confusion dans la maison, et qu'il ne s'égare bien des choses : cependant, telle

était la fidélité des domestiques et la vigilance de
M. et Mme Lorenzi, que rien ne se trouva de manque
sur l'inventaire. La seule Mlle Pontal perdit un petit
ruban couleur de rose et argent, déjà vieux. Beaucoup
d'autres meilleures choses étaient à ma portée ; ce
ruban seul me tenta, je le volai, et comme je ne le
cachais guère, on me le trouva bientôt. On voulut
savoir où je l'avais pris. Je me trouble, je balbutie, et
enfin je dis, en rougissant, que c'est Marion qui me
l'a donné. Marion était une jeune Mauriennoise dont
Mme de Vercellis avait fait sa cuisinière, quand, cessant
de donner à manger, elle avait renvoyé la sienne,
ayant plus besoin de bons bouillons que de ragoûts
fins. Non seulement Marion était jolie, mais elle avait
une fraîcheur de coloris qu'on ne trouve que dans les
montagnes, et surtout un air de modestie et de douceur qui faisait qu'on ne pouvait la voir sans l'aimer ;
d'ailleurs bonne fille, sage et d'une fidélité à toute
épreuve. C'est ce qui surprit quand je la nommai.
L'on n'avait guère moins de confiance en moi qu'en
elle, et l'on jugea qu'il importait de vérifier lequel
était le fripon des deux. On la fit venir ; l'assemblée
était nombreuse, le comte de la Roque y était. Elle
arrive, on lui montre le ruban, je la charge effrontément ; elle reste interdite, se tait, me jette un regard
qui aurait désarmé les démons, et auquel mon barbare cœur résiste. Elle nie enfin avec assurance, mais
sans emportement, m'apostrophe, m'exhorte à rentrer
en moi-même, à ne pas déshonorer une fille innocente qui ne m'a jamais fait de mal ; et moi, avec une
impudence infernale, je confirme ma déclaration, et
lui soutiens en face qu'elle m'a donné le ruban. La
pauvre fille se mit à pleurer, et ne me dit que ces
mots : « Ah ! Rousseau, je vous croyais un bon caractère. Vous me rendez bien malheureuse ; mais je ne
voudrais pas être à votre place. » Voilà tout. Elle continua de se défendre avec autant de simplicité que de
fermeté, mais sans se permettre jamais contre moi la
moindre invective. Cette modération, comparée à

mon ton décidé, lui fit tort. Il ne semblait pas naturel de supposer d'un côté une audace aussi diabolique, et de l'autre une aussi angélique douceur. On ne parut pas se décider absolument, mais les préjugés étaient pour moi. Dans le tracas où l'on était, on ne se donna pas le temps d'approfondir la chose ; et le comte de la Roque, en nous renvoyant tous deux, se contenta de dire que la conscience du coupable vengerait assez l'innocent. Sa prédiction n'a pas été vaine ; elle ne cesse pas un seul jour de s'accomplir.

J'ignore ce que devint cette victime de ma calomnie mais il n'y a pas d'apparence qu'elle ait après cela trouvé facilement à se bien placer. Elle emportait une imputation cruelle à son honneur de toutes manières. Le vol n'était qu'une bagatelle, mais enfin c'était un vol, et, qui pis est, employé à séduire un jeune garçon : enfin le mensonge et l'obstination ne laissaient rien à espérer de celle en qui tant de vices étaient réunis. Je ne regarde pas même la misère et l'abandon comme le plus grand danger auquel je l'aie exposée. Qui sait, à son âge, où le découragement de l'innocence avilie a pu la porter ? Eh ! si le remords d'avoir pu la rendre malheureuse est insupportable, qu'on juge de celui d'avoir pu la rendre pire que moi !

Ce souvenir cruel me trouble quelquefois, et me bouleverse au point de voir dans mes insomnies cette pauvre fille venir me reprocher mon crime, comme s'il n'était commis que d'hier. Tant que j'ai vécu tranquille, il m'a moins tourmenté ; mais au milieu d'une vie orageuse il m'ôte la plus douce consolation des innocents persécutés : il me fait bien sentir ce que je crois avoir dit dans quelque ouvrage, que le remords s'endort durant un destin prospère, et s'aigrit dans l'adversité. Cependant je n'ai jamais pu prendre sur moi de décharger mon cœur de cet aveu dans le sein d'un ami. La plus étroite intimité ne me l'a jamais fait faire à personne, pas même à Mme de Warens. Tout ce que j'ai pu faire a été d'avouer que j'avais à me repro

cher une action atroce, mais jamais je n'ai dit en quoi
elle consistait. Ce poids est donc resté jusqu'à ce jour
sans allégement sur ma conscience, et je puis dire que
le désir de m'en délivrer en quelque sorte a beaucoup
contribué à la résolution que j'ai prise d'écrire mes
confessions.

J'ai procédé rondement dans celle que je viens de
faire, et l'on ne trouvera sûrement pas que j'aie ici
pallié la noirceur de mon forfait. Mais je ne remplirais
pas le but de ce livre, si je n'exposais en même temps
mes dispositions intérieures, et que je craignisse de
m'excuser en ce qui est conforme à la vérité. Jamais la
méchanceté ne fut plus loin de moi que dans ce cruel
moment, et lorsque je chargeai cette malheureuse
fille, il est bizarre, mais il est vrai que mon amitié
pour elle en fut la cause. Elle était présente à ma pensée, je m'excusai sur le premier objet qui s'offrit. Je
l'accusai d'avoir fait ce que je voulais faire, et de
m'avoir donné le ruban, parce que mon intention
était de le lui donner. Quand je la vis paraître ensuite,
mon cœur fut déchiré, mais la présence de tant de
monde fut plus forte que mon repentir. Je craignais
peu la punition, je ne craignais que la honte ; mais je
la craignais plus que la mort, plus que le crime, plus
que tout au monde. J'aurais voulu m'enfoncer,
m'étouffer dans le centre de la terre ; l'invincible
honte l'emporta sur tout, la honte seule fit mon impudence ; et plus je devenais criminel, plus l'effroi d'en
convenir me rendait intrépide. Je ne voyais que l'horreur d'être reconnu, déclaré publiquement, moi présent, voleur, menteur, calomniateur. Un trouble uni-
versel m'ôtait tout autre sentiment. Si l'on m'eût laissé
revenir à moi-même, j'aurais infailliblement tout
déclaré. Si M. de la Roque m'eût pris à part, qu'il
m'eût dit : « Ne perdez pas cette pauvre fille ; si vous
êtes coupable, avouez-le-moi », je me serais jeté à ses
pieds dans l'instant, j'en suis parfaitement sûr. Mais
on ne fit que m'intimider quand il fallait me donner
du courage. L'âge est encore une attention qu'il est

juste de faire ; à peine étais-je sorti de l'enfance, ou plutôt j'y étais encore. Dans la jeunesse, les véritables noirceurs sont plus criminelles encore que dans l'âge mûr : mais ce qui n'est que faiblesse l'est beaucoup moins, et ma faute au fond n'était guère autre chose. Aussi son souvenir m'afflige-t-il moins à cause du mal en lui-même qu'à cause de celui qu'il a dû causer. Il m'a même fait ce bien de me garantir pour le reste de ma vie de tout acte tendant au crime, par l'impression terrible qui m'est restée du seul que j'aie jamais commis ; et je crois sentir que mon aversion pour le mensonge me vient en grande partie du regret d'en avoir pu faire un aussi noir. Si c'est un crime qui puisse être expié, comme j'ose le croire, il doit l'être par tant de malheurs dont la fin de ma vie est accablée, par quarante ans de droiture et d'honneur dans des occasions difficiles et la pauvre Marion trouve tant de vengeurs en ce monde, que, quelque grande qu'ait été mon offense envers elle, je crains peu d'en emporter la coulpe avec moi. Voilà ce que j'avais à dire sur cet article. Qu'il me soit permis de n'en reparler jamais.

LIVRE TROISIÈME[1]

Sorti de chez Mme de Vercellis à peu près comme j'y étais entré, je retournai chez mon ancienne hôtesse, et j'y restai cinq ou six semaines, durant lesquelles la santé, la jeunesse et l'oisiveté me rendirent souvent mon tempérament importun. J'étais inquiet, distrait, rêveur ; je pleurais, je soupirais, je désirais un bonheur dont je n'avais pas l'idée, et dont je sentais pourtant la privation. Cet état ne peut se décrire ; et peu d'hommes même le peuvent imaginer, parce que la plupart ont prévenu cette plénitude de vie, à la fois tourmentante et délicieuse, qui, dans l'ivresse du désir, donne un avant-goût de la jouissance. Mon sang allumé remplissait incessamment mon cerveau de filles et de femmes : mais, n'en sentant pas le véritable usage, je les occupais bizarrement en idée à mes fantaisies sans en savoir rien faire de plus ; et ces idées tenaient mes sens dans une activité très incommode, dont, par bonheur, elles ne m'apprenaient point à me délivrer. J'aurais donné ma vie pour retrouver un quart d'heure une demoiselle Goton. Mais ce n'était plus le temps où les jeux de l'enfance allaient là comme d'eux-mêmes. La honte, compagne de la conscience du mal, était venue avec les années ; elle avait accru ma timidité naturelle au point de la rendre invincible ; et jamais, ni dans ce temps-là ni depuis, je n'ai pu parvenir à faire une proposition lascive, que

celle à qui je la faisais ne m'y ait en quelque sorte
contraint par ses avances, quoique sachant qu'elle
n'était pas scrupuleuse, et presque assuré d'être pris
au mot.

Mon agitation crût au point que, ne pouvant
contenter mes désirs, je les attisais par les plus extrava-
gantes manœuvres. J'allais chercher des allées
sombres, des réduits cachés, où je pusse m'exposer de
loin aux personnes du sexe dans l'état où j'aurais
voulu pouvoir être auprès d'elles. Ce qu'elles voyaient
n'était pas l'objet obscène, je n'y songeais même pas ;
c'était l'objet ridicule. Le sot plaisir que j'avais de
l'étaler à leurs yeux ne peut se décrire. Il n'y avait de
là plus qu'un pas à faire pour sentir le traitement
désiré, et je ne doute pas que quelque résolue, en passant, ne m'en eût donné l'amusement, si j'eusse eu
l'audace d'attendre. Cette folie eut une catastrophe à
peu près aussi comique, mais un peu moins plaisante
pour moi.

Un jour j'allai m'établir au fond d'une cour, dans
laquelle était un puits où les filles de la maison
venaient souvent chercher de l'eau. Dans ce fond il y
avait une petite descente qui menait à des caves par
plusieurs communications. Je sondai dans l'obscurité
ces allées souterraines, et, les trouvant longues et obs-
cures, je jugeai qu'elles ne finissaient point, et que, si
j'étais vu et surpris, j'y trouverais un refuge assuré.
Dans cette confiance, j'offrais aux filles qui venaient
au puits un spectacle plus risible que séducteur. Les
plus sages feignirent de ne rien voir ; d'autres se
mirent à rire ; d'autres se crurent insultées et firent
du bruit. Je me sauvai dans ma retraite : j'y fus suivi
J'entendis une voix d'homme sur laquelle je n'avais
pas compté, et qui m'alarma. Je m'enfonçai dans les
souterrains, au risque de m'y perdre : le bruit, les
voix, la voix d'homme me suivaient toujours. J'avais
compté sur l'obscurité, je vis de la lumière. Je frémis,
je m'enfonçai davantage. Un mur m'arrêta, et, ne
pouvant aller plus loin, il fallut attendre là ma destinée

née. En un moment je fus atteint et saisi par un grand homme portant une grande moustache, un grand chapeau, un grand sabre, escorté de quatre ou cinq vieilles femmes armées chacune d'un manche à balai, parmi lesquelles j'aperçus la petite coquine qui m'avait décelé, et qui voulait sans doute me voir au visage.

L'homme au sabre, en me prenant par le bras, me demanda rudement ce que je faisais là. On conçoit que ma réponse n'était pas prête. Je me remis cependant ; et, m'évertuant dans ce moment critique, je tirai de ma tête un expédient romanesque qui me réussit. Je lui dis, d'un ton suppliant, d'avoir pitié de mon âge et de mon état ; que j'étais un jeune étranger de grande naissance, dont le cerveau s'était dérangé ; que je m'étais échappé de la maison paternelle parce qu'on voulait m'enfermer ; que j'étais perdu s'il me faisait connaître ; mais que, s'il voulait bien me laisser aller, je pourrais peut-être un jour reconnaître cette grâce. Contre toute attente, mon discours et mon air firent effet : l'homme terrible en fut touché ; et après une réprimande assez courte, il me laissa doucement aller sans me questionner davantage. A l'air dont la jeune et les vieilles me virent partir, je jugeai que l'homme que j'avais tant craint m'était fort utile, et qu'avec elles seules je n'en aurais pas été quitte à si bon marché. Je les entendis murmurer je ne sais quoi dont je ne me souciais guère ; car, pourvu que le sabre et l'homme ne s'en mêlassent pas, j'étais bien sûr, leste et vigoureux comme j'étais, de me délivrer bientôt et de leurs tricots et d'elles.

Quelques jours après, passant dans une rue avec un jeune abbé, mon voisin, j'allai donner du nez contre l'homme au sabre. Il me reconnut, et me contrefaisant d'un ton railleur : « Je suis prince, me dit-il, je suis prince ; et moi je suis un coïon : mais que Son Altesse n'y revienne pas. » Il n'ajouta rien de plus, et je m'esquivai en baissant la tête et le remerciant, dans mon cœur, de sa discrétion. J'ai jugé que ces maudites vieilles lui avaient fait honte de sa crédulité. Quoi qu'il en soit, tout Piémontais qu'il était, c'était un bon homme, et jamais je ne pense à lui, sans un mouvement de reconnaissance : car l'histoire était si plaisante, que, par le seul désir de faire rire, tout autre à sa place m'eût déshonoré. Cette aventure, sans avoir les suites que j'en pouvais craindre, ne laissa pas de me rendre sage pour longtemps.

Mon séjour chez Mme de Vercellis m'avait procuré quelques connaissances, que j'entretenais dans l'espoir qu'elles pourraient m'être utiles. J'allais voir quelquefois entre autres un abbé savoyard appelé M. Gaime[1], précepteur des enfants du comte de Mellarède. Il était jeune encore et peu répandu, mais plein de bon sens, de probité, de lumières, et l'un des plus honnêtes hommes que j'aie connus. Il ne me fut d'aucune ressource pour l'objet qui m'attirait chez lui : il n'avait pas assez de crédit pour me placer ; mais je trouvai près de lui des avantages plus précieux qui m'ont profité toute ma vie, les leçons de la saine morale et les maximes de la droite raison. Dans l'ordre successif de mes goûts et de mes idées, j'avais toujours été trop haut ou trop bas ; Achille ou Thersite[2], tantôt héros et tantôt vaurien. M. Gaime prit le soin de me mettre à ma place et de me montrer à moi-même, sans m'épargner ni me décourager. Il me parla très honorablement de mon naturel et de mes talents ; mais il ajouta qu'il en voyait naître les obstacles qui m'empêcheraient d'en tirer parti ; de sorte qu'ils devaient, selon lui, bien moins me servir de degrés pour monter à la fortune que de ressource pour m'en passer. Il me fit un tableau vrai de la vie humaine, dont je n'avais que de fausses idées ; il me montra comment, dans un destin contraire, l'homme sage peut toujours tendre au bonheur et courir au plus près du vent pour y parvenir ; comment il n'y a point de vrai bonheur sans sagesse, et comment la sagesse est de tous les états. Il amortit beaucoup mon admiration pour la grandeur en me prouvant qu ceux qui dominaient les autres n'étaient ni plus sages ni plus heureux qu'eux. Il me dit une chose qui m'est souvent revenue à la mémoire, c'est que si chaque homme pouvait lire dans les cœurs de tous les autres, il y aurait plus de gens qui voudraient descendre que de ceux qui voudraient monter. Cette réflexion, dont la vérité frappe, et qui n'a rien d'outré, m'a été d'un grand usage dans le cours de ma vie pour me faire tenir à ma place paisiblement. Il me donna les premières vraies idées de l'honnête, que mon génie ampoulé n'avait saisi que dans ses excès. Il me fit sentir que l'enthousiasme des vertus sublimes était peu d'usage dans la société, qu'en s'élançant trop haut on était sujet aux chutes ; que la continuité des petits devoirs toujours bien remplis ne demandait pas moins de force que les actions héroïques ; qu'on en tirait meilleur parti pour l'honneur et pour le bonheur ; et qu'il valait infiniment mieux avoir toujours l'estime des hommes que quelquefois leur admiration.

Pour établir les devoirs de l'homme il fallait bien remonter à leur principe. D'ailleurs, le pas que je venais de faire, et dont mon état présent était la suite, nous conduisait à parler de religion. L'on conçoit déjà que l'honnête M. Gaime est, du moins en grande partie, l'original du Vicaire savoyard. Seulement, la prudence l'obligeant à parler avec plus de réserve, il s'expliqua moins ouvertement sur certains points ; mais au reste ses maximes, ses sentiments, ses avis furent les mêmes, et, jusqu'au conseil de retourner dans ma patrie, tout fut comme je l'ai rendu depuis au public. Ainsi, sans m'étendre sur des entretiens dont chacun peut voir la substance, je dirai que ses leçons, sages, mais d'abord sans effet, furent dans mon cœur un germe de vertu et de religion qui ne s'y étouffa jamais, et qui n'attendait, pour fructifier, que les soins d'une main plus chérie.

Quoique alors ma conversion fût peu solide, je ne laissais pas d'être ému. Loin de m'ennuyer de ses entretiens, j'y pris goût à cause de leur clarté, de leur simplicité, et surtout d'un certain intérêt de cœur dont je sentais qu'ils étaient pleins. J'ai l'âme aimante et je me suis toujours attaché aux gens moins à proportion du bien qu'ils m'ont fait que de celui qu'ils m'ont voulu, et c'est sur quoi mon tact ne me trompe guère. Aussi je m'affectionnais véritablement à M. Gaime ; j'étais pour ainsi dire son second disciple ; et cela me fit pour le moment même l'inestimable bien de me détourner de la pente du vice où m'entraînait mon oisiveté.

Un jour que je ne pensais à rien moins, on vint me chercher de la part du comte de la Roque. A force d'y aller et de ne pouvoir lui parler, je m'étais ennuyé, je n'y allais plus : je crus qu'il m'avait oublié, ou qu'il lui était resté de mauvaises impressions de moi. Je me trompais. Il avait été témoin plus d'une fois du plaisir avec lequel je remplissais mon devoir auprès de sa tante ; il le lui avait même dit, et il m'en reparla quand moi-même je n'y songeais plus. Il me reçut bien, me dit que, sans m'amuser de promesses vagues, il avait cherché à me placer, qu'il avait réussi, qu'il me mettait en chemin de devenir quelque chose, que c'était à moi de faire le reste ; que la maison où il me faisait entrer était puissante et considérée, que je n'avais pas besoin d'autres protecteurs pour m'avancer, et que quoique traité d'abord en simple domestique, comme je venais de l'être, je pouvais être assuré que si l'on me jugeait par mes sentiments et par ma conduite au dessus de cet état, on était disposé à ne m'y pas laisser. La fin de ce discours démentit cruellement les brillantes espérances que le commencement m'avait données. Quoi ! toujours laquais ! me dis-je en moi même avec un dépit amer que la confiance effaça bientôt. Je me sentais trop peu fait pour cette place pour craindre qu'on m'y laissât.

Il me mena chez le comte de Gouvon, premier écuyer de la reine, et chef de l'illustre maison de Solar. L'air de dignité de ce respectable vieillard me rendit plus touchante l'affabilité de son accueil.

m'interrogea avec intérêt, et je lui répondis avec sincérité. Il dit au comte de la Roque que j'avais une physionomie agréable et qui promettait de l'esprit ; qu'il lui paraissait qu'en effet je n'en manquais pas, mais que ce n'était pas là tout, et qu'il fallait voir le reste ; puis, se tournant vers moi : « Mon enfant, me dit-il, presque en toutes choses les commencements sont rudes ; les vôtres ne le seront pourtant pas beaucoup. Soyez sage et cherchez à plaire ici à tout le monde ; voilà, quant à présent, votre unique emploi : du reste, ayez bon courage ; on veut prendre soin de vous. » Tout de suite il passa chez la marquise de Breil, sa belle-fille, et me présenta à elle, puis à l'abbé de Gouvon, son fils. Ce début me parut de bon augure. J'en savais assez déjà pour juger qu'on ne fait pas tant de façon à la réception d'un laquais. En effet, on ne me traita pas comme tel. J'eus la table de l'office ; on ne me donna point d'habit de livrée, et le comte de Favria, jeune étourdi, m'ayant voulu faire monter derrière son carrosse, son grand-père défendit que je montasse derrière aucun carrosse, et que je suivisse personne hors de la maison. Cependant, je servais à table, et je faisais à peu près au-dedans le service d'un laquais ; mais je le faisais en quelque façon librement, sans être attaché nommément à personne. Hors quelques lettres qu'on me dictait, et des images que le comte de Favria me faisait découper, j'étais presque le maître de tout mon temps dans la journée. Cette épreuve dont je ne m'apercevais pas, était assurément très dangereuse ; elle n'était pas même fort humaine ; car cette grande oisiveté pouvait me faire contracter des vices que je n'aurais pas eus sans cela.

Mais c'est ce qui très heureusement n'arriva point. Les leçons de M. Gaime avaient fait impression sur mon cœur, et j'y pris tant de goût que je m'échappais quelquefois pour aller les entendre encore. Je crois que ceux qui me voyaient sortir ainsi furtivement ne devinaient guère où j'allais. Il ne se peut rien de plus sensé que les avis qu'il me donna sur ma conduite.

Mes commencements furent admirables ; j'étais d'une
assiduité, d'une attention, d'un zèle, qui charmaient
tout le monde. L'abbé Gaime m'avait sagement averti
de modérer cette première ferveur, de peur qu'elle
ne vînt à se relâcher et qu'on n'y prît garde. Votre
début, me dit-il, est la règle de ce qu'on exigera de
vous : tâchez de vous ménager de quoi faire plus dans
la suite, mais gardez-vous de faire jamais moins.

Comme on ne m'avait guère examiné sur mes petits
talents, et qu'on ne me supposait que ceux que
m'avait donnés la nature, il ne paraissait pas, malgré
ce que le comte de Gouvon m'avait pu dire, qu'on
songeât à tirer parti de moi. Des affaires vinrent à la
traverse, et je fus à peu près oublié. Le marquis de
Breil, fils du comte de Gouvon, était alors ambassadeur à Vienne. Il survint des mouvements à la cour
qui se firent sentir dans la famille, et l'on y fut
quelques semaines dans une agitation qui ne laissait
guère le temps de penser à moi. Cependant jusque-là
je m'étais peu relâché. Une chose me fit du bien et
du mal, en m'éloignant de toute dissipation extérieure, mais en me rendant un peu plus distrait sur
mes devoirs.

Mlle de Breil[1] était une jeune personne à peu près
de mon âge, bien faite, assez belle, très blanche, avec
des cheveux très noirs, et, quoique brune, portant sur
son visage cet air de douceur des blondes auquel mon
cœur n'a jamais résisté. L'habit de cour, si favorable
aux jeunes personnes, marquait sa jolie taille, déga-
geait sa poitrine et ses épaules, et rendait son teint
encore plus éblouissant par le deuil[2] qu'on portait
alors. On dira que ce n'est pas à un domestique de
s'apercevoir de ces choses-là. J'avais tort, sans doute,
mais je m'en apercevais toutefois, et même je n'étais
pas le seul. Le maître d'hôtel et les valets de chambre
en parlaient quelquefois à table avec une grossièreté
qui me faisait cruellement souffrir. La tête ne me
tournait pourtant pas au point d'être amoureux tout
de bon. Je ne m'oubliais point ; je me tenais à ma

place, et mes désirs même ne s'émancipaient pas. J'aimais à voir Mlle de Breil, à lui entendre dire quelques mots qui marquaient de l'esprit, du sens, de l'honnêteté : mon ambition, bornée au plaisir de la servir, n'allait point au-delà de mes droits. A table j'étais attentif à chercher l'occasion de les faire valoir. Si son laquais quittait un moment sa chaise, à l'instant on m'y voyait établi : hors de là je me tenais vis-à-vis d'elle ; je cherchais dans ses yeux ce qu'elle allait demander, j'épiais le moment de changer son assiette. Que n'aurais-je point fait pour qu'elle daignât m'ordonner quelque chose, me regarder, me dire un seul mot ! Mais point : j'avais la mortification d'être nul pour elle ; elle ne s'apercevait pas même que j'étais là. Cependant, son frère, qui m'adressait quelquefois la parole à table, m'ayant dit je ne sais quoi de peu obligeant, je lui fis une réponse si fine et si bien tournée, qu'elle y fit attention, et jeta les yeux sur moi. Ce coup d'œil, qui fut court, ne laissa pas de me transporter. Le lendemain, l'occasion se présenta d'en obtenir un second, et j'en profitai. On donnait ce jour-là un grand dîner, où, pour la première fois, je vis avec beaucoup d'étonnement le maître d'hôtel servir l'épée au côté et le chapeau sur la tête. Par hasard on vint à parler de la devise de la maison de Solar, qui était sur la tapisserie avec les armoiries : *Tel fiert qui ne tue pas.* Comme les Piémontais ne sont pas pour l'ordinaire consommés dans la langue française, quelqu'un trouva dans cette devise une faute d'orthographe, et dit qu'au mot *fiert* il ne fallait point de *t*.

Le vieux comte de Gouvon allait répondre ; mais ayant jeté les yeux sur moi, il vit que je souriais sans oser rien dire : il m'ordonna de parler. Alors je dis que je ne croyais pas que le *t* fût de trop, que *fiert* était un vieux mot français qui ne venait pas du nom *ferus*, fier, menaçant, mais du verbe *ferit*, il frappe, il blesse ; qu'ainsi la devise ne me paraissait pas dire : *Tel menace*, mais *tel frappe qui ne tue pas.*

Tout le monde me regardait et se regardait sans

rien dire. On ne vit de la vie un pareil étonnement. Mais ce qui me flatta davantage fut de voir clairement sur le visage de Mlle de Breil un air de satisfaction. Cette personne si dédaigneuse daigna me jeter un second regard qui valait tout au moins le premier ; puis, tournant les yeux vers son grand-papa, elle semblait attendre avec une sorte d'impatience la louange qu'il me devait, et qu'il me donna en effet si pleine et entière et d'un air si content, que toute la table s'empressa de faire chorus. Ce moment fut court, mais délicieux à tous égards. Ce fut un de ces moments trop rares qui replacent les choses dans leur ordre naturel, et vengent le mérite avili des outrages de la fortune. Quelques minutes après, Mlle de Breil, levant derechef les yeux sur moi, me pria, d'un ton de voix aussi timide qu'affable, de lui donner à boire. On juge que je ne la fis pas attendre ; mais en approchant je fus saisi d'un tel tremblement, qu'ayant trop rempli le verre, je répandis une partie de l'eau sur l'assiette et même sur elle. Son frère me demanda étourdiment pourquoi je tremblais si fort. Cette question ne servit pas à me rassurer, et Mlle de Breil rougit jusqu'au blanc des yeux.

Ici finit le roman où l'on remarquera, comme avec Mme Basile, et dans toute la suite de ma vie, que je ne suis pas heureux dans la conclusion de mes amours. Je m'affectionnai inutilement à l'antichambre de Mme de Breil : je n'obtins plus une seule marque d'attention de la part de sa fille. Elle sortait et rentrait sans me regarder, et moi, j'osais à peine jeter les yeux sur elle. J'étais même si bête et si maladroit, qu'un jour qu'elle avait en passant laissé tomber son gant, au lieu de m'élancer sur ce gant que j'aurais voulu couvrir de baisers, je n'osai sortir de ma place, et je laissai ramasser le gant par un gros butor de valet que j'aurais volontiers écrasé. Pour achever de m'intimider, je m'aperçus que je n'avais pas le bonheur d'agréer à Mme de Breil. Non seulement elle ne m'ordonnait rien, mais elle n'acceptait jamais mon serv ce ; et deux fois, me trouvant dans son antichambre, elle me demanda d'un ton fort sec si je n'avais rien à faire. Il fallut renoncer à cette chère antichambre. J'en eus d'abord du regret, mais les distractions vinrent à la traverse, et bientôt je n'y pensai plus.

J'eus de quoi me consoler du dédain de Mme de Breil par les bontés de son beau-père, qui s'aperçut enfin que j'étais là. Le soir du dîner dont j'ai parlé, il eut avec moi un entretien d'une demi-heure, dont il parut content et dont je fus enchanté. Ce bon vieillard, quoique homme d'esprit, en avait moins que Mme de Vercellis, mais il avait plus d'entrailles, et je réussis mieux auprès de lui. Il me dit de m'attacher à l'abbé de Gouvon son fils, qui m'avait pris en affection ; que cette affection, si j'en profitais, pouvait m'être utile, et me faire acquérir ce qui me manquait pour les vues qu'on avait sur moi. Dès le lendemain matin je volai chez M. l'abbé. Il ne me reçut point en domestique ; il me fit asseoir au coin de son feu, et, m'interrogeant avec la plus grande douceur, il vit bientôt que mon éducation, commencée sur tant de choses, n'était achevée sur aucune. Trouvant surtout que j'avais peu de latin, il entreprit de m'en enseigner davantage. Nous convînmes que je me rendrais chez lui tous les matins, et je commençai dès le lendemain. Ainsi, par une de ces bizarreries qu'on trouvera souvent dans le cours de ma vie, en même temps au-dessus et au-dessous de mon état, j'étais disciple et valet dans la même maison, et dans ma servitude j'avais cependant un précepteur d'une naissance à ne l'être que des enfants des rois.

M. l'abbé de Gouvon était un cadet destiné par sa famille à l'épiscopat, et dont par cette raison l'on avait poussé les études plus qu'il n'est ordinaire aux enfants de qualité. On l'avait envoyé à l'Université de Sienne, où il avait resté plusieurs années et dont il avait rapporté une assez forte dose de cruscantisme[1] pour être à peu près à Turin ce qu'était jadis à Paris l'abbé de Dangeau[2]. Le dégoût de la théologie l'avait

jeté dans les belles-lettres, ce qui est très ordinaire en
Italie à ceux qui courent la carrière de la prélature. Il
avait bien lu les poètes ; il faisait passablement des
vers latins et italiens. En un mot il avait le goût qu'il
fallait pour former le mien et mettre quelque choix
dans le fatras dont je m'étais farci la tête. Mais, soit
que mon babil lui eût fait quelque illusion sur mon
savoir, soit qu'il ne pût supporter l'ennui du latin élé-
mentaire, il me mit d'abord beaucoup trop haut ; à
peine m'eut-il fait traduire quelques fables de Phèdre,
qu'il me jeta dans Virgile, où je n'entendais presque
rien. J'étais destiné, comme on verra dans la suite, à
rapprendre souvent le latin et à ne le savoir jamais.
Cependant je travaillais avec assez de zèle, et
M. l'abbé me prodiguait ses soins avec une bonté
dont le souvenir m'attendrit encore. Je passais avec lui
une bonne partie de la matinée, tant pour mon instruction que pour son service ; non pour celui de sa
personne, car il ne souffrit jamais que je lui en rendisse aucun, mais pour écrire sous sa dictée et pour
copier, et ma fonction de secrétaire me fut plus utile
que celle d'écolier. Non seulement j'appris ainsi l'italien dans sa pureté, mais je pris du goût pour la littérature et quelque discernement des bons livres qui ne
s'acquérait pas chez la Tribu, et qui me servit beaucoup dans la suite, quand je me mis à travailler seul.
    Ce temps fut celui de ma vie où, sans projets roma-
nesques, je pouvais le plus raisonnablement me livrer
à l'espoir de parvenir. M. l'abbé, très content de moi,
le disait à tout le monde, et son père m'avait pris dans
une affection si singulière, que le comte de Favria
m'apprit qu'il avait parlé de moi au roi. Mme de Breil
elle-même avait quitté pour moi son air méprisant.
Enfin je devins une espèce de favori dans la maison,
la grande jalousie des autres domestiques, qui, me
voyant honoré des instructions du fils de leur maître,
sentaient bien que ce n'était pas pour rester longtemps leur égal.
    Autant que j'aie pu juger des vues qu'on avait su

moi par quelques mots lâchés à la volée, et auxquels je n'ai réfléchi qu'après coup, il m'a paru que la maison de Solar, voulant courir la carrière des ambassades, et peut-être s'ouvrir de loin celle du ministère, aurait été bien aise de se former d'avance un sujet qui eût du mérite et des talents, et qui, dépendant uniquement d'elle, eût pu dans la suite obtenir sa confiance et la servir utilement. Ce projet du comte de Gouvon était noble, judicieux, magnanime, et vraiment digne d'un grand seigneur bienfaisant et prévoyant : mais, outre que je n'en voyais pas alors toute l'étendue, il était trop sensé pour ma tête, et demandait un trop long assujettissement. Ma folle ambition ne cherchait la fortune qu'à travers les aventures, et ne voyant point de femme à tout cela, cette manière de parvenir me paraissait lente, pénible et triste ; tandis que j'aurais dû la trouver d'autant plus honorable et sûre que les femmes ne s'en mêlaient pas, l'espèce de mérite qu'elles protègent ne valant assurément pas celui qu'on me supposait.

Tout allait à merveille. J'avais obtenu, presque arraché l'estime de tout le monde : les épreuves étaient finies ; et l'on me regardait généralement dans la maison comme un jeune homme de la plus grande espérance, qui n'était pas à sa place et qu'on s'attendait d'y voir arriver. Mais ma place n'était pas celle qui m'était assignée par les hommes, et j'y devais parvenir par des chemins bien différents. Je touche à un de ces traits caractéristiques qui me sont propres, et qu'il suffit de présenter au lecteur sans y ajouter de réflexion.

Quoiqu'il y eût à Turin beaucoup de nouveaux convertis de mon espèce, je ne les aimais pas et n'en avais jamais voulu voir aucun. Mais j'avais vu quelques Genevois qui ne l'étaient pas, entre autres un M. Mussard, surnommé Tord-Gueule, peintre en miniature, et un peu mon parent[1]. Ce M. Mussard déterra ma demeure chez le comte de Gouvon, et vint m'y voir avec un autre Genevois appelé Bâcle, dont j'avais été

camarade durant mon apprentissage. Ce Bâcle[1] était
un garçon très amusant, très gai, plein de saillies bouf-
fonnes que son âge rendait agréables. Me voilà tout
d'un coup engoué de M. Bâcle, mais engoué au point
de ne pouvoir le quitter. Il allait partir bientôt pour
s'en retourner à Genève. Quelle perte j'allais faire !
J'en sentais bien toute la grandeur. Pour mettre du
moins à profit le temps qui m'était laissé, je ne le quit-
tais plus, ou plutôt il ne me quittait pas lui-même ; car
la tête ne me tourna pas d'abord au point d'aller hors
de l'hôtel passer la journée avec lui sans congé ; mais
bientôt, voyant qu'il m'obsédait entièrement, on lui
défendit la porte, et je m'échauffai si bien, qu'oubliant tout, hors mon ami Bâcle, je n'allais ni chez
M. l'abbé, ni chez M. le comte, et l'on ne me voyait
plus dans la maison. On me fit des réprimandes que
je n'écoutai pas. On me menaça de me congédier.
Cette menace fut ma perte : elle me fit entrevoir qu'il
était possible que Bâcle ne s'en allât pas seul. Dès lors,
je ne vis plus d'autre plaisir, d'autre sort, d'autre bonheur, que celui de faire un pareil voyage, et je ne
voyais à cela que l'ineffable félicité du voyage, au bout
duquel, pour surcroît, j'entrevoyais Mme de Warens
mais dans un éloignement immense ; car pour retourner à Genève, c'est à quoi je ne pensai jamais. Les
monts, les prés, les bois, les ruisseaux, les villages se
succédaient sans fin et sans cesse avec de nouveaux
charmes ; ce bienheureux trajet semblait devoir absor-
ber ma vie entière. Je me rappelais avec délice
combien ce même voyage m'avait paru charmant en
venant. Que devait-ce être lorsqu'à tout l'attrait de
l'indépendance se joindrait celui de faire route avec
un camarade de mon âge, de mon goût et de bonne
humeur, sans gêne, sans devoir, sans contrainte, sans
obligation d'aller ou rester que comme il nous plai-
rait. Il fallait être fou pour sacrifier une pareille fortune à des projets d'ambition d'une exécution lente,
difficile, incertaine, et qui, les supposant réalisés u

jour, ne valaient pas dans tout leur éclat un quart d'heure de vrai plaisir et de liberté dans la jeunesse.

Plein de cette sage fantaisie, je me conduisis si bien que je vins à bout de me faire chasser, et en vérité ce ne fut pas sans peine. Un soir, comme je rentrais, le maître d'hôtel me signifia mon congé de la part de M. le comte. C'était précisément ce que je demandais ; car, sentant malgré moi l'extravagance de ma conduite, j'y ajoutais, pour m'excuser, l'injustice et l'ingratitude, croyant mettre ainsi les gens dans leur tort, et me justifier à moi-même un parti pris par nécessité. On me dit de la part du comte de Favria d'aller lui parler le lendemain matin avant mon départ ; et comme on voyait que, la tête m'ayant tourné, j'étais capable de n'en rien faire, le maître d'hôtel remit après cette visite à me donner quelque argent qu'on m'avait destiné, et qu'assurément j'avais fort mal gagné ; car ne voulant pas me laisser dans l'état de valet, on ne m'avait pas fixé de gages.

Le comte de Favria, tout jeune et tout étourdi qu'il était, me tint en cette occasion les discours les plus sensés, et j'oserais presque dire les plus tendres, tant il m'exposa d'une manière flatteuse et touchante les soins de son oncle et les intentions de son grand-père. Enfin, après m'avoir mis vivement devant les yeux tout ce que je sacrifiais pour courir à ma perte, il m'offrit de faire ma paix, exigeant pour toute condition que je ne visse plus ce petit malheureux qui m'avait séduit.

Il était si clair qu'il ne disait pas tout cela de lui-même, que, malgré mon stupide aveuglement, je sentis toute la bonté de mon vieux maître, et j'en fus touché : mais ce cher voyage était trop empreint dans mon imagination pour que rien pût en balancer le charme. J'étais tout à fait hors de sens : je me raffermis, je m'endurcis, je fis le fier, et je répondis arrogamment que, puisqu'on m'avait donné mon congé, je l'avais pris, qu'il n'était plus temps de s'en dédire, et que quoi qu'il pût m'arriver en ma vie, j'étais bien résolu de ne jamais me faire chasser deux fois d'une maison. Alors ce jeune homme, justement irrité, me donna les noms que je méritais, me mit hors de sa chambre par les épaules, et me ferma la porte aux talons. Moi, je sortis triomphant, comme si je venais d'emporter la plus grande victoire, et de peur d'avoir un second combat à soutenir, j'eus l'indignité de partir sans aller remercier M. l'abbé de ses bontés.

Pour concevoir jusqu'où mon délire allait dans ce moment, il faudrait connaître à quel point mon cœur est sujet à s'échauffer sur les moindres choses, et avec quelle force il se plonge dans l'imagination de l'objet qui l'attire, quelque vain que soit quelquefois cet objet. Les plans les plus bizarres, les plus enfantins, les plus fous, viennent caresser mon idée favorite, et me montrer de la vraisemblance, à m'y livrer. Croirait-on qu'à près de dix-neuf ans on puisse fonder sur une fiole vide la subsistance du reste de ses jours ? Or, écoutez.

L'abbé de Gouvon m'avait fait présent, il y avait quelques semaines, d'une petite fontaine de Héron[1], fort jolie, et dont j'étais transporté. A force de faire jouer cette fontaine et de parler de notre voyage, nous pensâmes, le sage Bâcle et moi, que l'une pourrait bien servir à l'autre et le prolonger. Qu'y avait-il dans le monde d'aussi curieux qu'une fontaine de Héron ? Ce principe fut le fondement sur lequel nous bâtîmes l'édifice de notre fortune. Nous devions, à chaque village, assembler les paysans autour de notre fontaine, et là les repas et la bonne chère devaient nous tomber avec d'autant plus d'abondance que nous étions persuadés l'un et l'autre que les vivres ne coûtent rien à ceux qui les recueillent, et que quand ils n'en gorgent pas les passants, c'est pure mauvaise volonté de leur part. Nous n'imaginions partout que festins et noces, comptant que, sans rien débourser que le vent de nos poumons, et l'eau de notre fontaine, elle pouvait nous défrayer en Piémont, en Savoie, en France, et par tout le monde. Nous faisions des projets de voyage qui ne finissaient point, et nous dirigions d'abord notre course au nord, plutôt pour le plaisir de passer les Alpes que pour la nécessité supposée de nous arrêter enfin quelque part.

Tel fut le plan sur lequel je me mis en campagne, abandonnant sans regret mon protecteur, mon précepteur, mes études, mes espérances, et l'attente d'une fortune presque assurée, pour commencer la vie d'un vrai vagabond. Adieu la capitale ; adieu la cour, l'ambition, la vanité, l'amour, les belles, et toutes les grandes aventures dont l'espoir m'avait amené l'année précédente. Je pars avec ma fontaine et mon ami Bâcle, la bourse légèrement garnie, mais le cœur saturé de joie, et ne songeant qu'à jouir de cette ambulante félicité à laquelle j'avais tout à coup borné mes brillants projets.

Je fis cet extravagant voyage presque aussi agréablement toutefois que je m'y étais attendu, mais non pas tout à fait de la même manière ; car bien que notre fontaine amusât quelques moments dans les cabarets les hôtesses et leurs servantes, il n'en fallait pas moins payer en sortant. Mais cela ne nous troublait guère, et nous ne songions à tirer parti tout de bon de cette ressource que quand l'argent viendrait à nous manquer. Un accident nous en évita la peine : la fontaine se cassa près de Bramant, et il en était temps, car nous sentions, sans oser nous le dire, qu'elle commençait à nous ennuyer. Ce malheur nous rendit plus gais qu'auparavant, et nous rîmes beaucoup de notre étourderie, d'avoir oublié que nos habits et nos souliers s'useraient, ou d'avoir cru les renouveler avec le jeu de notre fontaine. Nous continuâmes notre voyage aussi allègrement que nous l'avions commencé, mais filant un peu plus droit vers le terme où notre bourse tarissante nous faisait une nécessité d'arriver.

A Chambéry je devins pensif, non sur la sottise que je venais de faire, jamais homme ne prit si tôt ni si bien son parti sur le passé, mais sur l'accueil qui m'attendait chez Mme de Warens ; car j'envisageais exactement sa maison comme ma maison paternelle. Je lui avais écrit mon entrée chez le comte de Gouvon ; elle savait sur quel pied j'y étais, et en m'en félicitant, elle m'avait donné des leçons très sages sur la manière dont je devais correspondre[1] aux bontés qu'on avait pour moi. Elle regardait ma fortune comme assurée, si je ne la détruisais pas par ma faute. Qu'allait-elle dire en me voyant arriver ? Il ne me vint pas même à l'esprit qu'elle pût me fermer sa porte : mais je craignais le chagrin que j'allais lui donner ; je craignais ses reproches plus durs pour moi que la misère. Je résolus de tout endurer en silence et de tout faire pour l'apaiser. Je ne voyais plus dans l'univers qu'elle seule : vivre dans sa disgrâce était une chose qui ne se pouvait pas.

Ce qui m'inquiétait le plus était mon compagnon de voyage, dont je ne voulais pas lui donner le surcroît, et dont je craignais de ne pouvoir me débarrasser aisément. Je préparai cette séparation en vivant assez froidement avec lui la dernière journée. Le drôle me comprit : il était plus fou que sot. Je crus qu'il s'affecterait de mon inconstance ; j'eus tort ; mon ami Bâcle ne s'affectait de rien. A peine, en entrant à Annecy, avions-nous mis le pied dans la ville, qu'il me dit : « Te voilà chez toi », m'embrassa, me dit adieu, fit une pirouette et disparut. Je n'ai jamais plus entendu parler de lui. Notre connaissance et notre amitié durèrent en tout environ six semaines, mais les suites en dureront autant que moi.

Que le cœur me battit en approchant de la maison de Mme de Warens ! Mes jambes tremblaient sous moi, mes yeux se couvraient d'un voile, je ne voyais rien, je n'entendais rien, je n'aurais reconnu personne ; je fus contraint de m'arrêter plusieurs fois pour respirer et reprendre mes sens. Était-ce la crainte de ne pas obtenir les secours dont j'avais besoin qui me troublait à ce point ? A l'âge où j'étais, la peur de mourir de faim donne-t-elle de pareilles alarmes ? Non, non ; je le dis avec autant de vérité que de fierté, jamais en aucu

temps de ma vie il n'appartint à l'intérêt ni à l'indigence de m'épanouir ou de me serrer le cœur. Dans
le cours d'une vie inégale et mémorable par ses vicis-
situdes, souvent sans asile et sans pain, j'ai toujours
vu du même œil l'opulence et la misère. Au besoin,
j'aurais pu mendier ou voler comme un autre, mais
non pas me troubler pour en être réduit là. Peu
d'hommes ont autant gémi que moi, peu ont autant
versé de pleurs dans leur vie ; mais jamais la pauvreté
ni la crainte d'y tomber ne m'ont fait pousser un sou-
pir ni répandre une larme. Mon âme, à l'épreuve de
la fortune, n'a connu de vrais biens ni de vrais maux
que ceux qui ne dépendent pas d'elle, et c'est quand
rien ne m'a manqué pour le nécessaire que je me suis
senti le plus malheureux des mortels.

A peine parus-je aux yeux de Mme de Warens que
son air me rassura. Je tressaillis au premier son de sa
voix ; je me précipite à ses pieds, et, dans les transports de la plus vive joie, je colle ma bouche sur sa
main. Pour elle, j'ignore si elle avait su de mes nouvelles ; mais je vis peu de surprise sur son visage, et je n'y
vis aucun chagrin. « Pauvre petit, me dit-elle d'un ton
caressant, te revoilà donc ? Je savais bien que tu étais
trop jeune pour ce voyage ; je suis bien aise au moins
qu'il n'ait pas aussi mal tourné que j'avais craint. »
Ensuite elle me fit conter mon histoire, qui ne fut pas
longue, et que je lui fis très fidèlement, en supprimant cependant quelques articles, mais au reste sans
m'épargner ni m'excuser.

Il fut question de mon gîte. Elle consulta sa femme
de chambre. Je n'osais respirer durant cette délibéra-
tion ; mais quand j'entendis que je coucherais dans la
maison, j'eus peine à me contenir, et je vis porter
mon petit paquet dans la chambre qui m'était destinée, à peu près comme Saint-Preux vit remiser sa
chaise chez Mme de Wolmar[1]. J'eus pour surcroît le
plaisir d'apprendre que cette faveur ne serait point
passagère ; et dans un moment où l'on me croyait
attentif à tout autre chose, j'entendis qu'elle disait :

« On dira ce qu'on voudra ; mais puisque la Providence me le renvoie, je suis déterminée à ne pas l'abandonner. »

Me voilà donc enfin établi chez elle. Cet établissement ne fut pourtant pas encore celui dont je date les jours heureux de ma vie, mais il servit à le préparer. Quoique cette sensibilité de cœur, qui nous fait vraiment jouir de nous, soit l'ouvrage de la nature, et peut-être un produit de l'organisation, elle a besoin de situations qui la développent. Sans ces causes occasionnelles, un homme né très sensible ne sentirait rien, et mourrait sans avoir connu son être. Tel à peu près j'avais été jusqu'alors, et tel j'aurais toujours été peut-être, si je n'avais jamais connu Mme de Warens, ou si même, l'ayant connue, je n'avais pas vécu assez longtemps auprès d'elle pour contracter la douce habitude des sentiments affectueux qu'elle m'inspira. J'oserai le dire, qui ne sent que l'amour ne sent pas ce qu'il y a de plus doux dans la vie. Je connais un autre sentiment, moins impétueux peut-être, mais plus délicieux mille fois, qui quelquefois est joint à l'amour, et qui souvent en est séparé. Ce sentiment n'est pas non plus l'amitié seule ; il est plus voluptueux, plus tendre : je n'imagine pas qu'il puisse agir pour quelqu'un du même sexe ; du moins je fus ami si jamais homme le fut, et je ne l'éprouvai jamais près d'aucun de mes amis. Ceci n'est pas clair, mais il le deviendra dans la suite ; les sentiments ne se décrivent bien que par leurs effets.

Elle habitait une vieille maison, mais assez grande pour avoir une belle pièce de réserve, dont elle fit sa chambre de parade, et qui fut celle où l'on me logea. Cette chambre était sur le passage dont j'ai parlé, où se fit notre première entrevue, et au-delà du ruisseau et des jardins on découvrait la campagne. Cet aspect n'était pas pour le jeune habitant une chose indifférente. C'était, depuis Bossey, la première fois que j'avais du vert devant mes fenêtres. Toujours masqué par des murs, je n'avais eu sous les yeux que des toits

ou le gris des rues. Combien cette nouveauté me fut
sensible et douce ! Elle augmenta beaucoup mes dispositions à l'attendrissement. Je faisais de ce charmant
paysage encore un des bienfaits de ma chère
patronne : il me semblait qu'elle l'avait mis là tout
exprès pour moi ; je m'y plaçais paisiblement auprès
d'elle ; je la voyais partout entre les fleurs et la verdure ; ses charmes et ceux du printemps se confondaient
à mes yeux. Mon cœur, jusqu'alors comprimé, se trouvait plus au large dans cet espace, et mes soupirs s'ex-
halaient plus librement parmi ces vergers.

On ne trouvait pas chez Mme de Warens la magnificence que j'avais vue à Turin ; mais on y trouvait la
propreté[1], la décence et une abondance patriarcale
avec laquelle le faste ne s'allie jamais. Elle avait peu
de vaisselle d'argent, point de porcelaine, point de
gibier dans sa cuisine, ni dans sa cave de vins étrangers ; mais l'une et l'autre étaient bien garnies au service de tout le monde, et dans des tasses de faïence
elle donnait d'excellent café. Quiconque la venait voir
était invité à dîner avec elle ou chez elle ; et jamais
ouvrier messager ou passant ne sortait sans manger ou
boire. Son domestique[2] était composé d'une femme
de chambre fribourgeoise assez jolie, appelée Merceret, d'un valet de son pays appelé Claude Anet[3], dont
il sera question dans la suite, d'une cuisinière et de
deux porteurs de louage quand elle allait en visite, ce
qu'elle faisait rarement. Voilà bien des choses pour
deux mille livres de rente ; cependant son petit
revenu bien ménagé eût pu suffire à tout cela dans un
pays où la terre est très bonne et l'argent très rare.
Malheureusement l'économie ne fut jamais sa vertu
favorite : elle s'endettait, elle payait, l'argent faisait la
navette et tout allait.

La manière dont son ménage était monté était précisément celle que j'aurais choisie : on peut croire
que j'en profitais avec plaisir. Ce qui m'en plaisait
moins était qu'il fallait rester très longtemps à table.
Elle supportait avec peine la première odeur du

potage et des mets ; cette odeur la faisait presque tomber en défaillance, et ce dégoût durait longtemps. Elle se remettait peu à peu, causait et ne mangeait point. Ce n'était qu'au bout d'une demi-heure qu'elle essayait le premier morceau. J'aurais dîné trois fois dans cet intervalle ; mon repas était fait longtemps avant qu'elle eût commencé le sien. Je recommençais de compagnie ; ainsi je mangeais pour deux, et ne m'en trouvais pas plus mal. Enfin je me livrais d'autant plus au doux sentiment du bien-être que j'éprouvais auprès d'elle, que ce bien-être dont je jouissais n'était mêlé d'aucune inquiétude sur les moyens de le soutenir. N'étant point encore dans l'étroite confidence de ses affaires, je les supposais en état d'aller toujours sur le même pied. J'ai retrouvé les mêmes agréments dans sa maison par la suite ; mais, plus instruit de sa situation réelle, et voyant qu'ils anticipaient sur ses rentes, je ne les ai plus goûtés si tranquillement. La prévoyance a toujours gâté chez moi la jouissance. J'ai vu l'avenir à pure perte : je n'ai jamais pu l'éviter.

Dès le premier jour, la familiarité la plus douce s'établit entre nous au même degré où elle a continué tout le reste de sa vie. *Petit* fut mon nom ; *Maman* fut le sien ; et toujours nous demeurâmes *Petit* et *Maman*, même quand le nombre des années en eut presque effacé la différence entre nous. Je trouve que ces deux noms rendent à merveille l'idée de notre ton, la simplicité de nos manières, et surtout la relation de nos cœurs. Elle fut pour moi la plus tendre des mères, qui jamais ne chercha son plaisir, mais toujours mon bien ; et si les sens entrèrent dans mon attachement pour elle, ce n'était pas pour en changer la nature, mais pour le rendre seulement plus exquis, pour m'enivrer du charme d'avoir une maman jeune et jolie qu'il m'était délicieux de caresser : je dis caresser au pied de la lettre, car jamais elle n'imagina de m'épargner les baisers ni les plus tendres caresses maternelles, et jamais il n'entra dans mon cœur d'en abuser. On dira que nous avons pourtant eu à la fin des relations d'une autre espèce ; j'en conviens ; mais il faut attendre, je ne puis tout dire à la fois.

Le coup d'œil de notre première entrevue fut le seul moment vraiment passionné qu'elle m'ait jamais fait sentir ; encore ce moment fut-il l'ouvrage de la surprise. Mes regards indiscrets n'allaient jamais furetant sous son mouchoir, quoiqu'un embonpoint mal caché dans cette place eût bien pu les y attirer. Je n'avais ni transports ni désirs auprès d'elle ; j'étais dans un calme ravissant, jouissant sans savoir de quoi. J'aurais ainsi passé ma vie et l'éternité même sans m'ennuyer un instant. Elle est la seule personne avec qui je n'ai jamais senti cette sécheresse de conversation qui me fait un supplice du devoir de la soutenir. Nos tête-à-tête étaient moins des entretiens qu'un babil intarissable, qui pour finir avait besoin d'être interrompu. Loin de me faire une loi de parler, il fallait plutôt m'en faire une de me taire. A force de méditer ses projets, elle tombait souvent dans la rêverie. Hé bien ! je la laissais rêver, je me taisais, je la contemplais, et j'étais le plus heureux des hommes. J'avais encore un tic fort singulier. Sans prétendre aux faveurs du tête-à-tête, je le recherchais sans cesse, et j'en jouissais avec une passion qui dégénérait en fureur quand des importuns venaient le troubler. Sitôt que quelqu'un arrivait, homme ou femme, il n'importait pas, je sortais en murmurant, ne pouvant souffrir de rester en tiers auprès d'elle. J'allais compter les minutes dans son antichambre, maudissant mille fois ces éternels visiteurs, et ne pouvant concevoir ce qu'ils avaient tant à dire, parce que j'avais à dire encore plus.

Je ne sentais toute la force de mon attachement pour elle que quand je ne la voyais pas. Quand je la voyais, je n'étais que content ; mais mon inquiétude en son absence allait au point d'être douloureuse. Le besoin de vivre avec elle me donnait des élans d'attendrissement qui souvent allaient jusqu'aux larmes. Je me souviendrai toujours qu'un jour de grande fête, tandis qu'elle était à vêpres, j'allai me promener hors de la ville, le cœur plein de son image et du désir ardent de passer mes jours auprès d'elle. J'avais assez de sens pour voir que quant à présent cela n'était pas possible, et qu'un bonheur que je goûtais si bien serait court. Cela donnait à ma rêverie une tristesse qui n'avait pourtant rien de sombre, et qu'un espoir flatteur tempérait. Le son des cloches, qui m'a toujours singulièrement affecté, le chant des oiseaux, la beauté du jour, la douceur du paysage, les maisons éparses et champêtres dans lesquelles je plaçais en idée notre commune demeure, tout cela me frappait tellement d'une impression vive, tendre, triste et touchante, que je me vis comme en extase transporté dans cet heureux temps et dans cet heureux séjour où mon cœur, possédant toute la félicité qui pouvait lui plaire, la goûtait dans des ravissements inexprimables, sans songer même à la volupté des sens. Je ne me souviens pas de m'être élancé jamais dans l'avenir avec plus de force et d'illusion que je fis alors ; et ce qui m'a frappé le plus dans le souvenir de cette rêverie, quand elle s'est réalisée, c'est d'avoir retrouvé des objets tels exactement que je les avais imaginés. Si jamais rêve d'un homme éveillé eut l'air d'une vision prophétique, ce fut assurément celui-là. Je n'ai été déçu que dans sa durée imaginaire ; car les jours et les ans, et la vie entière, s'y passaient dans une inaltérable tranquillité ; au lieu qu'en effet tout cela n'a duré qu'un moment. Hélas ! mon plus constant bonheur fut en songe ; son accomplissement fut presque à l'instant suivi du réveil.

Je ne finirais pas si j'entrais dans le détail de toutes les folies que le souvenir de cette chère Maman me faisait faire quand je n'étais plus sous ses yeux. Combien de fois j'ai baisé mon lit en songeant qu'elle y avait couché ; mes rideaux, tous les meubles de ma chambre, en songeant qu'ils étaient à elle, que sa belle main les avait touchés ; le plancher même

sur lequel je me prosternais en songeant qu'elle y
avait marché ! Quelquefois même en sa présence il
m'échappait des extravagances que le plus violent
amour seul semblait pouvoir inspirer. Un jour, à table,
au moment qu'elle avait mis un morceau dans sa
bouche, je m'écrie que j'y vois un cheveu ; elle rejette
le morceau sur son assiette ; je m'en saisis avidement
et l'avale. En un mot, de moi à l'amant le plus passionné il n'y avait qu'une différence unique, mais
essentielle, et qui rend mon état presque inconcevable
à la raison.

J'étais revenu d'Italie, non tout à fait comme j'y
étais allé, mais comme peut-être jamais à mon âge on
n'en est revenu. J'en avais rapporté non ma virginité,
mais mon pucelage. J'avais senti le progrès des ans ;
mon tempérament inquiet s'était enfin déclaré, et sa
première éruption, très involontaire, m'avait donné
sur ma santé des alarmes qui peignent mieux que
toute autre chose l'innocence dans laquelle j'avais
vécu jusqu'alors. Bientôt rassuré, j'appris ce dangereux supplément qui trompe la nature, et sauve aux
jeunes gens de mon humeur beaucoup de désordres
aux dépens de leur santé, de leur vigueur, et quelquefois de leur vie. Ce vice que la honte et la timidité
trouvent si commode, a de plus un grand attrait pour
les imaginations vives : c'est de disposer, pour ainsi
dire, à leur gré, de tout le sexe, et de faire servir à
leurs plaisirs la beauté qui les tente, sans avoir besoin
d'obtenir son aveu. Séduit par ce funeste avantage, je
travaillais à détruire la bonne constitution qu'avait
rétablie en moi la nature, et à qui j'avais donné le
temps de se bien former. Qu'on ajoute à cette disposition le local[1] de ma situation présente ; logé chez une
jolie femme, caressant son image au fond de mon
cœur, la voyant sans cesse dans la journée ; le soir
entouré d'objets qui me la rappellent, couché dans un
lit où je sais qu'elle a couché. Que de stimulants ! Tel
lecteur qui se les représente me regarde déjà comme
à demi mort. Tout au contraire, ce qui devait me

perdre fut précisément ce qui me sauva, du moins pour un temps. Enivré du charme de vivre auprès d'elle, du désir ardent d'y passer mes jours, absente ou présente, je voyais toujours en elle une tendre mère, une sœur chérie, une délicieuse amie, et rien de plus. Je la voyais toujours ainsi, toujours la même, et ne voyais jamais qu'elle. Son image, toujours présente à mon cœur, n'y laissait place à nulle autre ; elle était pour moi la seule femme qui fût au monde ; et l'extrême douceur des sentiments qu'elle m'inspirait, ne laissant pas à mes sens le temps de s'éveiller pour d'autres, me garantissait d'elle et de tout son sexe. En un mot, j'étais sage parce que je l'aimais. Sur ces effets, que je rends mal, dise qui pourra de quelle espèce était mon attachement pour elle. Pour moi, tout ce que j'en puis dire, est que s'il paraît déjà fort extraordinaire, dans la suite il le paraîtra beaucoup plus.

Je passais mon temps le plus agréablement du monde, occupé des choses qui me plaisaient le moins. C'étaient des projets à rédiger, des mémoires à mettre au net, des recettes à transcrire ; c'étaient des herbes à trier, des drogues à piler, des alambics à gouverner. Tout à travers tout cela venaient des foules de passants, de mendiants, de visites de toute espèce. Il fallait entretenir tout à la fois un soldat, un apothicaire, un chanoine, une belle dame, un frère lai[1]. Je pestais, je grommelais, je jurais, je donnais au diable toute cette maudite cohue. Pour elle, qui prenait tout en gaieté, mes fureurs la faisaient rire aux larmes ; et ce qui la faisait rire encore plus était de me voir d'autant plus furieux que je ne pouvais moi-même m'empêcher de rire. Ces petits intervalles où j'avais le plaisir de grogner étaient charmants ; et s'il survenait un nouvel importun durant la querelle, elle en savait encore tirer parti pour l'amusement en prolongeant malicieusement la visite, et me jetant des coups d'œil pour lesquels je l'aurais volontiers battue. Elle avait peine à s'abstenir d'éclater en me voyant, contraint et

retenu par la bienséance, lui faire des yeux de possédé, tandis qu'au fond de mon cœur, et même en
dépit de moi, je trouvais tout cela très comique.

Tout cela, sans me plaire en soi, m'amusait pourtant parce qu'il faisait partie d'une manière d'être qui
m'était charmante. Rien de ce qui se faisait autour de
moi, rien de tout ce qu'on me faisait faire n'était
selon mon goût, mais tout était selon mon cœur. Je
crois que je serais parvenu à aimer la médecine, si
mon dégoût pour elle n'eût fourni des scènes folâtres
qui nous égayaient sans cesse : c'est peut-être la première fois que cet art a produit un pareil effet. Je pré-
tendais connaître à l'odeur un livre de médecine et ce
qu'il y a de plaisant est que je m'y trompais rarement.
Elle me faisait goûter des plus détestables drogues.
J'avais beau fuir ou vouloir me défendre ; malgré ma
résistance et mes horribles grimaces, malgré moi et
mes dents, quand je voyais ces jolis doigts barbouillés
s'approcher de ma bouche, il fallait finir par l'ouvrir
et sucer. Quand tout son petit ménage était rassemblé
dans la même chambre, à nous entendre courir et
crier au milieu des éclats de rire, on eût cru qu'on y
jouait quelque farce, et non pas qu'on y faisait de
l'opiat[1] ou de l'élixir.

Mon temps ne se passait pourtant pas tout entier à
ces polissonneries. J'avais trouvé quelques livres dans
la chambre que j'occupais : *Le Spectateur*[2], Puffendorf[3],
Saint-Évremond[4], *La Henriade*[5]. Quoique je n'eusse
plus mon ancienne fureur de lecture, par désœuvre-
ment je lisais un peu de tout cela. *Le Spectateur* surtout
me plut beaucoup, et me fit du bien. M. l'abbé de
Gouvon m'avait appris à lire moins avidement et avec
plus de réflexion ; la lecture me profitait mieux. Je
m'accoutumais à réfléchir sur l'élocution, sur les
constructions élégantes ; je m'exerçais à discerner le
français pur de mes idiomes provinciaux. Par exemple, je fus corrigé d'une faute d'orthographe, que je
faisais avec tous nos Genevois, par ces deux vers de *La
Henriade* :

Soit qu'un ancien respect pour le sang de leurs maîtres
Parlât encor pour lui dans le cœur de ces traîtres[1].

Ce mot *parlât*, qui me frappa, m'apprit qu'il fallait un *t* à la troisième personne du subjonctif, au lieu qu'auparavant je l'écrivais et prononçais *parla*, comme le parfait de l'indicatif.

Quelquefois je causais avec Maman de mes lectures ; quelquefois je lisais auprès d'elle ; j'y prenais grand plaisir : je m'exerçais à bien lire, et cela me fut utile aussi. J'ai dit qu'elle avait l'esprit orné : il était alors dans toute sa fleur. Plusieurs gens de lettres s'étaient empressés à lui plaire, et lui avaient appris à juger des ouvrages d'esprit. Elle avait, si je puis parler ainsi, le goût un peu protestant ; elle ne parlait que de Bayle[2], et faisait grand cas de Saint-Évremond, qui depuis longtemps était mort en France. Mais cela n'empêchait pas qu'elle connût la bonne littérature et qu'elle n'en parlât fort bien. Elle avait été élevée dans des sociétés choisies : et, venue en Savoie encore jeune, elle avait perdu dans le commerce charmant de la noblesse du pays ce ton maniéré du pays de Vaud, où les femmes prennent le bel esprit pour l'esprit du monde, et ne savent parler que par épigrammes.

Quoiqu'elle n'eût vu la cour qu'en passant, elle y avait jeté un coup d'œil rapide qui lui avait suffi pour la connaître. Elle s'y conserva toujours des amis, et malgré de secrètes jalousies, malgré les murmures qu'excitaient sa conduite et ses dettes, elle n'a jamais perdu sa pension. Elle avait l'expérience du monde et l'esprit de réflexion qui fait tirer parti de cette expérience. C'était le sujet favori de ses conversations, et c'était précisément, vu mes idées chimériques, la sorte d'instruction dont j'avais le plus grand besoin. Nous lisions ensemble La Bruyère : il lui plaisait plus que La Rochefoucauld, livre triste et désolant, principalement dans la jeunesse, où l'on n'aime pas à voir l'homme comme il est. Quand elle moralisait, elle se perdait quelquefois un peu dans les espaces ; mais, en lui baisant de temps en temps la bouche ou les mains, je prenais patience, et ses longueurs ne m'ennuyaient pas.

Cette vie était trop douce pour pouvoir durer. Je le sentais, et l'inquiétude de la voir finir était la seule chose qui en troublait la jouissance. Tout en folâtrant, Maman m'étudiait, m'observait, m'interrogeait, et bâtissait pour ma fortune force projets dont je me serais bien passé. Heureusement que ce n'était pas le tout de connaître mes penchants, mes goûts, mes petits talents : il fallait trouver ou faire naître les occasions d'en tirer parti, et tout cela n'était pas l'affaire d'un jour. Les préjugés mêmes qu'avait conçus la pauvre femme en faveur de mon mérite reculaient les moments de le mettre en œuvre, en la rendant plus difficile sur le choix des moyens. Enfin, tout allait au gré de mes désirs, grâce à la bonne opinion qu'elle avait de moi ; mais, il en fallut rabattre, et dès lors adieu la tranquillité.

Un de ses parents, appelé M. d'Aubonne[1], la vint voir. C'était un homme de beaucoup d'esprit, intrigant, génie à projets comme elle, mais qui ne s'y ruinait pas, une espèce d'aventurier. Il venait de proposer au cardinal de Fleury un plan de loterie très composée, qui n'avait pas été goûté. Il allait le proposer à la cour de Turin, où il fut adopté et mis en exécution[2]. Il s'arrêta quelque temps à Annecy, et y devint amoureux de Mme l'Intendante, qui était une personne fort aimable, fort de mon goût, et la seule que je visse avec plaisir chez Maman. M. d'Aubonne me vit ; sa parente lui parla de moi : il se chargea de m'examiner, de voir à quoi j'étais propre, et, s'il me trouvait de l'étoffe, de chercher à me placer.

Mme de Warens m'envoya chez lui deux ou trois matins de suite, sous prétexte de quelque commission, et sans me prévenir de rien. Il s'y prit très bien pour me faire jaser, se familiarisa avec moi, me mit à mon aise autant qu'il était possible, me parla de niaiseries et de toutes sortes de sujets, le tout sans paraître m'observer, sans la moindre affectation, et comme si, se plaisant avec moi, il eût voulu converser sans gêne. J'étais enchanté de lui. Le résultat de ses observations fut que, malgré ce que promettaient mon extérieur et ma physionomie animée, j'étais sinon tout à fait inepte, au moins un garçon de peu d'esprit, sans idées, presque sans acquis, très borné en un mot à tous égards, et que l'honneur de devenir quelque jour curé de village était la plus haute fortune à laquelle je dusse aspirer. Tel fut le compte qu'il rendit de moi à Mme de Warens. Ce fut la seconde ou troisième fois que je fus ainsi jugé : ce ne fut pas la dernière, et l'arrêt de M. Masseron a souvent été confirmé.

La cause de ces jugements tient trop à mon caractère pour n'avoir pas ici besoin d'explication ; car en conscience on sent bien que je ne puis sincèrement y souscrire, et qu'avec toute l'impartialité possible, quoi qu'aient pu dire MM. Masseron, d'Aubonne et beaucoup d'autres, je ne les saurais prendre au mot.

Deux choses presque inaliables s'unissent en moi sans que j'en puisse concevoir la manière : un tempérament très ardent, des passions vives, impétueuses, et des idées lentes à naître, embarrassées et qui ne se présentent jamais qu'après coup. On dirait que mon cœur et mon esprit n'appartiennent pas au même individu. Le sentiment, plus prompt que l'éclair, vient remplir mon âme ; mais au lieu de m'éclairer, il me brûle et m'éblouit. Je sens tout et je ne vois rien. Je suis emporté, mais stupide ; il faut que je sois de sang-froid pour penser. Ce qu'il y a d'étonnant est que j'ai cependant le tact assez sûr, de la pénétration, de la finesse même, pourvu qu'on m'attende : je fais d'excellents impromptus à loisir, mais sur le temps je n'ai jamais rien fait ni dit qui vaille. Je ferais une fort jolie conversation par la poste, comme on dit que les Espagnols jouent aux échecs. Quand je lus le trait d'un duc de Savoie qui se retourna, faisant route, pour crier : *A votre gorge, marchand de Paris,* je dis : « Me voilà[1]. »

Cette lenteur de penser, jointe à cette vivacité de sentir, je ne l'ai pas seulement dans la conversation, je l'ai même seul et quand je travaille. Mes idées s'arrangent dans ma tête avec la plus incroyable difficulté : elles y circulent sourdement, elles y fermentent jusqu'à m'émouvoir, m'échauffer, me donner des palpitations ; et, au milieu de toute cette émotion, je ne vois rien nettement, je ne saurais écrire un seul mot, il faut que j'attende. Insensiblement ce grand mouvement s'apaise, ce chaos se débrouille, chaque chose vient se mettre à sa place, mais lentement, et après une longue et confuse agitation. N'avez-vous point vu quelquefois l'opéra en Italie ? Dans les changements de scènes il règne sur ces grands théâtres un désordre désagréable et qui dure assez longtemps ; toutes les décorations[1] sont entremêlées ; on voit de toutes parts un tiraillement qui fait peine, on croit que tout va renverser : cependant, peu à peu tout s'arrange, rien ne manque, et l'on est tout surpris de voir succéder à ce long tumulte un spectacle ravissant. Cette manœuvre est à peu près celle qui se fait dans mon cerveau quand je veux écrire. Si j'avais su premièrement attendre, et puis rendre dans leur beauté les choses qui s'y sont ainsi peintes, peu d'auteurs m'auraient surpassé.

De là vient l'extrême difficulté que je trouve à écrire. Mes manuscrits, raturés, barbouillés, mêlés, indéchiffrables, attestent la peine qu'ils m'ont coûtée. Il n'y en a pas un qu'il ne m'ait fallu transcrire quatre ou cinq fois avant de le donner à la presse. Je n'ai jamais pu rien faire la plume à la main, vis-à-vis d'une table et de mon papier : c'est à la promenade, au milieu des rochers et des bois, c'est la nuit dans mon lit et durant mes insomnies, que j'écris dans mon cerveau ; l'on peut juger avec quelle lenteur, surtout pour un homme absolument dépourvu de mémoire verbale, et qui de la vie n'a pu retenir six vers par cœur. Il y a telle de mes périodes que j'ai tournée et retournée cinq ou six nuits dans ma tête avant qu'elle fût en état d'être mise sur le papier. De là vient encore que je réussis mieux aux ouvrages qui demandent du travail qu'à ceux qui veulent être faits avec une certaine légèreté, comme les lettres, genre dont je n'ai jamais pu prendre le ton, et dont l'occupation me met au supplice. Je n'écris point de lettres sur les moindres sujets qui ne me coûtent des heures de fatigue, ou, si je veux écrire de suite ce qui me vient, je ne sais ni commencer ni finir ; ma lettre est un long et confus verbiage ; à peine m'entend-on quand on la lit.

Non seulement les idées me coûtent à rendre, elles me coûtent même à recevoir. J'ai étudié les hommes, et je me crois assez bon observateur : cependant je ne sais rien voir de ce que je vois ; je ne vois bien que ce que je me rappelle, et je n'ai de l'esprit que dans mes souvenirs. De tout ce qu'on dit, de tout ce qu'on fait, de tout ce qui se passe en ma présence, je ne sens rien, je ne pénètre rien. Le signe extérieur est tout ce qui me frappe. Mais ensuite tout cela me revient : je me rappelle le lieu, le temps, le ton, le regard, le geste, la circonstance ; rien ne m'échappe. Alors, sur ce qu'on a fait ou dit, je trouve ce qu'on a pensé, et il est rare que je me trompe.

Si peu maître de mon esprit, seul avec moi-même, qu'on juge de ce que je dois être dans la conversation, où, pour parler à propos, il faut penser à la fois et sur-le-champ à mille choses. La seule idée de tant de convenances, dont je suis sûr d'oublier au moins quelqu'une, suffit pour m'intimider. Je ne comprends pas même comment on ose parler dans un cercle : car à chaque mot il faudrait passer en revue tous les gens qui sont là ; il faudrait connaître tous leurs caractères, savoir leurs histoires, pour être sûr de ne rien dire qui puisse offenser quelqu'un. Là-dessus, ceux qui vivent dans le monde ont un grand avantage : sachant mieux ce qu'il faut taire, ils sont plus sûrs de ce qu'ils disent ; encore leur échappe-t-il souvent des balourdises. Qu'on juge de celui qui tombe là des nues : il

lui est presque impossible de parler une minute impunément. Dans le tête-à-tête, il y a un autre inconvé-
nient que je trouve pire, la nécessité de parler toujours : quand on vous parle il faut répondre, et si l'on
ne dit mot il faut relever la conversation. Cette insupportable contrainte m'eût seule dégoûté de la société.
Je ne trouve point de gêne plus terrible que l'obligation de parler sur-le-champ et toujours. Je ne sais si
ceci tient à ma mortelle aversion pour tout assujettissement ; mais c'est assez qu'il faille absolument que je
parle pour que je dise une sottise infailliblement.

Ce qu'il y a de plus fatal est qu'au lieu de savoir me
taire quand je n'ai rien à dire, c'est alors que pour
payer plus tôt ma dette, j'ai la fureur de vouloir parler. Je me hâte de balbutier promptement des paroles
sans idées, trop heureux quand elles ne signifient rien
du tout. En voulant vaincre ou cacher mon ineptie, je
manque rarement de la montrer. Entre mille exemples que j'en pourrais citer, j'en prends un qui n'est
pas de ma jeunesse, mais d'un temps où, ayant vécu
plusieurs années dans le monde, j'en aurais pris l'aisance et le ton, si la chose eût été possible. J'étais un
soir avec deux grandes dames[1] et un homme qu'on
peut nommer ; c'était M. le duc de Gontaut. Il n'y
avait personne autre dans la chambre et je m'efforçais
de fournir quelques mots, Dieu sait quels ! à une
conversation entre quatre personnes, dont trois
n'avaient assurément pas besoin de mon supplément.
La maîtresse de la maison se fit apporter un opiat
dont elle prenait tous les jours deux fois pour son
estomac. L'autre dame, lui voyant faire la grimace, dit
en riant : « Est-ce de l'opiate de M. Tronchin[2] ? — Je
ne crois pas, répondit sur le même ton la première.
— Je crois qu'elle ne vaut guère mieux », ajouta
galamment le spirituel Rousseau. Tout le monde resta
interdit ; il n'échappa ni le moindre mot ni le
moindre sourire, et, à l'instant d'après, la conversation prit un autre tour. Vis-à-vis d'une autre, la balour-
dise eût pu n'être que plaisante ; mais adressée à une

femme trop aimable pour n'avoir pas un peu fait parler d'elle, et qu'assurément je n'avais pas dessein d'offenser, elle était terrible ; et je crois que les deux témoins, homme et femme, eurent bien de la peine à s'abstenir d'éclater. Voilà de ces traits d'esprit qui m'échappent pour vouloir parler sans avoir rien à dire. J'oublierai difficilement celui-là ; car, outre qu'il est par lui-même très mémorable, j'ai dans la tête qu'il a eu des suites qui ne me le rappellent que trop souvent.

Je crois que voilà de quoi faire assez comprendre comment, n'étant pas un sot, j'ai cependant souvent passé pour l'être, même chez des gens en état de bien juger : d'autant plus malheureux que ma physionomie et mes yeux promettent davantage, et que cette attente frustrée rend plus choquante aux autres ma stupidité. Ce détail, qu'une occasion particulière a fait naître, n'est pas inutile à ce qui doit suivre. Il contient la clef de bien des choses extraordinaires qu'on m'a vu faire et qu'on attribue à une humeur sauvage que je n'ai point. J'aimerais la société comme un autre, si je n'étais sûr de m'y montrer non seulement à mon désavantage, mais tout autre que je ne suis. Le parti que j'ai pris d'écrire et de me cacher est précisément celui qui me convenait. Moi présent, on n'aurait jamais su ce que je valais, on ne l'aurait pas soupçonné même ; et c'est ce qui est arrivé à Mme Dupin, quoique femme d'esprit, et quoique j'aie vécu dans sa maison plusieurs années ; elle me l'a dit bien des fois elle-même depuis ce temps-là. Au reste, tout ceci souffre de certaines exceptions, et j'y reviendrai dans la suite.

La mesure de mes talents ainsi fixée, l'état qui me convenait ainsi désigné, il ne fut plus question, pour la seconde fois, que de remplir ma vocation. La difficulté fut que je n'avais pas fait mes études, et que je ne savais pas même assez de latin pour être prêtre. Mme de Warens imagina de me faire instruire au séminaire pendant quelque temps. Elle en parla au supérieur. C'était un lazariste appelé M. Gros[1], bon petit homme, à moitié borgne, maigre, grison, le plus spirituel et le moins pédant lazariste que j'aie connu, ce qui n'est pas beaucoup dire, à la vérité.

Il venait quelquefois chez Maman, qui l'accueillait, le caressait, l'agaçait même, et se faisait quelquefois lacer par lui, emploi dont il se chargeait assez volontiers. Tandis qu'il était en fonction, elle courait par la chambre de côté et d'autre, faisant tantôt ceci, tantôt cela. Tiré par le lacet, M. le supérieur suivait en grondant, et disant à tout moment : « Mais, Madame, tenez-vous donc. » Cela faisait un sujet assez pittoresque. M. Gros se prêta de bon cœur au projet de Maman. Il se contenta d'une pension très modique, et se chargea de l'instruction. Il ne fut question que du consentement de l'évêque, qui non seulement l'accorda, mais qui voulut payer la pension. Il permit aussi que je restasse en habit laïque jusqu'à ce qu'on pût juger, par un essai, du succès qu'on devait espérer.

Quel changement ! Il fallut m'y soumettre. J'allai au séminaire comme j'aurais été au supplice. La triste maison qu'un séminaire, surtout pour qui sort de celle d'une aimable femme ! J'y portai un seul livre, que j'avais prié Maman de me prêter, et qui me fut d'une grande ressource. On ne devinera pas quelle sorte de livre c'était : un livre de musique. Parmi les talents qu'elle avait cultivés, la musique n'avais pas été oubliée. Elle avait de la voix, chantait passablement, et jouait un peu du clavecin : elle avait eu la complaisance de me donner quelques leçons de chant, et il fallut commencer de loin, car à peine savais-je la musique de nos psaumes. Huit ou dix leçons de femme, et fort interrompues, loin de me mettre en état de solfier, ne m'apprirent pas le quart des signes de la musique. Cependant j'avais une telle passion pour cet art, que je voulus essayer de m'exercer seul. Le livre que j'emportai n'était pas même des plus faciles ; c'étaient les cantates de Clérambault[2]. On conce-

vra quelle fut mon application et mon obstination,
quand je dirai que, sans connaître ni transposition, ni
quantité, je parvins à déchiffrer et chanter sans faute
le premier récitatif et le premier air de la cantate
d'*Alphée et Aréthuse*[1] ; et il est vrai que cet air est scandé
si juste, qu'il ne faut que réciter les vers avec leur
mesure pour y mettre celle de l'air.

Il y avait au séminaire un maudit lazariste qui m'entreprit, et qui me fit prendre en horreur le latin, qu'il
voulait m'enseigner. Il avait des cheveux plats, gras et
noirs, un visage de pain d'épice, une voix de buffle,
un regard de chat-huant, des crins de sanglier au lieu
de barbe ; son sourire était sardonique ; ses membres
jouaient comme les poulies d'un mannequin ; j'ai
oublié son odieux nom ; mais sa figure effrayante et
doucereuse m'est bien restée, et j'ai peine à me la
rappeler sans frémir. Je crois le rencontrer encore
dans les corridors, avançant gracieusement son cras-
seux bonnet carré pour me faire signe d'entrer dans
sa chambre, plus affreuse pour moi qu'un cachot.
Qu'on juge du contraste d'un pareil maître pour le
disciple d'un abbé de cour !

Si j'étais resté deux mois à la merci de ce monstre,
je suis persuadé que ma tête n'y aurait pas résisté.
Mais le bon M. Gros, qui s'aperçut que j'étais triste,
que je ne mangeais pas, que je maigrissais, devina le
sujet de mon chagrin ; cela n'était pas difficile. Il
m'ôta des griffes de ma bête, et, par un autre
contraste encore plus marqué, me remit au plus doux
des hommes : c'était un jeune abbé faucigneran,
appelé M. Gâtier[2], qui faisait son séminaire, et qui,
par complaisance pour M. Gros et je crois par humanité, voulait bien prendre sur ses études le temps qu'il
donnait à diriger les miennes ; je n'ai jamais vu de
physionomie plus touchante que celle de M. Gâtier. Il
était blond, et sa barbe tirait sur le roux. Il avait le
maintien ordinaire aux gens de sa province, qui, sous
une figure épaisse, cachent tous beaucoup d'esprit ;
mais ce qui se marquait vraiment en lui était une âme

sensible, affectueuse, aimante. Il y avait dans ses grands yeux bleus un mélange de douceur, de tendresse et de tristesse, qui faisait qu'on ne pouvait le voir sans s'intéresser à lui. Aux regards, au ton de ce pauvre jeune homme, on eût dit qu'il prévoyait sa destinée, et qu'il se sentait né pour être malheureux.

Son caractère ne démentait point sa physionomie ; plein de patience et de complaisance, il semblait plutôt étudier avec moi que m'instruire. Il n'en fallait pas tant pour me le faire aimer : son prédécesseur avait rendu cela très facile. Cependant, malgré tout le temps qu'il me donnait, malgré toute la bonne volonté que nous y mettions l'un et l'autre, et quoiqu'il s'y prît très bien, j'avançai peu en travaillant beaucoup. Il est singulier qu'avec assez de conception[1], je n'ai jamais pu rien apprendre avec des maîtres, excepté mon père et M. Lambercier. Le peu que je sais de plus, je l'ai appris seul, comme on verra ci-après. Mon esprit impatient de toute espèce de joug ne peut s'asservir à la loi du moment ; la crainte même de ne pas apprendre m'empêche d'être attentif ; de peur d'impatienter celui qui me parle, je feins d'entendre, il va en avant, et je n'entends rien. Mon esprit veut marcher à son heure, il ne peut se soumettre à celle d'autrui.

Le temps des ordinations étant venu, M. Gâtier s'en retourna diacre dans sa province. Il emporta mes regrets, mon attachement, ma reconnaissance. Je fis pour lui des vœux qui n'ont pas été plus exaucés que ceux que j'ai faits pour moi-même. Quelques années après j'appris qu'étant vicaire dans une paroisse, il avait fait un enfant à une fille, la seule dont, avec un cœur très tendre, il eût jamais été amoureux. Ce fut un scandale effroyable dans un diocèse administré très sévèrement. Les prêtres, en bonne règle, ne doivent faire des enfants qu'à des femmes mariées. Pour avoir manqué à cette loi de convenance, il fut mis en prison, diffamé, chassé. Je ne sais s'il aura pu dans la suite rétablir ses affaires ; mais le sentiment de son

infortune, profondément gravé dans mon cœur, me
revint quand j'écrivis l'*Émile*, et réunissant M. Gâtier
avec M. Gaime je fis de ces deux dignes prêtres l'original du Vicaire savoyard. Je me flatte que l'imitation
n'a pas déshonoré mes modèles.

Pendant que j'étais au séminaire, M. d'Aubonne fut
obligé de quitter Annecy. M. l'Intendant s'avisa de
trouver mauvais qu'il fît l'amour à sa femme. C'était
faire comme le chien du jardinier[1] ; car, quoique
Mme Corvezi fût aimable, il vivait fort mal avec elle ;
des goûts ultramontains[2] la lui rendaient inutile, et il
la traitait si brutalement qu'il fut question de séparation. M. Corvezi était un vilain homme, noir comme
une taupe, fripon comme une chouette, et qui à force
de vexations finit par se faire chasser lui-même. On
dit que les Provençaux se vengent de leurs ennemis
par des chansons : M. d'Aubonne se vengea du sien
par une comédie ; il envoya cette pièce à Mme de
Warens, qui me la fit voir. Elle me plut, et me fit
naître la fantaisie d'en faire une pour essayer si j'étais
en effet aussi bête que l'auteur l'avait prononcé : mais
ce ne fut qu'à Chambéry que j'exécutai ce projet en
écrivant *L'Amant de lui-même*[3]. Ainsi, quand j'ai dit
dans la préface de cette pièce que je l'avais écrite à
dix-huit ans, j'ai menti de quelques années.

C'est à peu près à ce temps-ci que se rapporte un
événement peu important en lui-même, mais qui a eu
pour moi des suites, et qui a fait du bruit dans le
monde quand je l'avais oublié. Toutes les semaines
j'avais une fois la permission de sortir ; je n'ai pas
besoin de dire quel usage j'en faisais. Un dimanche
que j'étais chez Maman, le feu prit à un bâtiment des
cordeliers attenant à la maison qu'elle occupait. Ce
bâtiment, où était leur four, était plein jusqu'au
comble de fascines sèches. Tout fut embrasé en très
peu de temps : la maison était en grand péril et couverte par les flammes que le vent y portait. On se mit
en devoir de déménager en hâte et de porter les
meubles dans le jardin, qui était vis-à-vis mes an-

ciennes fenêtres et au-delà du ruisseau dont j'ai parlé. J'étais si troublé, que je jetais indifféremment par la fenêtre tout ce qui me tombait sous la main, jusqu'à un gros mortier de pierre qu'en tout autre temps j'aurais eu peine à soulever. J'étais prêt à y jeter de même une grande glace si quelqu'un ne m'eût retenu. Le bon évêque, qui était venu voir Maman ce jour-là, ne resta pas non plus oisif : il l'emmena dans le jardin, où il se mit en prières avec elle et tous ceux qui étaient là ; en sorte qu'arrivant quelque temps après, je vis tout le monde à genoux, et m'y mis comme les autres. Durant la prière du saint homme, le vent changea, mais si brusquement et si à propos, que les flammes qui couvraient la maison et entraient déjà par les fenêtres furent portées de l'autre côté de la cour, et la maison n'eut aucun mal. Deux ans après[1], M. de Bernex étant mort, les Antonins[2], ses anciens confrères, commencèrent à recueillir les pièces qui pouvaient servir à sa béatification. A la prière du père Boudet, je joignis à ces pièces une attestation du fait que je viens de rapporter, en quoi je fis bien ; mais en quoi je fis mal, ce fut de donner ce fait pour un miracle. J'avais vu l'évêque en prière, et durant sa prière j'avais vu le vent changer et même très à propos ; voilà ce que je pouvais dire et certifier ; mais qu'une de ces deux choses fût la cause de l'autre, voilà ce que je ne devais pas attester, parce que je ne pouvais le savoir. Cependant, autant que je puis me rappeler mes idées, alors sincèrement catholique, j'étais de bonne foi. L'amour du merveilleux, si naturel au cœur humain, ma vénération pour ce vertueux prélat, l'orgueil secret d'avoir peut-être contribué moi-même au miracle, aidèrent à me séduire ; et ce qu'il y a de sûr est que si ce miracle eût été l'effet des plus ardentes prières, j'aurais bien pu m'en attribuer ma part.

Plus de trente ans après, lorsque j'eus publié les *Lettres de la Montagne*, M. Fréron[3] déterra ce certificat, je ne sais comment, et en fit usage dans ses feuilles. Il faut avouer que la découverte était heureuse, et l'à-propos me parut à moi-même très plaisant.

J'étais destiné à être le rebut de tous les états. Quoique M. Gâtier eût rendu de mes progrès le compte le moins défavorable qui lui fût possible, on voyait qu'ils n'étaient pas proportionnés à mon travail, et cela n'était pas encourageant pour me faire pousser mes études. Aussi l'évêque et le supérieur se rebutèrent-ils, et on me rendit à Mᵐᵉ de Warens comme un sujet qui n'était pas même bon pour être prêtre, au reste assez bon garçon, disait-on, et point vicieux : ce qui fit que, malgré tant de préjugés rebutants sur mon compte, elle ne m'abandonna pas.

Je rapportai chez elle en triomphe son livre de musique, dont j'avais tiré si bon parti. Mon air d'*Alphée et Aréthuse* était à peu près tout ce que j'avais appris au séminaire. Mon goût marqué pour cet art lui fit naître la pensée de me faire musicien : l'occasion était commode ; on faisait chez elle, au moins une fois la semaine, de la musique, et le maître de musique de la cathédrale, qui dirigeait ce petit concert, venait la voir très souvent. C'était un Parisien nommé M. Le Maître, bon compositeur, fort vif, fort gai, jeune encore, assez bien fait, peu d'esprit, mais au demeurant très bon homme. Maman me fit faire sa connaissance ; je m'attachais à lui, je ne lui déplaisais pas : on parla de pension, l'on en convint. Bref, j'entrai chez lui, et j'y passai l'hiver d'autant plus agréablement que, la maîtrise n'étant qu'à vingt pas de la maison de Maman, nous étions chez elle en un moment, et nous y soupions très souvent ensemble.

On jugera bien que la vie de la maîtrise, toujours chantante et gaie, avec les musiciens et les enfants de chœur, me plaisait plus que celle du séminaire avec les pères de Saint-Lazare. Cependant cette vie, pour être plus libre, n'en était pas moins égale et réglée. J'étais fait pour aimer l'indépendance et pour n'en abuser jamais. Durant six mois entiers, je ne sortis pas une seule fois que pour aller chez Maman ou à l'église, et je n'en fus pas même tenté. Cet intervalle est un de ceux où j'ai vécu dans le plus grand calme, et que je me suis rappelés avec le plus de plaisir. Dans les situations diverses où je me suis trouvé, quelques-unes ont été marquées par un tel sentiment de bien-être, qu'en les remémorant j'en suis affecté comme si j'y étais encore. Non seulement je me rappelle les temps, les lieux, les personnes, mais tous les objets environnants, la température de l'air, son odeur, sa couleur, une certaine impression locale qui ne s'est fait sentir que là, et dont le souvenir vif m'y transporte de nouveau. Par exemple, tout ce qu'on répétait à la maîtrise, tout ce qu'on chantait au chœur, tout ce qu'on y faisait, le bel et noble habit des chanoines, les chasubles des prêtres, les mitres des chantres, la figure des musiciens, un vieux charpentier boiteux qui jouait de la contrebasse, un petit abbé blondin qui jouait du violon, le lambeau de soutane qu'après avoir posé son épée, M. Le Maître endossait par-dessus son habit laïque, et le beau surplis fin dont il en couvrait les loques pour aller au chœur ; l'orgueil avec lequel j'allais tenant ma petite flûte à bec, m'établir dans l'orchestre à la tribune pour un petit bout de récit[1] que M. Le Maître avait fait exprès pour moi, le bon dîner qui nous attendait ensuite, le bon appétit qu'on y portait, ce concours d'objets vivement retracé m'a cent fois charmé dans ma mémoire, autant et plus que dans la réalité. J'ai gardé toujours une affection tendre pour un certain air du *Conditor alme siderum*[2] qui marche par ïambes, parce qu'un dimanche de l'avent j'entendis de mon lit chanter cette hymne avant le jour sur le perron de la cathédrale, selon un rite de cette église-là. Mlle Merceret, femme de chambre de Maman, savait un peu de musique ; je n'oublierai jamais un petit motet *Afferte*[3] que M. Le Maître me fit chanter avec elle, et que sa maîtresse écoutait avec tant de plaisir. Enfin tout, jusqu'à la bonne servante Perrine, qui était si bonne fille et que les enfants de chœur faisaient tant endêver[4], tout,

dans les souvenirs de ces temps de bonheur et d'innocence, revient souvent me ravir et m'attrister.

Je vivais à Annecy depuis près d'un an sans le
moindre reproche : tout le monde était content de
moi. Depuis mon départ de Turin je n'avais point fait
de sottise, et je n'en fis point tant que je fus sous les
yeux de Maman. Elle me conduisait, et me conduisait
toujours bien ; mon attachement pour elle était
devenu ma seule passion ; et ce qui prouve que ce
n'était pas une passion folle, c'est que mon cœur formait ma raison. Il est vrai qu'un seul sentiment, absor-
bant pour ainsi dire toutes mes facultés, me mettait
hors d'état de rien apprendre, pas même la musique,
bien que j'y fisse tous mes efforts. Mais il n'y avait
point de ma faute ; la bonne volonté y était tout
entière, l'assiduité y était. J'étais distrait, rêveur, je
soupirais : qu'y pouvais-je faire ? Il ne manquait à mes
progrès rien qui dépendît de moi ; mais pour que je
fisse de nouvelles folies il ne fallait qu'un sujet qui
vînt me les inspirer. Ce sujet se présenta ; le hasard
arrangea les choses, et, comme on verra dans la suite,
ma mauvaise tête en tira parti.

Un soir du mois de février qu'il faisait bien froid,
comme nous étions tous autour du feu, nous entendîmes frapper à la porte de la rue. Perrine prend sa
lanterne, descend, ouvre ; un jeune homme entre avec
elle, monte, se présente d'un air aisé, et fait à M. Le
Maître un compliment court et bien tourné, se donnant pour un musicien français que le mauvais état de
ses finances forçait de vicarier[1] pour passer son chemin. A ce mot de musicien français le cœur tressaillit
au bon Le Maître : il aimait passionnément son pays
et son art. Il accueillit le jeune passager, lui offrit le
gîte, dont il paraissait avoir grand besoin, et qu'il
accepta sans beaucoup de façon. Je l'examinai tandis
qu'il se chauffait et qu'il jasait en attendant le souper.
Il était court de stature, mais large de carrure ; il avait
je ne sais quoi de contrefait dans sa taille sans aucune
difformité particulière ; c'était pour ainsi dire un

bossu à épaules plates, mais je crois qu'il boitait un peu. Il avait un habit noir plutôt usé que vieux, et qui tombait par pièces, une chemise très fine et très sale, de belles manchettes d'effilé, des guêtres dans chacune desquelles il aurait mis ses deux jambes, et pour se garantir de la neige un petit chapeau à porter sous le bras. Dans ce comique équipage il y avait pourtant quelque chose de noble que son maintien ne démentait pas ; sa physionomie avait de la finesse et de l'agrément ; il parlait facilement et bien, mais très peu modestement. Tout marquait en lui un jeune débauché qui avait eu de l'éducation, et qui n'allait pas gueusant[1] comme un gueux, mais comme un fou. Il nous dit qu'il s'appelait Venture de Villeneuve, qu'il venait de Paris, qu'il s'était égaré dans sa route ; et oubliant un peu son rôle de musicien, il ajouta qu'il allait à Grenoble voir un parent qu'il avait dans le parlement.

Pendant le souper on parla de musique, et il en parla bien. Il connaissait tous les grands virtuoses, tous les ouvrages célèbres, tous les acteurs, toutes les actrices, toutes les jolies femmes, tous les grands seigneurs. Sur tout ce qu'on disait il paraissait au fait ; mais à peine un sujet était-il entamé qu'il brouillait l'entretien par quelque polissonnerie qui faisait rire et oublier ce qu'on avait dit. C'était un samedi ; il y avait le lendemain musique à la cathédrale ; M. Le Maître lui propose d'y chanter : *Très volontiers* ; lui demande quelle est sa partie : *La haute-contre...*[2] et il parle d'autre chose. Avant d'aller à l'église on lui offrit sa partie à prévoir ; il n'y jeta pas les yeux. Cette gasconnade surprit Le Maître. « Vous verrez, me dit-il à l'oreille, qu'il ne sait pas une note de musique. — J'en ai grand-peur », lui répondis-je. Je les suivis très inquiet. Quand on commença, le cœur me battit d'une terrible force, car je m'intéressais beaucoup à lui.

J'eus bientôt de quoi me rassurer. Il chanta ses deux récits avec toute la justesse et tout le goût imaginables, et, qui plus est, avec une très jolie voix. Je n'ai guère eu de plus agréable surprise. Après la messe, M. Venture reçut des compliments à perte de vue des chanoines et des musiciens, auxquels il répondait en polissonnant, mais toujours avec beaucoup de grâce. M. Le Maître l'embrassa de bon cœur ; j'en fis autant : il vit que j'étais bien aise, et cela parut lui faire plaisir.

On conviendra, je m'assure, qu'après m'être engoué de M. Bâcle, qui tout compté n'était qu'un manant, je pouvais m'engouer de M. Venture, qui avait de l'éducation, des talents, de l'esprit, de l'usage du monde, et qui pouvait passer pour un aimable débauché. C'est aussi ce qui m'arriva, et ce qui serait arrivé, je pense, à tout autre jeune homme à ma place, d'autant plus facilement encore qu'il aurait eu un meilleur tact pour sentir le mérite, et un meilleur goût pour s'y attacher ; car Venture en avait, sans contredit, et il en avait surtout un bien rare à son âge, celui de n'être point pressé de montrer son acquis. Il est vrai qu'il se vantait de beaucoup de choses qu'il ne savait point ; mais pour celles qu'il savait et qui étaient en assez grand nombre, il n'en disait rien : il attendait l'occasion de les montrer ; il s'en prévalait alors sans empressement, et cela faisait le plus grand effet. Comme il s'arrêtait après chaque chose sans parler du reste, on ne savait plus quand il aurait tout montré. Badin, folâtre, inépuisable, séduisant dans la conversation, souriant toujours et ne riant jamais, il disait du ton le plus élégant les choses les plus grossières, et les faisait passer. Les femmes même les plus modestes s'étonnaient de ce qu'elles enduraient de lui. Elles avaient beau sentir qu'il fallait se fâcher, elles n'en avaient pas la force. Il ne lui fallait que des filles perdues, et je ne crois pas qu'il fût fait pour avoir des bonnes fortunes, mais il était fait pour mettre un agrément infini dans la société des gens qui en avaient. Il était difficile qu'avec tant de talents agréables, dans

un pays où l'on s'y connaît et où on les aime, il restât
borné longtemps à la sphère des musiciens.

Mon goût pour M. Venture, plus raisonnable dans
sa cause, fut aussi moins extravagant dans ses effets,
quoique plus vif et plus durable que celui que j'avais
pris pour M. Bâcle. J'aimais à le voir, à l'entendre ;
tout ce qu'il faisait me paraissait charmant ; tout ce
qu'il disait me semblait des oracles ; mais mon
engouement n'allait point jusqu'à ne pouvoir me
séparer de lui. J'avais à mon voisinage un bon préser-
vatif contre cet excès. D'ailleurs, trouvant ses maximes
très bonnes pour lui, je sentais qu'elles n'étaient pas à
mon usage ; il me fallait une autre sorte de volupté,
dont il n'avait pas l'idée, et dont je n'osais même lui
parler, bien sûr qu'il se serait moqué de moi. Cependant j'aurais voulu allier cet attachement avec celui
qui me dominait. J'en parlais à Maman avec transport ; Le Maître lui en parlait avec éloges. Elle consentit qu'on le lui amenât. Mais cette entrevue ne réussit
point du tout : il la trouva précieuse ; elle le trouva
libertin ; et, s'alarmant pour moi d'une aussi mauvaise
connaissance, non seulement elle me défendit de le
lui ramener, mais elle me peignit si fortement les dangers que je courais avec ce jeune homme, que je
devins un peu plus circonspect à m'y livrer, et, très
heureusement pour mes mœurs et pour ma tête, nous
fûmes bientôt séparés.

M. Le Maître avait les goûts de son art ; il aimait le
vin. A table cependant il était sobre, mais en travaillant dans son cabinet il fallait qu'il bût. Sa servante le
savait si bien que, sitôt qu'il préparait son papier pour
composer, et qu'il prenait son violoncelle, son pot et
son verre arrivaient l'instant d'après, et le pot se
renouvelait de temps à autre. Sans jamais être absolument ivre, il était presque toujours pris de vin ; et en
vérité c'était dommage, car c'était un garçon essentiellement bon, et si gai que Maman ne l'appelait que
petit chat. Malheureusement il aimait son talent, travaillait beaucoup, et buvait de même. Cela prit sur sa

santé et enfin sur son humeur : il était quelquefois
ombrageux et facile à offenser. Incapable de grossièreté, incapable de manquer à qui que ce fût, il n'a
jamais dit une mauvaise parole, même à un de ses
enfants de chœur ; mais il ne fallait pas non plus lui
manquer, et cela était juste. Le mal était qu'ayant peu
d'esprit, il ne discernait pas les tons et les caractères,
et prenait souvent la mouche sur rien.

L'ancien Chapitre[1] de Genève, où jadis tant de
princes et d'évêques se faisaient un honneur d'entrer,
a perdu dans son exil son ancienne splendeur, mais il
a conservé sa fierté. Pour pouvoir y être admis, il faut
toujours être gentilhomme ou docteur de Sorbonne,
et s'il est un orgueil pardonnable, après celui qui se
tire du mérite personnel, c'est celui qui se tire de la
naissance. D'ailleurs tous les prêtres qui ont des
laïques à leurs gages les traitent d'ordinaire avec assez
de hauteur. C'est ainsi que les chanoines traitaient
souvent le pauvre Le Maître. Le chantre surtout,
appelé M. l'abbé de Vidonne, qui du reste était un
très galant homme, mais trop plein de sa noblesse,
n'avait pas toujours pour lui les égards que méritaient
ses talents ; et l'autre n'endurait pas volontiers ces
dédains. Cette année ils eurent, durant la semaine
sainte, un démêlé plus vif qu'à l'ordinaire dans un
dîner de règle[2] que l'évêque donnait aux chanoines,
et où Le Maître était toujours invité. Le chantre lui fit
quelque passe-droit, et lui dit quelque parole dure
que celui-ci ne put digérer ; il prit sur-le-champ la
résolution de s'enfuir la nuit suivante, et rien ne put
l'en faire démordre, quoique Mme de Warens, à qui il
alla faire ses adieux, n'épargnât rien pour l'apaiser. Il
ne put renoncer au plaisir de se venger de ses tyrans,
en les laissant dans l'embarras aux fêtes de Pâques,
temps où l'on avait le plus grand besoin de lui. Mais
ce qui l'embarrassait lui-même était sa musique qu'il
voulait emporter, ce qui n'était pas facile : elle formait
une caisse assez grosse et fort lourde, qui ne s'emportait pas sous le bras.

Maman fit ce que j'aurais fait, et ce que je ferais encore à sa place. Après bien des efforts inutiles pour le retenir, le voyant résolu de partir comme que ce fût, elle prit le parti de l'aider en tout ce qui dépendait d'elle. J'ose dire qu'elle le devait. Le Maître s'était consacré, pour ainsi dire, à son service. Soit en ce qui tenait à son art, soit en ce qui tenait à ses soins, il était entièrement à ses ordres, et le cœur avec lequel il les suivait donnait à sa complaisance un nouveau prix. Elle ne faisait donc que rendre à un ami, dans une occasion essentielle, ce qu'il faisait pour elle en détail depuis trois ou quatre ans ; mais elle avait une âme qui, pour remplir de pareils devoirs, n'avait pas besoin de songer que c'en étaient pour elle. Elle me fit venir, m'ordonna de suivre M. Le Maître au moins jusqu'à Lyon, et de m'attacher à lui aussi longtemps qu'il aurait besoin de moi. Elle m'a depuis avoué que le désir de m'éloigner de Venture était entré pour beaucoup dans cet arrangement. Elle consulta Claude Anet, son fidèle domestique, pour le transport de la caisse. Il fut d'avis qu'au lieu de prendre à Annecy une bête de somme, qui nous ferait infailliblement découvrir, il fallait, quand il serait nuit, porter la caisse à bras jusqu'à une certaine distance, et louer ensuite un âne dans un village pour la transporter jusqu'à Seyssel, où, étant sur terres de France, nous n'aurions plus rien à risquer. Cet avis fut suivi ; nous partîmes le même soir à sept heures ; et Maman, sous prétexte de payer ma dépense, grossit la petite bourse du pauvre *petit chat* d'un surcroît qui ne lui fut pas inutile. Claude Anet, le jardinier et moi, portâmes la caisse comme nous pûmes jusqu'au premier village où un âne nous relaya, et la même nuit nous nous rendîmes à Seyssel.

Je crois avoir déjà remarqué qu'il y a des temps où je suis si peu semblable à moi-même qu'on me prendrait pour un autre homme de caractère tout opposé. On en va voir un exemple. M. Reydelet, curé de Seyssel, était chanoine de Saint-Pierre, par conséquent de la connaissance de M. Le Maître, et l'un des hommes dont il devait le plus se cacher. Mon avis fut au contraire d'aller nous présenter à lui, et lui demander gîte sous quelque prétexte, comme si nous étions là du consentement du chapitre. Le Maître goûta cette idée qui rendait sa vengeance moqueuse et plaisante. Nous allâmes donc effrontément chez M. Reydelet, qui nous reçut très bien. Le Maître lui dit qu'il allait à Belley, à la prière de l'évêque, diriger sa musique aux fêtes de Pâques ; qu'il comptait repasser dans peu de jours, et moi, à l'appui de ce mensonge, j'en enfilai cent autres si naturels, que M. Reydelet, me trouvant joli garçon, me prit en amitié et me fit mille caresses. Nous fûmes bien régalés, bien couchés. M. Reydelet ne savait quelle chère nous faire ; et nous nous séparâmes les meilleurs amis du monde, avec promesse de nous arrêter plus longtemps au retour. A peine pûmes-nous attendre que nous fussions seuls pour commencer nos éclats de rire, et j'avoue qu'ils me reprennent encore en y pensant, car on ne saurait imaginer une espièglerie mieux soutenue ni plus heureuse. Elle nous eût égayés durant toute la route, si M. Le Maître, qui ne cessait de boire et de battre la campagne, n'eût été attaqué deux ou trois fois d'une atteinte à laquelle il devenait très sujet et qui ressemblait fort à l'épilepsie. Cela me jeta dans des embarras qui m'effrayèrent, et dont je pensai bientôt à me tirer comme je pourrais.

Nous allâmes à Belley passer les fêtes de Pâques comme nous l'avions dit à M. Reydelet ; et, quoique nous n'y fussions point attendus, nous fûmes reçus du maître de musique et accueillis de tout le monde avec grand plaisir. M. Le Maître avait de la considération dans son art, et la méritait. Le maître de musique de Belley se fit honneur de ses meilleurs ouvrages et tâcha d'obtenir l'approbation d'un si bon juge : car outre que Le Maître était connaisseur, il était équitable, point jaloux et point flagorneur. Il était si supérieur à tous ces maîtres de musique de province, et ils le sentaient si bien eux-mêmes, qu'ils le regardaient moins comme leur confrère que comme leur chef.

Après avoir passé très agréablement quatre ou cinq jours à Belley, nous en repartîmes et continuâmes notre route sans autre incident que ceux dont je viens de parler. Arrivés à Lyon, nous fûmes loger à Notre-Dame-de-Pitié, et en attendant la caisse, qu'à la faveur d'un autre mensonge nous avions embarquée sur le Rhône par les soins de notre bon patron M. Reydelet, M. Le Maître alla voir ses connaissances, entre autres le P. Caton, cordelier, dont il sera parlé dans la suite, et l'abbé Dortan, comte de Lyon. L'un et l'autre le reçurent bien ; mais ils le trahirent comme on verra tout à l'heure ; son bonheur s'était épuisé chez M. Reydelet.

Deux jours après notre arrivée à Lyon, comme nous passions dans une petite rue, non loin de notre auberge, Le Maître fut surpris d'une de ses atteintes, et celle-là fut si violente que j'en fus saisi d'effroi. Je fis des cris, appelai au secours, nommai son auberge et suppliai qu'on l'y fit porter ; puis, tandis qu'on s'assemblait et s'empressait autour d'un homme tombé sans sentiment et écumant au milieu de la rue, il fut délaissé du seul ami sur lequel il eût dû compter. Je pris l'instant où personne ne songeait à moi ; je tournai le coin de la rue, et je disparus. Grâce au Ciel, j'ai fini ce troisième aveu pénible. S'il m'en restait beaucoup de pareils à faire, j'abandonnerais le travail que j'ai commencé.

De tout ce que j'ai dit jusqu'à présent, il en est resté quelques traces dans les lieux où j'ai vécu ; mais ce que j'ai à dire dans le livre suivant est presque entièrement ignoré. Ce sont les plus grandes extravagances de ma vie, et il est heureux qu'elles n'aient pas plus mal fini. Mais ma tête, montée au ton d'un instrument étranger, était hors de son diapason : elle y revint d'elle-même ; et alors je cessai mes folies, ou du moins j'en fis de plus accordantes à mon naturel. Cette époque de ma jeunesse est celle dont j'ai l'idée la plus confuse. Rien presque ne s'y est passé d'assez intéressant à mon cœur pour m'en retracer vivement le souvenir, et il est difficile que dans tant d'allées et venues, dans tant de déplacements successifs, je ne fasse pas quelques transpositions de temps ou de lieu. J'écris absolument de mémoire, sans monuments[1], sans matériaux qui puissent me la rappeler. Il y a des événements de ma vie qui me sont aussi présents que s'ils venaient d'arriver ; mais il y a des lacunes et des vides que je ne peux remplir qu'à l'aide de récits aussi confus que le souvenir qui m'en est resté. J'ai donc pu faire des erreurs quelquefois, et j'en pourrai faire encore sur des bagatelles, jusqu'au temps où j'ai de moi des renseignements plus sûrs ; mais en ce qui importe vraiment au sujet, je suis assuré d'être exact et fidèle, comme je tâcherai toujours de l'être en tout : voilà sur quoi l'on peut compter.

Sitôt que j'eus quitté M. Le Maître, ma résolution fut prise et je repartis pour Annecy. La cause et le mystère de notre départ m'avaient donné un grand intérêt pour la sûreté de notre retraite ; et cet intérêt, m'occupant tout entier, avait fait diversion durant quelques jours à celui qui me rappelait en arrière ; mais dès que la sécurité me laissa plus tranquille, le sentiment dominant reprit sa place. Rien ne me flattait, rien ne me tentait, je n'avais de désir pour rien que pour retourner auprès de Maman. La tendresse et la vérité de mon attachement pour elle avaient déraciné de mon cœur tous les projets imaginaires, toutes les folies de l'ambition. Je ne voyais plus d'autre bonheur que celui de vivre auprès d'elle, et je ne faisais pas un pas sans sentir que je m'éloignais de ce bonheur. J'y revins donc aussitôt que cela me fut possible. Mon retour fut si prompt et mon esprit si distrait que, quoique je me rappelle avec tant de plaisir tous mes autres voyages, je n'ai pas le moindre souvenir de celui-là ; je ne m'en rappelle rien du tout, sinon mon départ de Lyon et mon arrivée à Annecy. Qu'on juge surtout si cette dernière époque a dû sortir de ma mémoire ! En arrivant je ne trouvai plus de Mme de Warens : elle était partie pour Paris.

Je n'ai jamais bien su le secret de ce voyage[1]. Elle me l'aurait dit, j'en suis très sûr, si je l'en avais pressée : mais jamais homme ne fut moins curieux que moi du secret de ses amis : mon cœur, uniquement occupé du présent, en remplit toute sa capacité, tout son espace, et, hors les plaisirs passés qui font désormais mes uniques jouissances, il n'y reste pas un coin vide pour ce qui n'est plus. Tout ce que j'ai cru d'entrevoir dans le peu qu'elle m'en a dit est que, dans la révolution causée à Turin par l'abdication du roi de Sardaigne, elle craignit d'être oubliée, et voulut, à la faveur des intrigues de M. d'Aubonne, chercher le même avantage à la cour de France, où elle m'a souvent dit qu'elle l'eût préféré, parce que la multitude des grandes affaires fait qu'on n'y est pas si désagréablement surveillé. Si cela est, il est bien étonnant qu'à son retour on ne lui ait pas fait plus mauvais visage, et qu'elle ait toujours joui de sa pension sans aucune interruption. Bien des gens ont cru qu'elle avait été chargée de quelque commission secrète, soit de la part de l'évêque, qui avait alors des affaires à la cour de France, où il fut lui-même obligé d'aller, soit de la part de quelqu'un plus puissant encore, qui sut lui ménager un heureux retour. Ce qu'il y a de sûr, si cela est, est que l'ambassadrice n'était pas mal choisie, et que, jeune et belle encore, elle avait tous les talents nécessaires pour se bien tirer d'une négociation.

LIVRE QUATRIÈME[1]

J'arrive, et je ne la trouve plus. Qu'on juge de ma surprise et de ma douleur ! C'est alors que le regret d'avoir lâchement abandonné M. Le Maître commença de se faire sentir ; il fut plus vif encore quand j'appris le malheur qui lui était arrivé. Sa caisse de musique qui contenait toute sa fortune, cette précieuse caisse, sauvée avec tant de fatigue, avait été saisie en arrivant à Lyon, par les soins du comte Dortan, à qui le Chapitre avait fait écrire pour le prévenir de cet enlèvement furtif. Le Maître avait en vain réclamé son bien, son gagne-pain, le travail de toute sa vie. La propriété de cette caisse était tout au moins sujette à litige ; il n'y en eut point. L'affaire fut décidée à l'instant même par la loi du plus fort, et le pauvre Le Maître perdit ainsi le fruit de ses talents, l'ouvrage de sa jeunesse, et la ressource de ses vieux jours.

Il ne manqua rien au coup que je reçus pour le rendre accablant. Mais j'étais dans un âge où les grands chagrins ont peu de prise, et je me forgeai bientôt des consolations. Je comptais avoir dans peu des nouvelles de Mme de Warens, quoique je ne susse pas son adresse et qu'elle ignorât que j'étais de retour ; et quant à ma désertion, tout bien compté, je ne la trouvais pas si coupable. J'avais été utile à M. Le Maître dans sa retraite, c'était le seul service qui dépendît de moi. Si j'avais resté avec lui en France, je

ne l'aurais pas guéri de son mal, je n'aurais pas sauvé
sa caisse, je n'aurais fait que doubler sa dépense, sans
lui pouvoir être bon à rien. Voilà comment alors je
voyais la chose ; je la vois autrement aujourd'hui. Ce
n'est pas quand une vilaine action vient d'être faite
qu'elle nous tourmente, c'est quand longtemps après
on se la rappelle ; car le souvenir ne s'en éteint point.

Le seul parti que j'avais à prendre pour avoir des
nouvelles de Maman était d'en attendre ; car où l'aller
chercher à Paris, et avec quoi faire le voyage ? Il n'y
avait point de lieu plus sûr qu'Annecy pour savoir tôt
ou tard où elle était. J'y restai donc. Mais je me
conduisis assez mal. Je n'allai pas voir l'évêque, qui
m'avait protégé et qui me pouvait protéger encore. Je
n'avais plus ma patronne auprès de lui, et je craignais
les réprimandes sur notre évasion. J'allai moins
encore au séminaire : M. Gros n'y était plus. Je ne vis
personne de ma connaissance ; j'aurais pourtant bien
voulu aller voir Mme l'Intendante, mais je n'osai
jamais. Je fis plus mal que tout cela : je retrouvai
M. Venture, auquel, malgré mon enthousiasme, je
n'avais pas même pensé depuis mon départ. Je le
retrouvai brillant et fêté dans tout Annecy ; les dames
se l'arrachaient. Ce succès acheva de me tourner la
tête. Je ne vis plus rien que M. Venture, et il me fit
presque oublier Mme de Warens. Pour profiter de ses
leçons plus à mon aise, je lui proposai de partager
avec moi son gîte ; il y consentit. Il était logé chez un
cordonnier, plaisant et bouffon personnage, qui, dans
son patois, n'appelait pas sa femme autrement que
salopière, nom qu'elle méritait assez. Il avait avec elle
des prises que Venture avait soin de faire durer en
paraissant vouloir faire le contraire. Il leur disait, d'un
ton froid, et dans son accent provençal, des mots qui
faisaient le plus grand effet ; c'étaient des scènes à
pâmer de rire. Les matinées se passaient ainsi sans
qu'on y songeât : à deux ou trois heures, nous man-
gions un morceau ; Venture s'en allait dans ses
sociétés, où il soupait, et moi j'allais me promener

seul, méditant sur son grand mérite, admirant, convoitant ses rares talents, et maudissant ma maussade étoile qui ne m'appelait point à cette heureuse vie. Eh ! que je m'y connaissais mal ! La mienne eût été cent fois plus charmante si j'avais été moins bête et si j'en avais su mieux jouir.

Mme de Warens n'avait emmené qu'Anet avec elle ; elle avait laissé Merceret, sa femme de chambre, dont j'ai parlé. Je la trouvai occupant encore l'appartement de sa maîtresse. Mlle Merceret était une fille un peu plus âgée que moi, non pas jolie, mais assez agréable ; une bonne Fribourgeoise sans malice, et à qui je n'ai connu d'autre défaut que d'être quelquefois un peu mutine avec sa maîtresse. Je l'allais voir assez souvent. C'était une ancienne connaissance, et sa vue m'en rappelait une plus chère qui me la faisait aimer. Elle avait plusieurs amies, entre autres une Mlle Giraud[1], Genevoise, qui pour mes péchés s'avisa de prendre du goût pour moi. Elle pressait toujours Merceret de m'amener chez elle ; je m'y laissais mener, parce que j'aimais assez Merceret, et qu'il y avait là d'autres jeunes personnes que je voyais volontiers. Pour Mlle Giraud, qui me faisait toutes sortes d'agaceries, on ne peut rien ajouter à l'aversion que j'avais pour elle. Quand elle approchait de mon visage son museau sec et noir, barbouillé de tabac d'Espagne, j'avais peine à m'abstenir d'y cracher. Mais je prenais patience ; à cela près, je me plaisais fort au milieu de toutes ces filles, et, soit pour faire leur cour à Mlle Giraud, soit pour moi-même, toutes me fêtaient à l'envi. Je ne voyais à tout cela que de l'amitié. J'ai pensé depuis qu'il n'eût tenu qu'à moi d'y voir davantage : mais je ne m'en avisais pas, je n'y pensais pas.

D'ailleurs des couturières, des filles de chambre, de petites marchandes ne me tentaient guère. Il me fallait des demoiselles. Chacun a ses fantaisies ; ça a toujours été la mienne, et je ne pense pas comme Horace sur ce point-là. Ce n'est pourtant pas du tout la vanité de l'état et du rang qui m'attire ; c'est un teint mieux conservé, de plus belles mains, une parure plus gracieuse, un air de délicatesse et de propreté sur toute la personne, plus de goût dans la manière de se mettre et de s'exprimer, une robe plus fine et mieux faite, une chaussure plus mignonne, des rubans, de la dentelle, des cheveux mieux ajustés. Je préférerais toujours la moins jolie ayant plus de tout cela. Je trouve moi-même cette préférence très ridicule, mais mon cœur la donne malgré moi.

Hé bien ! cet avantage se présentait encore, et il ne tint encore qu'à moi d'en profiter. Que j'aime à tomber de temps en temps sur les moments agréables de ma jeunesse ! Ils m'étaient si doux ; ils ont été si courts, si rares, et je les ai goûtés à si bon marché ! Ah ! leur seul souvenir rend encore à mon cœur une volupté pure dont j'ai besoin pour ranimer mon courage et soutenir les ennuis du reste de mes ans.

L'aurore un matin me parut si belle, que m'étant habillé précipitamment, je me hâtai de gagner la campagne pour voir lever le soleil. Je goûtai ce plaisir dans tout son charme ; c'était la semaine après la Saint-Jean. La terre, dans sa plus grande parure, était couverte d'herbe et de fleurs ; les rossignols, presque à la fin de leur ramage, semblaient se plaire à le renforcer ; tous les oiseaux, faisant en concert leurs adieux au printemps, chantaient la naissance d'un beau jour d'été, d'un de ces beaux jours qu'on ne voit plus à mon âge, et qu'on n'a jamais vus dans le triste sol où j'habite aujourd'hui[1].

Je m'étais insensiblement éloigné de la ville, la chaleur augmentait, et je me promenais sous des ombrages dans un vallon le long d'un ruisseau. J'entends derrière moi des pas de chevaux et des voix de filles qui semblaient embarrassées, mais qui n'en riaient pas de moins bon cœur. Je me retourne, on m'appelle par mon nom, j'approche, je trouve deux jeunes personnes de ma connaissance, Mlle de Graffenried et Mlle Galley[2] qui, n'étant pas d'excellentes cavalières, ne savaient comment forcer leurs chevaux à passer le ruisseau. Mlle de Graffenried était une jeune Bernoise fort aimable qui, par quelque folie de son âge ayant été jetée hors de son pays, avait imité Mme de Warens, chez qui je l'avais vue quelquefois ; mais, n'ayant pas eu une pension comme elle, elle avait été trop heureuse de s'attacher à Mlle Galley, qui, l'ayant prise en amitié, avait engagé sa mère à la lui donner pour compagne, jusqu'à ce qu'on la pût placer de quelque façon. Mlle Galley, d'un an plus jeune qu'elle, était encore plus jolie ; elle avait je ne sais quoi de plus délicat, de plus fin ; elle était en même temps très mignonne et très formée, ce qui est pour une fille le plus beau moment. Toutes deux s'aimaient tendrement et leur bon caractère à l'une et à l'autre ne pouvait qu'entretenir longtemps cette union, si quelque amant ne venait pas la déranger. Elles me dirent qu'elles allaient à Toune[1], vieux château appartenant à Mme Galley ; elles implorèrent mon secours pour faire passer leurs chevaux, n'en pouvant venir à bout elles seules. Je voulus fouetter les chevaux ; mais elles craignaient pour moi les ruades et pour elles les haut-le-corps. J'eus recours à un autre expédient. Je pris par la bride le cheval de Mlle Galley puis, le tirant après moi, je traversai le ruisseau ayant de l'eau jusqu'à mi-jambes, et l'autre cheval suivit sans difficulté. Cela fait, je voulus saluer ces demoiselles, et m'en aller comme un benêt : elles se dirent quelque mots tout bas, et Mlle de Graffenried s'adressant à moi : « Non pas, non pas, me dit-elle, on ne nous échappe pas comme cela. Vous vous êtes mouillé pour notre service ; nous devons en conscience avoir soin de vous sécher : il faut, s'il vous plaît, venir avec nous ; nous vous arrêtons prisonnier. » Le cœur me battait, je regardais Mlle Galley. « Oui, oui, ajouta-t-elle en riant de ma mine effarée, prisonnier de guerre ; montez en croupe derrière elle ; nous voulons rendre compte de vous. — Mais, mademoiselle, je n'ai point l'honneur d'être connu de Mme votre mère ; que dira-t-elle en me voyant arriver ? — Sa mère, reprit Mlle de

Graffenried, n'est pas à Toune, nous sommes seules ; nous revenons ce soir, et vous reviendrez avec nous. »

L'effet de l'électricité n'est pas plus prompt que celui que ces mots firent sur moi. En m'élançant sur le cheval de Mlle de Graffenried je tremblais de joie, et quand il fallut l'embrasser pour me tenir, le cœur me battait si fort qu'elle s'en aperçut ; elle me dit que le sien lui battait aussi par la frayeur de tomber ; c'était presque, dans ma posture, une invitation de vérifier la chose ; je n'osai jamais, et durant tout le trajet mes deux bras lui servirent de ceinture, très serrée à la vérité, mais sans se déplacer un moment. Telle femme qui lira ceci me souffletterait volontiers, et n'aurait pas tort.

La gaieté du voyage et le babil de ces filles aiguisèrent tellement le mien que, jusqu'au soir, et tant que nous fûmes ensemble, nous ne déparlâmes pas un moment. Elles m'avaient mis si bien à mon aise, que ma langue parlait autant que mes yeux, quoiqu'elle ne dît pas les mêmes choses. Quelques instants seulement, quand je me trouvais tête à tête avec l'une ou l'autre, l'entretien s'embarrassait un peu ; mais l'absente revenait bien vite, et ne nous laissait pas le temps d'éclaircir cet embarras.

Arrivés à Toune, et moi bien séché, nous déjeunâmes. Ensuite il fallut procéder à l'importante affaire de préparer le dîner. Les deux demoiselles, tout en cuisinant, baisaient de temps en temps les enfants de la grangère[1], et le pauvre marmiton regardait faire en rongeant son frein. On avait envoyé des provisions de la ville, et il y avait de quoi faire un très bon dîner, surtout en friandises ; mais malheureusement on avait oublié du vin. Cet oubli n'était pas étonnant pour des filles qui n'en buvaient guère : mais j'en fus fâché, car j'avais un peu compté sur ce secours pour m'enhardir. Elles en furent fâchées aussi, par la même raison peut-être, mais je n'en crois rien. Leur gaieté vive et charmante était l'innocence même ; et d'ailleurs qu'eussent-elles fait de moi entre elles deux ? Elles

envoyèrent chercher du vin partout aux environs ; on
n'en trouva point, tant les paysans de ce canton sont
sobres et pauvres. Comme elles m'en marquaient leur
chagrin, je leur dis de n'en pas être si fort en peine,
et qu'elles n'avaient pas besoin de vin pour m'enivrer.
Ce fut la seule galanterie que j'osai leur dire de la
journée ; mais je crois que les friponnes voyaient de
reste que cette galanterie était une vérité.

Nous dînâmes dans la cuisine de la grangère, les
deux amies assises sur des bancs aux deux côtés de la
longue table, et leur hôte entre elles deux sur une
escabelle à trois pieds. Quel dîner ! Quel souvenir
plein de charmes ! Comment, pouvant à si peu de
frais goûter des plaisirs si purs et si vrais, vouloir en
rechercher d'autres ? Jamais souper des petites maisons de Paris n'approcha de ce repas, je ne dis pas
seulement pour la gaieté, pour la douce joie, mais je
dis pour la sensualité.

Après le dîner nous fîmes une économie. Au lieu
de prendre le café qui nous restait du déjeuner, nous
le gardâmes pour le goûter avec de la crème et des
gâteaux qu'elles avaient apportés ; et pour tenir notre
appétit en haleine, nous allâmes dans le verger achever notre dessert avec des cerises. Je montai sur
l'arbre, et je leur en jetais des bouquets dont elles me
rendaient les noyaux à travers les branches. Une fois
Mlle Galley, avançant son tablier et reculant la tête, se
présentait si bien, et je visai si juste, que je lui fis tomber un bouquet dans le sein ; et de rire. Je me disais
en moi-même : « Que mes lèvres ne sont-elles des cerises ! Comme je les leur jetterais ainsi de bon cœur. »

La journée se passa de cette sorte à folâtrer avec la
plus grande liberté, et toujours avec la plus grande
décence. Pas un seul mot équivoque, pas une seule
plaisanterie hasardée ; et cette décence, nous ne nou
l'imposions point du tout, elle venait toute seule, nou
prenions le ton que nous donnaient nos cœurs. Enfi
ma modestie, d'autres diront ma sottise, fut telle qu
la plus grande privauté qui m'échappa fut de baise

une seule fois la main de Mlle Galley. Il est vrai que la circonstance donnait du prix à cette légère faveur. Nous étions seuls, je respirais avec embarras, elle avait les yeux baissés. Ma bouche, au lieu de trouver des paroles, s'avisa de se coller sur sa main, qu'elle retira doucement après qu'elle fut baisée, en me regardant d'un air qui n'était point irrité. Je ne sais ce que j'aurais pu lui dire : son amie entra, et me parut laide en ce moment.

Enfin elles se souvinrent qu'il ne fallait pas attendre la nuit pour rentrer en ville. Il ne nous restait que le temps qu'il fallait pour arriver de jour, et nous nous hâtâmes de partir en nous distribuant comme nous étions venus. Si j'avais osé, j'aurais transposé cet ordre ; car le regard de Mlle Galley m'avait vivement ému le cœur ; mais je n'osai rien dire, et ce n'était pas à elle de le proposer. En marchant nous disions que la journée avait tort de finir, mais loin de nous plaindre qu'elle eût été courte, nous trouvâmes que nous avions eu le secret de la faire longue, par tous les amusements dont nous avions su la remplir.

Je les quittai à peu près au même endroit où elles m'avaient pris. Avec quel regret nous nous séparâmes ! Avec quel plaisir nous projetâmes de nous revoir ! Douze heures passées ensemble nous valaient des siècles de familiarité. Le doux souvenir de cette journée ne coûtait rien à ces aimables filles ; la tendre union qui régnait entre nous trois valait des plaisirs plus vifs, et n'eût pu subsister avec eux : nous nous aimions sans mystère et sans honte, et nous voulions nous aimer toujours ainsi. L'innocence des mœurs a sa volupté, qui vaut bien l'autre, parce qu'elle n'a point d'intervalle et qu'elle agit continuellement. Pour moi, je sais que la mémoire d'un si beau jour me touche plus, me charme plus, me revient plus au cœur que celle d'aucuns plaisirs que j'aie goûtés en ma vie. Je ne savais pas trop bien ce que je voulais à ces deux charmantes personnes, mais elles m'intéressaient beaucoup toutes deux. Je ne dis pas que, si

j'eusse été le maître de mes arrangements, mon cœur
se serait partagé ; j'y sentais un peu de préférence.
J'aurais fait mon bonheur d'avoir pour maîtresse
Mlle de Graffenried ; mais à choix, je crois que je l'aurais mieux aimée pour confidente. Quoi qu'il en soit,
il me semblait en les quittant que je ne pourrais plus
vivre sans l'une et sans l'autre. Qui m'eût dit que je
ne les reverrais de ma vie, et que là finiraient nos
éphémères amours ?

Ceux qui liront ceci ne manqueront pas de rire de
mes aventures galantes, en remarquant qu'après beaucoup de préliminaires, les plus avancées finissent par
baiser la main. O mes lecteurs ! ne vous y trompez
pas. J'ai peut-être eu plus de plaisir dans mes amours,
en finissant par cette main baisée, que vous n'en
aurez jamais dans les vôtres en commençant tout au
moins par là.

Venture, qui s'était couché fort tard la veille, rentra
peu de temps après moi. Pour cette fois, je ne le vis
pas avec le même plaisir qu'à l'ordinaire, et je me gar-
dai de lui dire comment j'avais passé ma journée. Ces
demoiselles m'avaient parlé de lui avec peu d'estime,
et m'avaient paru mécontentes de me savoir en si
mauvaises mains : cela lui fit tort dans mon esprit ;
d'ailleurs tout ce qui me distrayait d'elles ne pouvait
que m'être désagréable. Cependant, il me rappela
bientôt à lui et à moi, en me parlant de ma situation.
Elle était trop critique pour pouvoir durer. Quoique
je dépensasse très peu de chose, mon petit pécule
achevait de s'épuiser ; j'étais sans ressource. Point de
nouvelle de Maman ; je ne savais que devenir, et je
sentais un cruel serrement de cœur de voir l'ami de
Mlle Galley réduit à l'aumône.

Venture me dit qu'il avait parlé de moi à M. le juge
mage ; qu'il voulait m'y mener dîner le lendemain ;
que c'était un homme en état de me rendre service
par ses amis ; d'ailleurs une bonne connaissance à
faire, un homme d'esprit et de lettres, d'un commerce fort agréable, qui avait des talents et qui le

aimait : puis, mêlant à son ordinaire aux choses les plus sérieuses la plus mince frivolité, il me fit voir un joli couplet, venu de Paris, sur un air d'un opéra de Mouret qu'on jouait alors. Ce couplet avait plu si fort à M. Simon (c'était le nom du juge-mage[1]), qu'il voulait en faire un autre en réponse sur le même air : il avait dit à Venture d'en faire aussi un ; et la folie prit à celui-ci de m'en faire faire un troisième, afin, disait-il, qu'on vît les couplets arriver le lendemain comme les brancards du *Roman comique*[2].

La nuit, ne pouvant dormir, je fis comme je pus mon couplet. Pour les premiers vers que j'eusse faits, ils étaient passables, meilleurs même, ou du moins faits avec plus de goût qu'ils n'auraient été la veille, le sujet roulant sur une situation fort tendre, à laquelle mon cœur était déjà tout disposé. Je montrai le matin mon couplet à Venture, qui, le trouvant joli, le mit dans sa poche sans me dire s'il avait fait le sien. Nous allâmes dîner chez M. Simon, qui nous reçut bien. La conversation fut agréable : elle ne pouvait manquer de l'être entre deux hommes d'esprit, à qui la lecture avait profité. Pour moi, je faisais mon rôle, j'écoutais, et je me taisais. Ils ne parlèrent de couplets ni l'un ni l'autre ; je n'en parlai point non plus, et jamais, que je sache, il n'a été question du mien.

M. Simon parut content de mon maintien : c'est à peu près tout ce qu'il vit de moi dans cette entrevue. Il m'avait déjà vu plusieurs fois chez Mᵐᵉ de Warens sans faire une grande attention à moi. Ainsi c'est de ce dîner que je puis dater sa connaissance, qui ne me servit de rien pour l'objet qui me l'avait fait faire, mais dont je tirai dans la suite d'autres avantages qui me font rappeler sa mémoire avec plaisir.

J'aurais tort de ne pas parler de sa figure, que, sur sa qualité de magistrat, et sur le bel esprit dont il se piquait, on n'imaginerait pas si je n'en disais rien. M. le juge-mage Simon n'avait assurément pas deux pieds de haut. Ses jambes, droites, menues et même assez longues, l'auraient agrandi si elles eussent été

verticales ; mais elles posaient de biais comme celles
d'un compas très ouvert. Son corps était non seulement court, mais mince et, en tout sens, d'une petitesse inconcevable. Il devait paraître une sauterelle
quand il était nu. Sa tête, de grandeur naturelle, avec
un visage bien formé, l'air noble, d'assez beaux yeux,
semblait une tête postiche qu'on aurait plantée sur un
moignon. Il eût pu s'exempter de faire de la dépense
en parure, car sa grande perruque seule l'habillait
parfaitement de pied en cap.

Il avait deux voix toutes différentes, qui s'entremê-
laient sans cesse dans sa conversation avec un
contraste d'abord très plaisant, mais bientôt très désagréable. L'une était grave et sonore ; c'était, si j'ose
ainsi parler, la voix de sa tête. L'autre, claire, aiguë et
perçante, était la voix de son corps. Quand il s'écoutait beaucoup, qu'il parlait très posément, qu'il ména-
geait son haleine, il pouvait parler toujours de sa
grosse voix ; mais pour peu qu'il s'animât et qu'un
accent plus vif vînt se présenter, cet accent devenait
comme le sifflement d'une clef, et il avait toute la
peine du monde à reprendre sa basse.

Avec la figure que je viens de peindre, et qui n'est
point chargée, M. Simon était galant, grand conteur
de fleurettes, et poussait jusqu'à la coquetterie le soin
de son ajustement. Comme il cherchait à prendre ses
avantages, il donnait volontiers ses audiences du
matin dans son lit ; car quand on voyait sur l'oreiller
une belle tête, personne n'allait s'imaginer que c'était
là tout. Cela donnait lieu quelquefois à des scènes
dont je suis sûr que tout Annecy se souvient encore.
Un matin qu'il attendait dans ce lit, ou plutôt sur ce
lit, les plaideurs, en belle coiffe de nuit bien fine et
bien blanche, ornée de deux grosses bouffettes de
ruban couleur de rose, un paysan arrive, heurte à la
porte. La servante était sortie. M. le juge-mage, entendant redoubler, crie : « *Entrez* » ; et cela, comme de
un peu trop fort, partit de sa voix aiguë. L'homme
entre ; il cherche d'où vient cette voix de femme, et

voyant dans ce lit une cornette, une fontange[1], il veut ressortir, en faisant à Madame de grandes excuses. M. Simon se fâche, et n'en crie que plus clair. Le paysan confirmé dans son idée, et se croyant insulté, lui chante pouille[2], lui dit qu'apparemment elle n'est qu'une coureuse, et que M. le juge-mage ne donne guère bon exemple chez lui. Le juge-mage, furieux, et n'ayant pour toute arme que son pot de chambre, allait le jeter à la tête de ce pauvre homme, quand sa gouvernante arriva.

Ce petit nain, si disgracié dans son corps par la nature, en avait été dédommagé du côté de l'esprit : il l'avait naturellement agréable, et il avait pris soin de l'orner. Quoiqu'il fût, à ce qu'on disait, assez bon jurisconsulte, il n'aimait pas son métier. Il s'était jeté dans la belle littérature, et il y avait réussi. Il en avait pris surtout cette brillante superficie, cette fleur qui jette de l'agrément dans le commerce, même avec les femmes. Il savait par cœur tous les petits traits des *ana*[3] et autres semblables : il avait l'art de les faire valoir, en contant avec intérêt, avec mystère, et comme une anecdote de la veille, ce qui s'était passé il y avait soixante ans. Il savait la musique et chantait agréablement de sa voix d'homme : enfin il avait beaucoup de jolis talents pour un magistrat. A force de cajoler les dames d'Annecy, il s'était mis à la mode parmi elles ; elles l'avaient à leur suite comme un petit sapajou[4]. Il prétendait même à des bonnes fortunes, et cela les amusait beaucoup. Une Mme d'Épagny disait que pour lui la dernière faveur était de baiser une femme au genou.

Comme il connaissait les bons livres, et qu'il en parlait volontiers, sa conversation était non seulement amusante, mais instructive. Dans la suite, lorsque j'eus pris du goût pour l'étude, je cultivai sa connaissance, et je m'en trouvai très bien. J'allais quelquefois le voir de Chambéry, où j'étais alors. Il louait, animait mon émulation, et me donnait pour mes lectures de bons avis, dont j'ai souvent fait mon profit. Malheureuse-

ment dans ce corps si fluet logeait une âme très sensible. Quelques années après il eut je ne sais quelle
mauvaise affaire qui le chagrina, et il en mourut. Ce
fut dommage ; c'était assurément un bon petit
homme dont on commençait par rire, et qu'on finis-
sait par aimer. Quoique sa vie ait été peu liée à la
mienne, comme j'ai reçu de lui des leçons utiles, j'ai
cru pouvoir, par reconnaissance, lui consacrer un
petit souvenir.

Sitôt que je fus libre, je courus dans la rue de
Mlle Galley, me flattant de voir entrer ou sortir quelqu'un, ou du moins ouvrir quelque fenêtre. Rien ; pas
un chat ne parut, et tout le temps que je fus là, la
maison demeura aussi close que si elle n'eût point été
habitée. La rue était petite et déserte, un homme s'y
remarquait : de temps en temps quelqu'un passait,
entrait ou sortait au voisinage. J'étais fort embarrassé
de ma figure : il me semblait qu'on devinait pourquoi
j'étais là, et cette idée me mettait au supplice, car j'ai
toujours préféré à mes plaisirs l'honneur et le repos
de celles qui m'étaient chères.

Enfin, las de faire l'amant espagnol, et n'ayant
point de guitare, je pris le parti d'aller écrire à Mlle de
Graffenried. J'aurais préféré d'écrire à son amie ; mais
je n'osais, et il convenait de commencer par celle à
qui je devais la connaissance de l'autre et avec qui
j'étais plus familier. Ma lettre faite, j'allai la porter à
Mlle Giraud, comme j'en étais convenu avec ces demoiselles en nous séparant. Ce furent elles qui me donnè-
rent cet expédient. Mlle Giraud était contrepointière[1],
et travaillant quelquefois chez Mlle Galley, elle avait
l'entrée de sa maison. La messagère ne me parut
pourtant pas trop bien choisie ; mais j'avais peur, si je
faisais des difficultés sur celle-là, qu'on ne m'en pro-
posât point d'autre. De plus, je n'osai dire qu'elle voulait travailler pour son compte. Je me sentais humilié
qu'elle osât se croire pour moi du même sexe que ces
demoiselles. Enfin j'aimais mieux cet entrepôt-là[2] que
point, et je m'y tins à tout risque.

Au premier mot la Giraud me devina : cela n'était pas difficile. Quand une lettre à porter à de jeunes filles n'aurait pas parlé d'elle-même, mon air sot et embarrassé m'aurait seul décelé. On peut croire que cette commission ne lui donna pas grand plaisir à faire : elle s'en chargea toutefois et l'exécuta fidèlement. Le lendemain matin je courus chez elle, et j'y trouvai ma réponse. Comme je me pressai de sortir pour l'aller lire et baiser à mon aise ! Cela n'a pas besoin d'être dit ; mais ce qui en a besoin davantage, c'est le parti que prit Mlle Giraud, et où j'ai trouvé plus de délicatesse et de modération que je n'en aurais attendu d'elle. Ayant assez de bon sens pour voir qu'avec ses trente-sept ans, ses yeux de lièvre, son nez barbouillé, sa voix aigre et sa peau noire, elle n'avait pas beau jeu contre deux jeunes personnes pleines de grâces et dans tout l'éclat de la beauté, elle ne voulut ni les trahir ni les servir, et aima mieux me perdre que de me ménager pour elles.

Il y avait déjà quelque temps que la Merceret, n'ayant aucune nouvelle de sa maîtresse, songeait à s'en retourner à Fribourg ; elle l'y détermina tout à fait. Elle fit plus, elle lui fit entendre qu'il serait bien que quelqu'un la conduisît chez son père, et me proposa. La petite Merceret, à qui je ne déplaisais pas non plus, trouva cette idée fort bonne à exécuter. Elles m'en parlèrent dès le même jour comme d'une affaire arrangée ; et comme je ne trouvais rien qui me déplût dans cette manière de disposer de moi, j'y consentis, regardant ce voyage comme une affaire de huit jours tout au plus. La Giraud, qui ne pensait pas de même, arrangea tout. Il fallut bien avouer l'état de mes finances. On y pourvut : la Merceret se chargea de me défrayer ; et, pour regagner d'un côté ce qu'elle dépensait de l'autre, à ma prière on décida qu'elle enverrait devant son petit bagage, et que nous irions à pied, à petites journées. Ainsi fut fait.

Je suis fâché de faire tant de filles amoureuses de moi. Mais comme il n'y a pas de quoi être bien vain du parti que j'ai tiré de toutes ces amours-là, je crois pouvoir dire la vérité sans scrupule. La Merceret, plus jeune et moins déniaisée que la Giraud, ne m'a jamais fait des agaceries aussi vives ; mais elle imitait mes tons, mes accents, redisait mes mots, avait pour moi les attentions que j'aurais dû avoir pour elle, et prenait toujours grand soin, comme elle était fort peureuse, que nous couchassions dans la même chambre : identité qui se borne rarement là dans un voyage entre un garçon de vingt ans et une fille de vingt-cinq.

Elle s'y borna pourtant cette fois. Ma simplicité fut telle que, quoique la Merceret ne fût pas désagréable, il ne me vint pas même à l'esprit durant tout le voyage, je ne dis pas la moindre tentation galante, mais même la moindre idée qui s'y rapportât ; et, quand cette idée me serait venue, j'étais trop sot pour en savoir profiter. Je n'imaginais pas comment une fille et un garçon parvenaient à coucher ensemble ; je croyais qu'il fallait des siècles pour préparer ce terrible arrangement. Si la pauvre Merceret, en me défrayant, comptait sur quelque équivalent, elle en fut la dupe, et nous arrivâmes à Fribourg exactement comme nous étions partis d'Annecy.

En passant à Genève je n'allai voir personne, mais je fus prêt à me trouver mal sur les ponts. Jamais je n'ai vu les murs de cette heureuse ville, jamais je n'y suis entré, sans sentir une certaine défaillance de cœur qui venait d'un excès d'attendrissement. En même temps que la noble image de la liberté m'élevait l'âme, celles de l'égalité, de l'union, de la douceur des mœurs, me touchaient jusqu'aux larmes et m'inspiraient un vif regret d'avoir perdu tous ces biens. Dans quelle erreur j'étais, mais qu'elle était naturelle ! Je croyais voir tout cela dans ma patrie parce que je le portais dans mon cœur.

Il fallait passer à Nyon. Passer sans voir mon bon père ! Si j'avais eu ce courage, j'en serais mort de regret. Je laissai la Merceret à l'auberge, et je l'alla

voir à tout risque. Eh ! que j'avais tort de le craindre !
Son âme à mon abord s'ouvrit aux sentiments pater-
nels dont elle était pleine. Que de pleurs nous ver-
sâmes en nous embrassant ! Il crut d'abord que je
revenais à lui. Je lui fis mon histoire, et je lui dis ma
résolution. Il la combattit faiblement. Il me fit voir les
dangers auxquels je m'exposais, me dit que les plus
courtes folies étaient les meilleures. Du reste, il n'eut
pas même la tentation de me retenir de force ; et en
cela je trouve qu'il eut raison ; mais il est certain qu'il
ne fit pas pour me ramener tout ce qu'il aurait pu
faire, soit qu'après le pas que j'avais fait, il jugeât lui-
même que je n'en devais pas revenir, soit qu'il fût
embarrassé peut-être à savoir ce qu'à mon âge il pourrait faire de moi. J'ai su depuis qu'il eut de ma
compagne de voyage une opinion bien injuste et bien
éloignée de la vérité, mais du reste assez naturelle. Ma
belle-mère, bonne femme, un peu mielleuse, fit semblant de vouloir me retenir à souper. Je ne restai
point ; mais je leur dis que je comptais m'arrêter avec
eux plus longtemps au retour, et je leur laissai en
dépôt mon petit paquet, que j'avais fait venir par le
bateau, et dont j'étais embarrassé. Le lendemain je
partis de bon matin, bien content d'avoir vu mon
père et d'avoir osé faire mon devoir[1].

Nous arrivâmes heureusement à Fribourg. Sur la fin
du voyage les empressements de Mlle Merceret dimi-
nuèrent un peu. Après notre arrivée, elle ne me marqua plus que de la froideur, et son père, qui ne
nageait pas dans l'opulence, ne me fit pas non plus
un bien grand accueil : j'allai loger au cabaret. Je les
fus voir le lendemain, ils m'offrirent à dîner, je l'acceptai. Nous nous séparâmes sans pleurs : je retournai
le soir à ma gargote, et je repartis le surlendemain de
mon arrivée, sans trop savoir où j'avais dessein d'aller.

Voilà encore une circonstance de ma vie où la Providence m'offrait précisément ce qu'il me fallait pour
couler des jours heureux. La Merceret était une très
bonne fille, point brillante, point belle, mais point

laide non plus ; peu vive, fort raisonnable, à quelques
petites humeurs près, qui se passaient à pleurer, et
qui n'avaient jamais de suite orageuse. Elle avait un
vrai goût pour moi ; j'aurais pu l'épouser sans peine,
et suivre le métier de son père. Mon goût pour la
musique me l'aurait fait aimer. Je me serais établi à
Fribourg, petite ville peu jolie, mais peuplée de très
bonnes gens. J'aurais perdu sans doute de grands plaisirs, mais j'aurais vécu en paix jusqu'à ma dernière
heure ; et je dois savoir mieux que personne qu'il n'y
avait pas à balancer sur ce marché.

Je revins non pas à Nyon, mais à Lausanne. Je voulais me rassasier de la vue de ce beau lac qu'on voit là
dans sa plus grande étendue. La plupart de mes
secrets motifs déterminants n'ont pas été plus solides.
Des vues éloignées ont rarement assez de force pour
me faire agir. L'incertitude de l'avenir m'a toujours
fait regarder les projets de longue exécution comme
des leurres de dupe. Je me livre à l'espoir comme un
autre, pourvu qu'il ne me coûte rien à nourrir ; mais,
s'il faut prendre longtemps de la peine, je n'en suis
plus. Le moindre petit plaisir qui s'offre à ma portée
me tente plus que les joies du Paradis. J'excepte pourtant le plaisir que la peine doit suivre ; celui-là ne me
tente pas, parce que je n'aime que des jouissances
pures, et que jamais on n'en a de telles quand on sait
qu'on s'apprête un repentir.

J'avais grand besoin d'arriver où que ce fût, et le
plus proche était le mieux ; car, m'étant égaré dans
ma route, je me trouvai le soir à Moudon, où je
dépensai le peu qui me restait, hors dix kreutzers, qui
partirent le lendemain à la dînée, et, arrivé le soir à
un petit village auprès de Lausanne, j'y entrai dans un
cabaret sans un sol pour payer ma couchée, et sans
savoir que devenir. J'avais grand-faim ; je fis bonne
contenance, et je demandai à souper, comme si
j'eusse eu de quoi bien payer. J'allai me coucher sans
songer à rien, je dormis tranquillement ; et, après
avoir déjeuné le matin, et compté avec l'hôtel, je vou-

lus, pour sept batz, à quoi montait ma dépense, lui
laisser ma veste en gage. Ce brave homme la refusa ; il
me dit que, grâce au Ciel, il n'avait jamais dépouillé
personne, qu'il ne voulait pas commencer pour sept
batz, que je gardasse ma veste, et que je le payerais
quand je pourrais. Je fus touché de sa bonté, mais
moins que je ne devais l'être, et que je ne l'ai été
depuis en y repensant. Je ne tardai guère à lui renvoyer son argent avec des remerciements par un
homme sûr : mais, quinze ans après, repassant par
Lausanne, à mon retour d'Italie, j'eus un vrai regret
d'avoir oublié le nom du cabaret et de l'hôte. Je l'aurais été voir ; je me serais fait un vrai plaisir de lui rappeler sa bonne œuvre, et de lui prouver qu'elle
n'avait pas été mal placée. Des services plus impor-
tants sans doute, mais rendus avec plus d'ostentation,
ne m'ont pas paru si dignes de reconnaissance que
l'humanité simple et sans éclat de cet honnête
homme.

En approchant de Lausanne, je rêvais à la détresse
où je me trouvais, aux moyens de m'en tirer sans aller
montrer ma misère à ma belle-mère, et je me compa-
rais dans ce pèlerinage pédestre à mon ami Venture
arrivant à Annecy. Je m'échauffai si bien de cette idée,
que, sans songer que je n'avais ni sa gentillesse, ni ses
talents, je me mis en tête de faire à Lausanne le petit
Venture, d'enseigner la musique, que je ne savais pas,
et de me dire de Paris, où je n'avais jamais été. En
conséquence de ce beau projet, comme il n'y avait
point là de maîtrise où je pusse vicarier, et que d'ailleurs je n'avais garde d'aller me fourrer parmi les
gens de l'art, je commençai par m'informer d'une
petite auberge où l'on pût être assez bien et à bon
marché. On m'enseigna un nommé Perrotet, qui
tenait des pensionnaires. Ce Perrotet se trouva être le
meilleur homme du monde, et me reçut fort bien. Je
lui contai mes petits mensonges comme je les avais
arrangés. Il me promit de parler de moi, et de tâcher
de me procurer des écoliers ; il me dit qu'il ne me

demanderait de l'argent que quand j'en aurais gagné. Sa pension était de cinq écus blancs, ce qui était peu pour la chose, mais beaucoup pour moi. Il me conseilla de ne me mettre d'abord qu'à la demi-pension, qui consistait pour le dîner en une bonne soupe, et rien de plus, mais bien à souper le soir. J'y consentis. Ce pauvre Perrotet me fit toutes ces avances du meilleur cœur du monde, et n'épargnait rien pour m'être utile. Pourquoi faut-il qu'ayant trouvé tant de bonnes gens dans ma jeunesse, j'en trouve si peu dans un âge avancé ? Leur race est-elle épuisée ? Non ; mais l'ordre où j'ai besoin de les chercher aujourd'hui n'est plus le même où je les trouvais alors. Parmi le peuple, où les grandes passions ne parlent que par intervalles, les sentiments de la nature se font plus souvent entendre. Dans les états plus élevés ils sont étouffés absolument, et sous le masque du sentiment il n'y a jamais que l'intérêt ou la vanité qui parle.

J'écrivis de Lausanne à mon père, qui m'envoya mon paquet et me marqua d'excellentes choses, dont j'aurais dû mieux profiter. J'ai déjà noté des moments de délire inconcevable où je n'étais plus moi-même. En voici encore un des plus marqués. Pour comprendre à quel point la tête me tournait alors, à quel point je m'étais pour ainsi dire venturisé, il ne faut que voir combien tout à la fois j'accumulai d'extravagances. Me voilà maître à chanter sans savoir déchiffrer un air ; car quand les six mois que j'avais passés avec Le Maître m'auraient profité, jamais ils n'auraient pu suffire ; mais outre cela j'apprenais d'un maître : c'en était assez pour apprendre mal. Parisien de Genève, et catholique en pays protestant, je crus devoir changer mon nom ainsi que ma religion et ma patrie. Je m'approchais toujours de mon grand modèle autant qu'il m'était possible. Il s'était appelé Venture de Villeneuve, moi je fis l'anagramme du nom de Rousseau dans celui de Vaussore, et je m'appelai Vaussore de Villeneuve. Venture savait la composition, quoiqu'il n'en eût rien dit ; moi, sans la savoir je m'en vantai à tout le monde, et, sans pouvoir noter le moindre vaudeville[1], je me donnai pour compositeur. Ce n'est pas tout : ayant été présenté à M. de Treytorens, professeur en droit, qui aimait la musique et faisait des concerts chez lui, je voulus lui donner un échantillon de mon talent, et je me mis à composer une pièce pour son concert, aussi effrontément que si j'avais su comment m'y prendre. J'eus la constance de travailler pendant quinze jours à ce bel ouvrage, de le mettre au net, d'en tirer les parties[2], et de les distribuer avec autant d'assurance que si c'eût été un chef-d'œuvre d'harmonie. Enfin, ce qu'on aura peine à croire, et qui est très vrai, pour couronner dignement cette sublime production, je mis à la fin un joli menuet, qui courait les rues, et que tout le monde se rappelle peut-être encore, sur ces paroles jadis si connues :

> *Quel caprice !*
> *Quelle injustice !*
> *Quoi ! ta Clarisse*
> *Trahirait tes feux, etc.*

Venture m'avait appris cet air avec la basse sur d'autres paroles infâmes, à l'aide desquelles je l'avais retenu. Je mis donc à la fin de ma composition ce menuet et sa basse, en supprimant les paroles, et je le donnai pour être de moi, tout aussi résolument que si j'avais parlé à des habitants de la lune.

On s'assemble pour exécuter ma pièce. J'explique à chacun le genre du mouvement, le goût de l'exécution, les renvois des parties ; j'étais fort affairé. On s'accorde pendant cinq ou six minutes, qui furent pour moi cinq ou six siècles. Enfin, tout étant prêt, je frappe avec un beau rouleau de papier sur mon pupitre magistral les cinq ou six coups du *Prenez garde à vous.* On fait silence. Je me mets gravement à battre la mesure ; on commence... Non, depuis qu'il existe des opéras français, de la vie on n'ouït un semblable charivari. Quoi qu'on eût pu penser de mon prétendu talent, l'effet fut pire que tout ce qu'on semblait attendre. Les musiciens étouffaient de rire ; les auditeurs ouvraient de grands yeux, et auraient bien voulu fermer les oreilles ; mais il n'y avait pas moyen. Mes bourreaux de symphonistes[1], qui voulaient s'égayer, raclaient à percer le tympan d'un quinze-vingt[2]. J'eus la constance d'aller toujours mon train, suant, il est vrai, à grosses gouttes, mais retenu par la honte, n'osant m'enfuir et tout planter là. Pour ma consolation, j'entendais autour de moi les assistants se dire à leur oreille, ou plutôt à la mienne, l'un : Il n'y a rien là de supportable ; un autre : Quelle musique enragée ! un autre : Quel diable de sabbat ! Pauvre Jean-Jacques, dans ce cruel moment tu n'espérais guère qu'un jour devant le roi de France et toute sa cour tes sons exciteraient des murmures de surprise et d'applaudissement, et que, dans toutes les loges autour de toi, les plus aimables femmes se diraient à demi-voix : Quels sons charmants ! Quelle musique enchanteresse ! Tous ces chants-là vont au cœur !

Mais ce qui mit tout le monde de bonne humeur fut le menuet. A peine en eut-on joué quelques mesures, que j'entendis partir de toutes parts les éclats de rire. Chacun me félicitait sur mon joli goût de chant ; on m'assurait que ce menuet ferait parler de moi, et que je méritais d'être chanté partout. Je n'ai pas besoin de dépeindre mon angoisse ni d'avouer que je la méritais bien.

Le lendemain, l'un de mes symphonistes, appelé Lutold, vint me voir, et fut assez bon homme pour ne pas me féliciter sur mon succès. Le profond sentiment de ma sottise, la honte, le regret, le désespoir de l'état où j'étais réduit, l'impossibilité de tenir mon cœur fermé dans ses grandes peines, me firent ouvrir à lui ; je lâchai la bonde à mes larmes ; et, au lieu de me contenter de lui avouer mon ignorance, je lui dis tout, en lui demandant le secret, qu'il me promit, et qu'il me garda comme on peut le croire. Dès le même soir tout Lausanne sut qui j'étais ; et, ce qui est remarquable, personne ne m'en fit semblant, pas même le bon Perrotet, qui pour tout cela ne se rebuta pas de me loger et de me nourrir.

Je vivais, mais bien tristement. Les suites d'un pareil début ne firent pas pour moi de Lausanne un séjour fort agréable. Les écoliers ne se présentaient pas en foule ; pas une seule écolière, et personne de la ville. J'eus en tout deux ou trois gros Teutsches[1], aussi stupides que j'étais ignorant, qui m'ennuyaient à mourir, et qui, dans mes mains, ne devinrent pas de grands croque-notes[2]. Je fus appelé dans une seule maison, où un petit serpent de fille se donna le plaisir de me montrer beaucoup de musique, dont je ne pus pas lire une note, et qu'elle eut la malice de chanter ensuite devant M. le maître, pour lui montrer comment cela s'exécutait. J'étais si peu en état de lire un air de première vue, que, dans le brillant concert dont j'ai parlé, il ne me fut pas possible de suivre un moment l'exécution pour savoir si l'on jouait bien ce que j'avais sous les yeux et que j'avais composé moi-même.

Au milieu de tant d'humiliations j'avais des consolations très douces dans les nouvelles que je recevais de temps en temps des deux charmantes amies. J'ai toujours trouvé dans le sexe une grande vertu consolatrice, et rien n'adoucit plus mes afflictions dans mes disgrâces que de sentir qu'une personne aimable y prend intérêt. Cette correspondance cessa pourtant bientôt après, et ne fut jamais renouée ; mais ce fut ma faute. En changeant de lieu je négligeai de leur donner mon adresse, et, forcé par la nécessité de songer continuellement à moi-même, je les oubliai bientôt entièrement.

Il y a longtemps que je n'ai parlé de ma pauvre Maman : mais si l'on croit que je l'oubliais aussi, l'on se trompe fort. Je ne cessais de penser à elle, et de désirer de la retrouver, non seulement pour le besoin de ma subsistance, mais bien plus pour le besoin de mon cœur. Mon attachement pour elle, quelque vif, quelque tendre qu'il fût, ne m'empêchait pas d'en aimer d'autres ; mais ce n'était pas de la même façon. Toutes devaient également ma tendresse à leurs charmes ; mais elle tenait uniquement à ceux des autres, et ne leur eût pas survécu ; au lieu que Maman pouvait devenir vieille et laide sans que je l'aimasse moins tendrement. Mon cœur avait pleinement transmis à sa personne l'hommage qu'il fit d'abord à sa beauté ; et, quelque changement qu'elle éprouvât, pourvu que ce fût toujours elle, mes sentiments ne pouvaient changer. Je sais bien que je lui devais de la reconnaissance ; mais en vérité je n'y songeais pas. Quoi qu'elle eût fait ou n'eût pas fait pour moi, c'eût été toujours la même chose. Je ne l'aimais ni par devoir, ni par intérêt, ni par convenance : je l'aimais parce que j'étais né pour l'aimer. Quand je devenais amoureux de quelque autre, cela faisait distraction, je l'avoue, et je pensais moins souvent à elle ; mais j'y pensais avec le même plaisir, et jamais, amoureux ou non, je ne me suis occupé d'elle sans sentir qu'il ne pouvait y avoir pour moi de vrai bonheur dans la vie tant que j'en serais séparé.

N'ayant point de ses nouvelles depuis si longtemps, je ne crus jamais que je l'eusse tout à fait perdue, ni qu'elle eût pu m'oublier. Je me disais : Elle saura tôt ou tard que je suis errant, et me donnera quelque signe de vie ; je la retrouverai, j'en suis certain. En attendant, c'était une douceur pour moi d'habiter son pays, de passer dans les rues où elle avait passé, devant les maisons où elle avait demeuré, et le tout par conjecture, car une de mes ineptes bizarreries était de n'oser m'informer d'elle ni prononcer son nom sans la plus absolue nécessité. Il me semblait qu'en la nommant je disais tout ce qu'elle m'inspirait, que ma bouche révélait le secret de mon cœur, que je la compromettais en quelque sorte. Je crois même qu'il se mêlait à cela quelque frayeur qu'on ne me dît du mal d'elle. On avait parlé beaucoup de sa démarche, et un peu de sa conduite. De peur qu'on n'en dît pas ce que je voulais entendre, j'aimais mieux qu'on n'en parlât point du tout.

Comme mes écoliers ne m'occupaient pas beaucoup, et que sa ville natale n'était qu'à quatre lieues de Lausanne, j'y fis une promenade de deux ou trois jours durant lesquels la plus douce émotion ne me quitta point. L'aspect du lac de Genève et de ses admirables côtes eut toujours à mes yeux un attrait particulier que je ne saurais expliquer, et qui ne tient pas seulement à la beauté du spectacle, mais à je ne sais quoi de plus intéressant qui m'affecte et m'attendrit. Toutes les fois que j'approche du pays de Vaud, j'éprouve une impression composée du souvenir de Mme de Warens qui y est née, de mon père qui y vivait, de Mlle de Vulson qui y eut les prémices de mon cœur, de plusieurs voyages de plaisir que j'y fis dans mon enfance, et, ce me semble, de quelque autre cause encore, plus secrète et plus forte que tout cela. Quand l'ardent désir de cette vie heureuse et douce qui me fuit et pour laquelle j'étais né vient enflammer mon imagination, c'est toujours au pays de Vaud, près du lac, dans des campagnes charmantes, qu'elle se fixe. Il me faut absolument un verger au bord de ce lac et non pas d'un autre ; il me faut un ami sûr, une femme aimable, une vache et un petit bateau. Je ne jouirai d'un bonheur parfait sur la terre que quand j'aurai tout cela. Je ris de la simplicité avec laquelle je suis allé plusieurs fois dans ce pays-là uniquement pour y chercher ce bonheur imaginaire. J'étais toujours surpris d'y trouver les habitants, surtout les femmes, d'un tout autre caractère que celui que j'y cherchais. Combien cela me semblait disparate ! Le pays et le peuple dont il est couvert ne m'ont jamais paru faits l'un pour l'autre.

Dans ce voyage de Vevey, je me livrais, en suivant ce beau rivage, à la plus douce mélancolie. Mon cœur s'élançait avec ardeur à mille félicités innocentes : je m'attendrissais, je soupirais, et pleurais comme un

enfant. Combien de fois, m'arrêtant pour pleurer à
mon aise, assis sur une grosse pierre, je me suis amusé
à voir tomber mes larmes dans l'eau !

J'allai à Vevey loger à *La Clef*, et pendant deux jours
que j'y restai sans voir personne, je pris pour cette
ville un amour qui m'a suivi dans tous mes voyages, et
qui m'y a fait établir enfin les héros de mon roman.
Je dirais volontiers à ceux qui ont du goût et qui sont
sensibles : Allez à Vevey, visitez le pays, examinez les
sites, promenez-vous sur le lac, et dites si la nature n'a
pas fait ce beau pays pour une Julie, pour une Claire,
et pour un Saint-Preux ; mais ne les y cherchez pas. Je
reviens à mon histoire.

Comme j'étais catholique et que je me donnais
pour tel, je suivais sans mystère et sans scrupule le
culte que j'avais embrassé. Les dimanches, quand il
faisait beau, j'allais à la messe à Assens à deux lieues
de Lausanne. Je faisais ordinairement cette course
avec d'autres catholiques, surtout avec un brodeur
parisien dont j'ai oublié le nom. Ce n'était pas un
Parisien comme moi, c'était un vrai Parisien de Paris,
un archi-Parisien du bon Dieu, bonhomme comme un
Champenois. Il aimait si fort son pays, qu'il ne voulut
jamais douter que j'en fusse, de peur de perdre cette
occasion d'en parler. M. de Crouzas, lieutenant-baillival[1], avait un jardinier de Paris aussi, mais moins
complaisant, et qui trouvait la gloire de son pays
compromise à ce qu'on osât se donner pour en être
lorsqu'on n'avait pas cet honneur. Il me questionnait
de l'air d'un homme sûr de me prendre en faute, et
puis souriait malignement. Il me demanda une fois ce
qu'il y avait de remarquable au Marché-Neuf. Je battis
la campagne comme on peut croire. Après avoir passé
vingt ans à Paris, je dois à présent connaître cette
ville ; cependant, si l'on me faisait aujourd'hui pareille
question, je ne serais pas moins embarrassé d'y répondre ; et de cet embarras on pourrait aussi bien
conclure que je n'ai jamais été à Paris : tant, lors

même qu'on rencontre la vérité, l'on est sujet à se fonder sur des principes trompeurs.

Je ne saurais dire exactement combien de temps je demeurai à Lausanne. Je n'apportai pas de cette ville des souvenirs bien rappelants. Je sais seulement que, n'y trouvant pas à vivre, j'allai de là à Neuchâtel, et que j'y passai l'hiver. Je réussis mieux dans cette dernière ville ; j'y eus des écolières, et j'y gagnai de quoi m'acquitter avec mon bon ami Perrotet, qui m'avait fidèlement envoyé mon petit bagage, quoique je lui redusse assez d'argent.

J'apprenais insensiblement la musique en l'enseignant. Ma vie était assez douce ; un homme raisonnable eût pu s'en contenter : mais mon cœur inquiet me demandait autre chose. Les dimanches et les jours où j'étais libre, j'allais courir les campagnes et les bois des environs, toujours errant, rêvant, soupirant ; et quand j'étais une fois sorti de la ville, je n'y rentrais plus que le soir. Un jour, étant à Boudry, j'entrai pour dîner dans un cabaret : j'y vis un homme à grande barbe avec un habit violet à la grecque, un bonnet fourré, l'équipage et l'air assez nobles, et qui souvent avait peine à se faire entendre, ne parlant qu'un jargon presque indéchiffrable, mais plus ressemblant à l'italien qu'à nulle autre langue. J'entendais presque tout ce qu'il disait, et j'étais le seul ; il ne pouvait s'énoncer que par signes avec l'hôte et les gens du pays. Je lui dis quelques mots en italien qu'il entendit parfaitement : il se leva et vint m'embrasser avec transport. La liaison fut bientôt faite, et dès ce moment je lui servis de truchement. Son dîner était bon, le mien était moins que médiocre. Il m'invita de prendre part au sien ; je fis peu de façons. En buvant et baragouinant nous achevâmes de nous familiariser, et dès la fin du repas nous devînmes inséparables. Il me conta qu'il était prélat grec et archimandrite[1] de Jérusalem ; qu'il était chargé de faire une quête en Europe pour le rétablissement du Saint-Sépulcre. Il me montra de belles patentes de la czarine et de l'em-

pereur ; il en avait de beaucoup d'autres souverains. Il
était assez content de ce qu'il avait amassé jusqu'alors ; mais il avait eu des peines incroyables en
Allemagne, n'entendant pas un mot d'allemand, de
latin ni de français, et réduit à son grec, au turc et à
la langue franque[1] pour toute ressource ; ce qui ne lui
en procurait pas beaucoup dans le pays où il s'était
enfourné[2]. Il me proposa de l'accompagner pour lui
servir de secrétaire et d'interprète. Malgré mon petit
habit violet, nouvellement acheté, et qui ne cadrait
pas mal avec mon nouveau poste, j'avais l'air si peu
étoffé[3], qu'il ne me crut pas difficile à gagner, et il ne
se trompa point. Notre accord fut bientôt fait ; je ne
demandais rien, et il promettait beaucoup. Sans cau-
tion, sans sûreté, sans connaissance, je me livre à sa
conduite, et dès le lendemain me voilà parti pour
Jérusalem.

Nous commençâmes notre tournée par le canton
de Fribourg, où il ne fit pas grand-chose. La dignité
épiscopale ne permettait pas de faire le mendiant, et
de quêter aux particuliers ; mais nous présentâmes sa
commission au sénat, qui lui donna une petite
somme. De là nous fûmes à Berne. Il fallut ici plus de
façon, et l'examen de ses titres ne fut pas l'affaire
d'un jour. Nous logions au *Faucon*, bonne auberge
alors, où l'on trouvait bonne compagnie. La table
était nombreuse et bien servie. Il y avait longtemps
que je faisais mauvaise chère ; j'avais grand besoin de
me refaire, j'en avais l'occasion, et j'en profitai. Monseigneur l'archimandrite était lui-même un homme de
bonne compagnie, aimant assez à tenir table, gai, parlant bien pour ceux qui l'entendaient, ne manquant
pas de certaines connaissances, et plaçant son érudition grecque avec assez d'agrément. Un jour, cassant
au dessert des noisettes, il se coupa le doigt fort
avant ; et comme le sang sortait avec abondance, il
montra son doigt à la compagnie, et dit en riant :
« *Mirate, signori ; questo è sangue pelasgo*[4]. »

A Berne mes fonctions ne lui furent pas inutiles, et

je ne m'en tirai pas aussi mal que j'avais craint. J'étais bien plus hardi et mieux parlant que je n'aurais été pour moi-même. Les choses ne se passèrent pas aussi simplement qu'à Fribourg. [Il fallut de longues et fréquentes conférences avec les premiers de l'État, et l'examen de ses titres ne fut pas l'affaire d'un jour[1]]. Enfin, tout étant en règle, il fut admis à l'audience du sénat. J'entrai avec lui comme son interprète, et l'on me dit de parler. Je ne m'attendais à rien moins, et il ne m'était pas venu dans l'esprit qu'après avoir longuement conféré avec les membres, il fallût s'adresser au corps comme si rien n'eût été dit. Qu'on juge de mon embarras ! Pour un homme aussi honteux, parler non seulement en public, mais devant le sénat de Berne, et parler impromptu sans avoir une seule minute pour me préparer, il y avait là de quoi m'anéantir. Je ne fus pas même intimidé. J'exposai succinctement et nettement la commission de l'archimandrite. Je louai la piété des princes qui avaient contribué à la collecte qu'il était venu faire. Piquant d'émulation celle de Leurs Excellences, je dis qu'il n'y avait pas moins à espérer de leur munificence accoutumée ; et puis, tâchant de prouver que cette bonne œuvre en était également une pour tous les chrétiens sans distinction de secte, je finis par promettre les bénédictions du Ciel à ceux qui voudraient y prendre part. Je ne dirai pas que mon discours fit effet ; mais il est sûr qu'il fut goûté, et qu'au sortir de l'audience l'archimandrite reçut un présent fort honnête, et de plus, sur l'esprit de son secrétaire des compliments dont j'eus l'agréable emploi d'être le truchement, mais que je n'osai lui rendre à la lettre. Voilà la seule fois de ma vie que j'ai parlé en public et devant un souverain, et la seule fois aussi peut-être que j'ai parlé hardiment et bien. Quelle différence dans les dispositions du même homme ! Il y a trois ans qu'étant allé voir à Yverdun mon vieux ami M. Roguin, je reçus une députation pour me remercier de quelques livres que j'avais donnés à la bibliothèque de cette ville. Les

Suisses sont grands harangueurs ; ces messieurs me
haranguèrent. Je me crus obligé de répondre ; mais je
m'embarrassai tellement dans ma réponse, et ma tête
se brouilla si bien que je restai court et me fis moquer
de moi. Quoique timide naturellement, j'ai été hardi
quelquefois dans ma jeunesse, jamais dans mon âge
avancé. Plus j'ai vu le monde, moins j'ai pu me faire à
son ton.

Partis de Berne, nous allâmes à Soleure ; car le dessein de l'archimandrite était de reprendre la route
d'Allemagne, et de s'en retourner par la Hongrie ou
par la Pologne, ce qui faisait une route immense :
mais comme, chemin faisant, sa bourse s'emplissait
plus qu'elle ne se vidait, il craignait peu les détours.
Pour moi, qui me plaisais presque autant à cheval
qu'à pied, je n'aurais pas mieux demandé que de
voyager ainsi toute ma vie : mais il était écrit que je
n'irais pas si loin.

La première chose que nous fîmes, arrivant à
Soleure, fut d'aller saluer M. l'ambassadeur de France.
Malheureusement pour mon évêque, cet ambassadeur
était le marquis de Bonac, qui avait été ambassadeur
à la Porte, et qui devait être au fait de tout ce qui regardait le Saint-Sépulcre. L'archimandrite eut une
audience d'un quart d'heure, où je ne fus pas admis,
parce que M. l'ambassadeur entendait la langue
franque, et parlait l'italien du moins aussi bien que
moi. A la sortie de mon Grec je voulus le suivre ; on
me retint : ce fut mon tour. M'étant donné pour Parisien, j'étais comme tel sous la juridiction de Son
Excellence. Elle me demanda qui j'étais, m'exhorta de
lui dire la vérité ; je le lui promis en lui demandant
une audience particulière qui me fut accordée.
M. l'ambassadeur m'emmena dans son cabinet, dont
il ferma sur nous la porte, et là, me jetant à ses pieds,
je lui tins parole. Je n'aurais pas moins dit quand je
n'aurais rien promis, car un continuel besoin d'épan-
chement met à tout moment mon cœur sur mes
lèvres ; et, après m'être ouvert sans réserve au musi-

cien Lutold, je n'avais garde de faire le mystérieux
avec le marquis de Bonac. Il fut si content de ma
petite histoire et de l'effusion de cœur avec laquelle il
vit que je l'avais contée, qu'il me prit par la main,
entra chez Mme l'ambassadrice, et me présenta à elle
en lui faisant un abrégé de mon récit. Mme de Bonac
m'accueillit avec bonté, et dit qu'il ne fallait pas me
laisser aller avec ce moine grec. Il fut résolu que je
resterais à l'hôtel en attendant qu'on vît ce qu'on
pourrait faire de moi. Je voulais aller faire mes adieux
à mon pauvre archimandrite, pour lequel j'avais
conçu de l'attachement : on ne me le permit pas. On
envoya lui signifier mes arrêts, et, un quart d'heure
après je vis arriver mon petit sac. M. de la Martinière,
secrétaire d'ambassade, fut en quelque façon chargé
de moi. En me conduisant dans la chambre qui
m'était destinée, il me dit : « Cette chambre a été
occupée sous le comte du Luc par un homme célèbre
du même nom que vous[1] ; il ne tient qu'à vous de le
remplacer de toutes manières, et de faire dire un
jour, Rousseau premier, Rousseau second. » Cette
conformité, qu'alors je n'espérais guère, eût moins
flatté mes désirs si j'avais pu prévoir à quel prix je
l'achèterais un jour.

Ce que m'avait dit M. de la Martinière me donna
de la curiosité. Je lus les ouvrages de celui dont j'occupais la chambre, et sur le compliment qu'on m'avait
fait, croyant avoir du goût pour la poésie, je fis pour
mon coup d'essai une cantate à la louange de Mme de
Bonac. Ce goût ne se soutint pas. J'ai fait de temps en
temps quelques médiocres vers ; c'est un exercice
assez bon pour se rompre aux inversions élégantes, et
apprendre à mieux écrire en prose ; mais je n'ai
jamais trouvé dans la poésie française assez d'attrait
pour m'y livrer tout à fait[2].

M. de la Martinière voulut voir de mon style, et me
demanda par écrit le même détail que j'avais fait à
M. l'ambassadeur. Je lui écrivis une longue lettre, que
j'apprends avoir été conservée par M. de Marianne,

qui était attaché depuis longtemps au marquis de Bonac, et qui depuis a succédé à M. de la Martinière sous l'ambassade de M. de Courteilles. J'ai prié M. de Malesherbes de tâcher de me procurer une copie de cette lettre. Si je puis l'avoir par lui ou par d'autres, on la trouvera dans le recueil qui doit accompagner mes Confessions.

L'expérience que je commençais d'avoir modérait peu à peu mes projets romanesques, et par exemple : non seulement je ne devins point amoureux de Mme de Bonac, mais je sentis d'abord que je ne pouvais faire un grand chemin dans la maison de son mari. M. de la Martinière en place, et M. de Marianne pour ainsi dire en survivance, ne me laissaient espérer pour toute fortune qu'un emploi de sous-secrétaire qui ne me tentait pas infiniment. Cela fit que, quand on me consulta sur ce que je voulais faire, je marquai beaucoup d'envie d'aller à Paris. M. l'ambassadeur goûta cette idée, qui tendait au moins à le débarrasser de moi. M. de Merveilleux, secrétaire interprète de l'ambassade, dit que son ami M. Gobard, colonel suisse au service de France, cherchait quelqu'un pour mettre auprès de son neveu, qui entrait fort jeune au service, et pensa que je pourrais lui convenir. Sur cette idée assez légèrement prise, mon départ fut résolu ; et moi, qui voyais un voyage à faire et Paris au bout, j'en fus dans la joie de mon cœur. On me donna quelques lettres, cent francs pour mon voyage, accompagnés de force bonnes leçons, et je partis.

Je mis à ce voyage une quinzaine de jours, que je peux compter parmi les heureux de ma vie. J'étais jeune, je me portais bien, j'avais assez d'argent, beaucoup d'espérance, je voyageais, je voyageais à pied, et je voyageais seul. On serait étonné de me voir compter un pareil avantage, si déjà l'on n'avait dû se familiariser avec mon humeur. Mes douces chimères me tenaient compagnie, et jamais la chaleur de mon imagination n'en enfanta de plus magnifiques. Quand on m'offrait quelque place vide dans une voiture, ou que quelqu'un m'accostait en route, je rechignais de voir renverser la fortune dont je bâtissais l'édifice en marchant. Cette fois mes idées étaient martiales. J'allais m'attacher à un militaire et devenir militaire moi-même ; car on avait arrangé que je commencerais par être cadet[1]. Je croyais déjà me voir en habit d'officier avec un beau plumet blanc. Mon cœur s'enflait à cette noble idée. J'avais quelque teinture de géométrie et de fortifications ; j'avais un oncle ingénieur ; j'étais en quelque sorte enfant de la balle[2]. Ma vue courte offrait un peu d'obstacle, mais qui ne m'embarrassait pas ; et je comptais bien à force de sang-froid et d'intrépidité suppléer à ce défaut. J'avais lu que le maréchal Schomberg avait la vue très courte ; pourquoi le maréchal Rousseau ne l'aurait-il pas ? Je m'échauffais tellement sur ces folies, que je ne voyais plus que troupes, remparts, gabions[3], batteries, et moi, au milieu du feu et de la fumée, donnant tranquillement mes ordres, la lorgnette à la main. Cependant, quand je passais dans des campagnes agréables, que je voyais des bocages et des ruisseaux, ce touchant aspect me faisait soupirer de regret ; je sentais au milieu de ma gloire que mon cœur n'était pas fait pour tant de fracas, et bientôt, sans savoir comment, je me retrouvais au milieu de mes chères bergeries, renonçant pour jamais aux travaux de Mars.

Combien l'abord de Paris démentit l'idée que j'en avais ! La décoration extérieure que j'avais vue à Turin, la beauté des rues, la symétrie et l'alignement des maisons me faisaient chercher à Paris autre chose encore. Je m'étais figuré une ville aussi belle que grande, de l'aspect le plus imposant, où l'on ne voyait que de superbes rues, des palais de marbre et d'or. En entrant par le faubourg Saint-Marceau, je ne vis que de petites rues sales et puantes, de vilaines maisons noires, l'air de la malpropreté, de la pauvreté, des mendiants, des charretiers, des ravaudeuses, des crieuses de tisanes et de vieux chapeaux. Tout cela me frappa d'abord à tel point, que tout ce que j'ai vu

depuis à Paris de magnificence réelle n'a pu détruire
cette première impression, et qu'il m'en est resté toujours un secret dégoût pour l'habitation de cette capitale[1]. Je puis dire que tout le temps que j'y ai vécu
dans la suite ne fut employé qu'à y chercher des ressources pour me mettre en état d'en vivre éloigné. Tel
est le fruit d'une imagination trop active, qui exagère
par-dessus l'exagération des hommes, et voit toujours
plus que ce qu'on lui dit. On m'avait tant vanté Paris,
que je me le figurai comme l'ancienne Babylone,
dont je trouverais peut-être autant à rabattre, si je
l'avais vue, du portrait que je m'en suis fait. La même
chose m'arriva à l'Opéra, où je me pressai d'aller le
lendemain de mon arrivée ; la même chose m'arriva
dans la suite à Versailles ; dans la suite encore en
voyant la mer ; et la même chose m'arrivera toujours
en voyant des spectacles qu'on m'aura trop an-
noncés : car il est impossible aux hommes et difficile
à la nature elle-même de passer en richesse mon imagination.

A la manière dont je fus reçu de tous ceux pour qui
j'avais des lettres, je crus ma fortune faite. Celui à qui
j'étais le plus recommandé, et qui me caressa le
moins, était M. de Surbeck[2], retiré du service et vivant
philosophiquement à Bagneux, où je fus le voir plusieurs fois, et où jamais il ne m'offrit un verre d'eau.
J'eus plus d'accueil de Mme de Merveilleux[3], belle-sœur
de l'interprète, et de son neveu, officier aux gardes :
non seulement la mère et le fils me reçurent bien,
mais ils m'offrirent leur table, dont je profitai souvent
durant mon séjour à Paris. Mme de Merveilleux me
parut avoir été belle ; ses cheveux étaient d'un beau
noir, et faisaient, à la vieille mode, le crochet sur ses
tempes. Il lui restait ce qui ne périt point avec les
attraits, un esprit très agréable. Elle me parut goûter
le mien, et fit tout ce qu'elle put pour me rendre service ; mais personne ne la seconda, et je fus bientôt
désabusé de tout ce grand intérêt qu'on avait paru
prendre à moi. Il faut pourtant rendre justice aux

Français : ils ne s'épuisent point tant qu'on dit en protestations, et celles qu'ils font sont presque toujours sincères ; mais ils ont une manière de paraître s'intéresser à vous qui trompe plus que des paroles. Les gros compliments des Suisses n'en peuvent imposer qu'à des sots : les manières des Français sont plus séduisantes en cela même qu'elles sont plus simples ; on croirait qu'ils ne vous disent pas tout ce qu'ils veulent faire, pour vous surprendre plus agréablement. Je dirai plus : ils ne sont point faux dans leurs démonstrations ; ils sont naturellement officieux, humains, bienveillants, et même, quoi qu'on en dise, plus vrais qu'aucune autre nation ; mais ils sont légers et volages. Ils ont en effet le sentiment qu'ils vous témoignent, mais ce sentiment s'en va comme il est venu. En vous parlant, ils sont pleins de vous ; ne vous voient-ils plus, ils vous oublient. Rien n'est permanent dans leur cœur : tout est chez eux l'œuvre du moment.

Je fus donc beaucoup flatté et peu servi. Ce colonel Godard, au neveu duquel on m'avait donné, se trouva être un vilain vieux avare, qui, quoique tout cousu d'or, voyant ma détresse, me voulut avoir pour rien. Il prétendait que je fusse auprès de son neveu une espèce de valet sans gages plutôt qu'un vrai gouverneur. Attaché continuellement à lui, et par là dispensé du service, il fallait que je vécusse de ma paye de cadet, c'est-à-dire de soldat ; et à peine consentait-il à me donner l'uniforme ; il aurait voulu que je me contentasse de celui du régiment. Mme de Merveilleux, indignée de ses propositions, me détourna elle-même de les accepter ; son fils fut du même sentiment. On cherchait autre chose et l'on ne trouvait rien. Cependant je commençais d'être pressé, et cent francs, sur lesquels j'avais fait mon voyage, ne pouvaient me mener bien loin. Heureusement je reçus, de la part de M. l'ambassadeur, encore une petite remise[1] qui me fit grand bien, et je crois qu'il ne m'aurait pas abandonné si j'eusse eu plus de patience : mais languir, attendre, solliciter, sont pour moi choses impossibles. Je me rebutai, je ne parus plus, et tout fut fini. Je n'avais pas oublié ma pauvre Maman ; mais comment la trouver ? où la chercher ? Mme de Merveilleux, qui savait mon histoire, m'avait aidé dans cette recherche, et longtemps inutilement. Enfin elle m'apprit que Mme de Warens était repartie il y avait plus de deux mois, mais qu'on ne savait si elle était allée en Savoie ou à Turin, et que quelques personnes la disaient retournée en Suisse. Il ne m'en fallut pas davantage pour me déterminer à la suivre, bien sûr qu'en quelque lieu qu'elle fût, je la trouverais plus aisément en province que je n'avais pu faire à Paris.

Avant de partir j'exerçai mon nouveau talent poétique dans une épître au colonel Godard, où je le drapai[1] de mon mieux. Je montrai ce barbouillage à Mme de Merveilleux, qui, au lieu de me censurer comme elle aurait dû faire, rit beaucoup de mes sarcasmes, de même que son fils, qui, je crois, n'aimait pas M. Godard, et il faut avouer qu'il n'était pas aimable. J'étais tenté de lui envoyer mes vers ; ils m'y encouragèrent : j'en fis un paquet à son adresse, et comme il n'y avait point alors à Paris de petite poste, je le mis dans ma poche, et le lui envoyai d'Auxerre en passant. Je ris quelquefois encore en songeant aux grimaces qu'il dut faire en lisant ce panégyrique, où il était peint trait pour trait. Il commençait ainsi :

> *Tu croyais, vieux pénard[2], qu'une folle manie*
> *D'élever ton neveu m'inspirerait l'envie.*

Cette petite pièce, mal faite à la vérité, mais qui ne manquait pas de sel, et qui annonçait du talent pour la satire, est cependant le seul écrit satirique qui soit sorti de ma plume. J'ai le cœur trop peu haineux pour me prévaloir d'un pareil talent ; mais je crois qu'on peut juger par quelques écrits polémiques faits de temps à autre pour ma défense, que, si j'avais été d'humeur batailleuse, mes agresseurs auraient eu rarement les rieurs de leur côté.

La chose que je regrette le plus dans les détails de ma vie dont j'ai perdu la mémoire est de n'avoir pas fait des journaux de mes voyages. Jamais je n'ai tant pensé, tant existé, tant vécu, tant été moi, si j'ose ainsi dire, que dans ceux que j'ai faits seul et à pied. La marche a quelque chose qui anime et avive mes idées ; je ne puis presque penser quand je reste en place ; il faut que mon corps soit en branle pour y mettre mon esprit. La vue de la campagne, la succession des aspects agréables, le grand air, le grand appétit, la bonne santé que je gagne en marchant, la liberté du cabaret, l'éloignement de tout ce qui me fait sentir ma dépendance, de tout ce qui me rappelle à ma situation, tout cela dégage mon âme, me donne une plus grande audace de penser, me jette en quelque sorte dans l'immensité des êtres pour les combiner, les choisir, me les approprier à mon gré, sans gêne et sans crainte. Je dispose en maître de la nature entière ; mon cœur, errant d'objet en objet, s'unit, s'identifie à ceux qui le flattent, s'entoure d'images charmantes, s'enivre de sentiments délicieux. Si pour les fixer je m'amuse à les décrire en moi-même, quelle vigueur de pinceau, quelle fraîcheur de coloris, quelle énergie d'expression je leur donne ! On a, dit-on, trouvé de tout cela dans mes ouvrages, quoique écrits vers le déclin de mes ans. Oh ! si l'on eût vu ceux de ma première jeunesse, ceux que j'ai faits durant mes voyages, ceux que j'ai composés et que je n'ai jamais écrits... Pourquoi, direz-vous, ne les pas écrire ? Et pourquoi les écrire ? vous répondrai-je : pourquoi m'ôter le charme actuel de la jouissance, pour dire à d'autres que j'avais joui ? Que m'importaient des lecteurs, un public, et toute la terre, tandis que je planais dans le ciel ? D'ailleurs, portais-je avec moi du papier, des plumes ? Si j'avais pensé à tout cela, rien ne me serait venu. Je ne prévoyais pas que j'aurais des idées ; elles viennent quand il leur plaît,

non quand il me plaît. Elles ne viennent point, ou
elles viennent en foule, elles m'accablent de leur
nombre et de leur force. Dix volumes par jour n'auraient pas suffi. Où prendre du temps pour les écrire ? En arrivant je ne songeais qu'à bien dîner. En
partant, je ne songeais qu'à bien marcher. Je sentais
qu'un nouveau paradis m'attendait à la porte. Je ne
songeais qu'à l'aller chercher.

Jamais je n'ai si bien senti tout cela que dans le
retour dont je parle. En venant à Paris, je m'étais
borné aux idées relatives à ce que j'y allais faire. Je
m'étais élancé dans la carrière où j'allais entrer, et je
l'avais parcourue avec assez de gloire : mais cette carrière n'était pas celle où mon cœur m'appelait et les
êtres réels nuisaient aux êtres imaginaires. Le colonel
Godard et son neveu figuraient mal avec un héros tel
que moi. Grâce au Ciel, j'étais maintenant délivré de
tous ces obstacles : je pouvais m'enfoncer à mon gré
dans le pays des chimères, car il ne restait que cela
devant moi. Aussi je m'y égarai si bien, que je perdis
réellement plusieurs fois ma route ; et j'eusse été fort
fâché d'aller plus droit, car, sentant qu'à Lyon j'allais
me retrouver sur la terre, j'aurais voulu n'y jamais
arriver.

Un jour entre autres, m'étant à dessein détourné
pour voir de près un lieu qui me parut admirable, je
m'y plus si fort et j'y fis tant de tours que je me perdis
enfin tout à fait. Après plusieurs heures de course inutile, las et mourant de soif et de faim, j'entrai chez un
paysan dont la maison n'avait pas belle apparence,
mais c'était la seule que je visse aux environs. Je
croyais que c'était comme à Genève ou en Suisse où
tous les habitants à leur aise sont en état d'exercer
l'hospitalité. Je priai celui-ci de me donner à dîner en
payant. Il m'offrit du lait écrémé et de gros pain
d'orge, en me disant que c'était tout ce qu'il avait. Je
buvais ce lait avec délices, et je mangeais ce pain,
paille et tout ; mais cela n'était pas fort restaurant
pour un homme épuisé de fatigue. Ce paysan, qui

m'examinait, jugea de la vérité de mon histoire par celle de mon appétit. Tout de suite, après m'avoir dit qu'il voyait bien* que j'étais un bon jeune honnête homme qui n'était pas là pour le vendre, il ouvrit une petite trappe à côté de sa cuisine, descendit, et revint un moment après avec un bon pain bis de pur froment, un jambon très appétissant quoique entamé, et une bouteille de vin dont l'aspect me réjouit le cœur plus que tout le reste. On joignit à cela une omelette assez épaisse, et je fis un dîner tel qu'autre qu'un piéton n'en connut jamais. Quand ce vint à payer, voilà son inquiétude et ses craintes qui le reprennent ; il ne voulait point de mon argent, il le repoussait avec un trouble extraordinaire ; et ce qu'il y avait de plaisant était que je ne pouvais imaginer de quoi il avait peur. Enfin, il prononça en frémissant ces mots terribles de Commis et de Rats-de-Cave[1]. Il me fit entendre qu'il cachait son vin à cause des aides[2], qu'il cachait son pain à cause de la taille[3], et qu'il serait un homme perdu si l'on pouvait se douter qu'il ne mourût pas de faim. Tout ce qu'il me dit à ce sujet, et dont je n'avais pas la moindre idée, me fit une impression qui ne s'effacera jamais. Ce fut là le germe de cette haine inextinguible qui se développa depuis dans mon cœur contre les vexations qu'éprouve le malheureux peuple et contre ses oppresseurs. Cet homme, quoique aisé, n'osait manger le pain qu'il avait gagné à la sueur de son front, et ne pouvait éviter sa ruine qu'en montrant la même misère qui régnait autour de lui. Je sortis de sa maison aussi indigné qu'attendri, et déplorant le sort de ces belles contrées à qui la nature n'a prodigué ses dons que pour en faire la proie des barbares publicains[4].

Voilà le seul souvenir bien distinct qui me reste de ce qui m'est arrivé durant ce voyage. Je me rappelle seulement encore qu'en approchant de Lyon je fus

---

* Apparemment, je n'avais pas encore la physionomie qu'on m'a donnée depuis dans mes portraits.

tenté de prolonger ma route pour aller voir les bords
du Lignon ; car, parmi les romans que j'avais lus avec
mon père, *L'Astrée*[1] n'avait pas été oubliée, et c'était
celui qui me revenait au cœur le plus fréquemment.
Je demandai la route du Forez ; et tout en causant
avec une hôtesse, elle m'apprit que c'était un bon
pays de ressource pour les ouvriers, qu'il y avait beaucoup de forges, et qu'on y travaillait fort bien en fer.
Cet éloge calma tout à coup ma curiosité romanesque,
et je ne jugeai pas à propos d'aller chercher des
Dianes et des Sylvandres[2] chez un peuple de forge-
rons. La bonne femme qui m'encourageait de la sorte
m'avait sûrement pris pour un garçon serrurier.

Je n'allais pas tout à fait à Lyon sans vues. En arrivant, j'allai voir aux Chasottes Mlle du Châtelet[3], amie
de Mme de Warens, et pour laquelle elle m'avait
donné une lettre quand je vins avec M. Le Maître :
ainsi c'était une connaissance déjà faite. Mlle du Châtelet m'apprit qu'en effet son amie avait passé à Lyon,
mais qu'elle ignorait si elle avait poussé sa route jusqu'en Piémont, et qu'elle était incertaine elle-même
en partant si elle ne s'arrêterait point en Savoie ; que
si je voulais, elle écrirait pour en avoir des nouvelles,
et que le meilleur parti que j'eusse à prendre était de
les attendre à Lyon. J'acceptai l'offre : mais je n'osai
dire à Mlle du Châtelet que j'étais pressé de la
réponse, et que ma petite bourse épuisée ne me laissait pas en état de l'attendre longtemps. Ce qui me
retint n'était pas qu'elle m'eût mal reçu. Au contraire,
elle m'avait fait beaucoup de caresses, et me traitait
sur un pied d'égalité qui m'ôtait le courage de lui laisser voir mon état, et de descendre du rôle de bonne
compagnie à celui d'un malheureux mendiant.

Il me semble de voir assez clairement la suite de
tout ce que j'ai marqué dans ce livre. Cependant je
crois me rappeler, dans le même intervalle, un autre
voyage de Lyon, dont je ne puis marquer la place et
où je me trouvai déjà fort à l'étroit. Une petite anecdote assez difficile à dire ne me permettra jamais de

l'oublier. J'étais un soir assis en Bellecour, après un très mince souper, rêvant aux moyens de me tirer d'affaire, quand un homme en bonnet vint s'asseoir à côté de moi ; cet homme avait l'air d'un de ces ouvriers en soie qu'on appelle à Lyon des taffetatiers. Il m'adresse la parole ; je lui réponds : voilà la conversation liée. A peine avions-nous causé un quart d'heure, que, toujours avec le même sang-froid et sans changer de ton, il me propose de nous amuser de compagnie. J'attendais qu'il m'expliquât quel était cet amusement ; mais, sans rien ajouter, il se mit en devoir de m'en donner l'exemple. Nous nous touchions presque, et la nuit n'était pas assez obscure pour m'empêcher de voir à quel exercice il se préparait. Il n'en voulait point à ma personne ; du moins rien n'annonçait cette intention, et le lieu ne l'eût pas favorisée. Il ne voulait exactement, comme il me l'avait dit, que s'amuser et que je m'amusasse, chacun pour son compte ; et cela lui paraissait si simple, qu'il n'avait même pas supposé qu'il ne me le parût pas comme à lui. Je fus si effrayé de cette impudence que, sans lui répondre, je me levai précipitamment et me mis à fuir à toutes jambes, croyant avoir ce misérable à mes trousses. J'étais si troublé, qu'au lieu de gagner mon logis par la rue Saint-Dominique, je courus du côté du quai, et ne m'arrêtai qu'au-delà du pont de bois, aussi tremblant que si je venais de commettre un crime. J'étais sujet au même vice ; ce souvenir m'en guérit pour longtemps.

A ce voyage-ci j'eus une autre aventure à peu près du même genre, mais qui me mit en plus grand danger. Sentant mes espèces tirer à leur fin, j'en ménageais le chétif reste. Je prenais moins souvent des repas à mon auberge, et bientôt je n'en pris plus du tout, pouvant pour cinq ou six sols, à la taverne, me rassasier tout aussi bien que je faisais là pour mes vingt-cinq. N'y mangeant plus, je ne savais comment y aller coucher, non que j'y dusse grand-chose, mais j'avais honte d'occuper une chambre sans rien faire gagner à mon hôtesse. La saison était belle. Un soir qu'il faisait fort chaud, je me déterminai à passer la nuit dans la place, et déjà je m'étais établi sur un banc, quand un abbé qui passait, me voyant ainsi couché, s'approcha et me demanda si je n'avais point de gîte. Je lui avouai mon cas, il en parut touché ; il s'assit à côté de moi, et nous causâmes. Il parlait agréablement ; tout ce qu'il me dit me donna de lui la meilleure opinion du monde. Quand il me vit bien disposé, il me dit qu'il n'était pas logé fort au large, qu'il n'avait qu'une seule chambre, mais qu'assurément il ne me laisserait pas coucher ainsi dans la place ; qu'il était tard pour me trouver un gîte, et qu'il m'offrait pour cette nuit la moitié de son lit. J'accepte l'offre, espérant déjà me faire un ami qui pourrait m'être utile. Nous allons ; il bat le fusil[1]. Sa chambre me parut propre dans sa petitesse : il m'en fit les honneurs fort poliment. Il tira d'une armoire un pot de verre où étaient des cerises à l'eau-de-vie ; nous en mangeâmes chacun deux, et nous fûmes nous coucher.

Cet homme avait les mêmes goûts que mon Juif de l'Hospice, mais il ne les manifestait pas si brutalement. Soit que, sachant que je pouvais être entendu, il craignît de me forcer à me défendre, soit qu'en effet il fût moins confirmé dans ses projets, il n'osa m'en proposer ouvertement l'exécution, et cherchait à m'émouvoir sans m'inquiéter. Plus instruit que la première fois, je compris bientôt son dessein, et j'en frémis ; ne sachant ni dans quelle maison, ni entre les mains de qui j'étais, je craignis, en faisant du bruit, le payer de ma vie. Je feignis d'ignorer ce qu'il me voulait ; mais paraissant très importuné de ses caresses et très décidé à n'en pas endurer le progrès, je fis si bien qu'il fut obligé de se contenir. Alors je lui parlai avec toute la douceur et toute la fermeté dont j'étais capable ; et, sans paraître rien soupçonner, je m'excusai de l'inquiétude que je lui avais montrée, sur mon ancienne aventure, que j'affectai de lui conter et termes si pleins de dégoût et d'horreur, que je lui fis, je crois, mal au cœur à lui-même, et qu'il renonça tout à fait à son sale dessein. Nous passâmes tranquillement le reste de la nuit. Il me dit même beaucoup de choses très bonnes, très sensées, et ce n'était assurément pas un homme sans mérite, quoique ce fût un grand vilain.

Le matin, M. l'abbé, qui ne voulait pas avoir l'air mécontent, parla de déjeuner, et pria une des filles de son hôtesse, qui était jolie, d'en faire apporter. Elle lui dit qu'elle n'avait pas le temps : il s'adressa à sa sœur, qui ne daigna pas lui répondre. Nous attendions toujours : point de déjeuner. Enfin nous passâmes dans la chambre de ces demoiselles. Elles reçurent M. l'abbé d'un air très peu caressant ; j'eus encore moins à me louer de leur accueil. L'aînée, en se retournant, m'appuya son talon pointu sur le bout du pied, où un cor fort douloureux m'avait forcé de couper mon soulier ; l'autre vint ôter brusquement de derrière moi une chaise sur laquelle j'étais prêt à m'asseoir ; leur mère, en jetant de l'eau par la fenêtre, m'en aspergea le visage : en quelque place que je me misse, on m'en faisait ôter pour chercher quelque chose ; je n'avais été de ma vie à pareille fête. Je voyais dans leurs regards insultants et moqueurs une fureur cachée, à laquelle j'avais la stupidité de ne rien comprendre. Ébahi, stupéfait, prêt à les croire toutes possédées, je commençais tout de bon à m'effrayer, quand l'abbé, qui ne faisait semblant de voir ni d'entendre, jugeant bien qu'il n'y avait point de déjeuner à espérer, prit le parti de sortir, et je me hâtai de le suivre, fort content d'échapper à ces trois furies. En marchant il me proposa d'aller déjeuner au café. Quoique j'eusse grand-faim, je n'acceptai pas cette offre, sur laquelle il n'insista pas beaucoup non plus, et nous nous séparâmes au trois ou quatrième coin de rue, moi, charmé de perdre de vue tout ce qui appartenait à cette maudite maison, et lui fort aise, à ce que je crois, de m'en avoir assez éloigné

pour qu'elle ne me fût pas facile à reconnaître.
Comme à Paris, ni dans aucune autre ville, jamais rien
ne m'est arrivé de semblable à ces deux aventures, il
m'en est resté une impression peu avantageuse au
peuple de Lyon, et j'ai toujours regardé cette ville
comme celle de l'Europe où règne la plus affreuse
corruption.

Le souvenir des extrémités où j'y fus réduit ne
contribue pas non plus à m'en rappeler agréablement
la mémoire. Si j'avais été fait comme un autre, que
j'eusse eu le talent d'emprunter et de m'endetter à
mon cabaret, je me serais aisément tiré d'affaire ; mais
c'est à quoi mon inaptitude égalait ma répugnance ;
et pour imaginer à quel point vont l'une et l'autre, il
suffit de savoir qu'après avoir passé presque toute ma
vie dans le mal-être, et souvent prêt à manquer de
pain, il ne m'est jamais arrivé une seule fois de me
faire demander de l'argent par un créancier sans lui
en donner à l'instant même. Je n'ai jamais su faire des
dettes criardes, et j'ai toujours mieux aimé souffrir
que devoir.

C'était souffrir assurément que d'être réduit à passer la nuit dans la rue, et c'est ce qui m'est arrivé plusieurs fois à Lyon. J'aimais mieux employer quelques
sols qui me restaient à payer mon pain que mon gîte ;
parce qu'après tout je risquais moins de mourir de
sommeil que de faim. Ce qu'il y a d'étonnant, c'est
que dans ce cruel état je n'étais ni inquiet ni triste. Je
n'avais pas le moindre souci sur l'avenir, et j'attendais
les réponses que devait recevoir Mlle du Châtelet, cou-
chant à la belle étoile, et dormant étendu par terre ou
sur un banc aussi tranquillement que sur un lit de
roses. Je me souviens même d'avoir passé une nuit
délicieuse hors de la ville, dans un chemin qui
côtoyait le Rhône ou la Saône, car je ne me rappelle
pas lequel des deux. Des jardins élevés en terrasse
bordaient le chemin du côté opposé. Il avait fait très
chaud ce jour-là, la soirée était charmante ; la rosée
humectait l'herbe flétrie ; point de vent, une nuit

tranquille ; l'air était frais, sans être froid ; le soleil, après son coucher, avait laissé dans le ciel des vapeurs rouges dont la réflexion rendait l'eau couleur de rose ; les arbres des terrasses étaient chargés de rossignols qui se répondaient de l'un à l'autre. Je me promenais dans une sorte d'extase, livrant mes sens et mon cœur à la jouissance de tout cela, et soupirant seulement un peu du regret d'en jouir seul. Absorbé dans ma douce rêverie, je prolongeai fort avant dans la nuit ma promenade, sans m'apercevoir que j'étais las. Je m'en aperçus enfin. Je me couchai voluptueusement sur la tablette d'une espèce de niche ou de fausse porte enfoncée dans un mur de terrasse ; le ciel de mon lit était formé par les têtes des arbres ; un rossignol était précisément au-dessus de moi ; je m'endormis à son chant : mon sommeil fut doux, mon réveil le fut davantage. Il était grand jour : mes yeux, en s'ouvrant, virent l'eau, la verdure, un paysage admirable. Je me levai, me secouai, la faim me prit, je m'acheminai gaiement vers la ville, résolu de mettre à un bon déjeuner deux pièces de six blancs[1] qui me restaient encore. J'étais de si bonne humeur, que j'allais chantant tout le long du chemin, et je me souviens même que je chantais une cantate de Batistin[2], intitulée *Les bains de Thomery*, que je savais par cœur. Que béni soit le bon Batistin et sa bonne cantate, qui m'a valu un meilleur déjeuner que celui sur lequel je comptais et un dîner bien meilleur encore, sur lequel je n'avais point compté du tout. Dans mon meilleur train d'aller et de chanter, j'entends quelqu'un derrière moi, je me retourne, je vois un Antonin qui me suivait et qui paraissait m'écouter avec plaisir. Il m'accoste, me salue, me demande si je sais la musique. Je réponds, *un peu*, pour faire entendre *beaucoup*. Il continue à me questionner ; je lui conte une partie de mon histoire. Il me demande si je n'ai jamais copié de la musique. « Souvent », lui dis-je. Et cela était vrai ; ma meilleure manière de l'apprendre était d'en copier. « Eh bien, me dit-il, venez avec moi ; je pourrai vous occuper quelques jours, durant lesquels rien ne vous manquera, pourvu que vous consentiez à ne pas sortir de la chambre. » J'acquiesçai très volontiers et je le suivis.

Cet Antonin[1] s'appelait M. Rolichon ; il aimait la musique, il la savait, et chantait dans de petits concerts qu'il faisait avec ses amis. Il n'y avait rien là que d'innocent et d'honnête ; mais ce goût dégénérait apparemment en fureur, dont il était obligé de cacher une partie. Il me conduisit dans une petite chambre que j'occupai, et où je trouvai beaucoup de musique qu'il avait copiée. Il m'en donna d'autre à copier, particulièrement la cantate que j'avais chantée, et qu'il devait chanter lui-même dans quelques jours. J'en demeurai là trois ou quatre à copier tout le temps où je ne mangeais pas ; car de ma vie je ne fus si affamé ni mieux nourri. Il apportait mes repas lui-même de leur cuisine, et il fallait qu'elle fût bonne si leur ordinaire valait le mien. De mes jours je n'eus tant de plaisir à manger, et il faut avouer aussi que ces lippées me venaient fort à propos, car j'étais sec comme du bois. Je travaillais presque d'aussi bon cœur que je mangeais, et ce n'est pas peu dire. Il est vrai que je n'étais pas aussi correct que diligent. Quelques jours après, M. Rolichon, que je rencontrai dans la rue, m'apprit que mes parties avaient rendu la musique inexécutable, tant elles s'étaient trouvées pleines d'omissions, de duplications et de transpositions. Il faut avouer que j'ai choisi là dans la suite le métier du monde auquel j'étais le moins propre. Non que ma note ne fût belle et que je ne copiasse fort nettement ; mais l'ennui d'un long travail me donne des distractions si grandes, que je passe plus de temps à gratter qu'à noter, et que si je n'apporte la plus grande attention à collationner[2] mes parties, elles font toujours manquer l'exécution. Je fis donc très mal en voulant bien faire, et pour aller vite j'allais tout de travers. Cela n'empêcha pas M. Rolichon de me bien traiter jusqu'à la fin, et de me donner encore en so tant un petit écu que je ne méritais guère, et qui me remit tout à fait en pied ; car peu de jours après je reçus des nouvelles de Maman qui était à Chambéry, et de l'argent pour l'aller joindre, ce que je fis avec transport. Depuis lors mes finances ont souvent été fort courtes, mais jamais assez pour être obligé de jeûner. Je marque cette époque avec un cœur sensible aux soins de la Providence. C'est la dernière fois de ma vie que j'ai senti la misère et la faim.

Je restai à Lyon sept ou huit jours encore pour attendre les commissions dont Maman avait chargé Mlle du Châtelet, que je vis durant ce temps-là plus assidûment qu'auparavant, ayant le plaisir de parler avec elle de son amie, et n'étant plus distrait par ces cruels retours sur ma situation, qui me forçaient de la cacher. Mlle du Châtelet n'était ni jeune ni jolie, mais elle ne manquait pas de grâce ; elle était liante et familière, et son esprit donnait du prix à cette familiarité. Elle avait ce goût de morale observatrice qui porte à étudier les hommes ; et c'est d'elle, en première origine, que ce même goût m'est venu. Elle aimait les romans de Le Sage et particulièrement *Gil Blas* ; elle m'en parla, me le prêta, je le lus avec plaisir ; mais je n'étais pas mûr encore pour ces sortes de lectures ; il me fallait des romans à grands sentiments. Je passais ainsi mon temps à la grille de Mlle du Châtelet avec autant de plaisir que de profit, et il est certain que les entretiens intéressants et sensés d'une femme de mérite sont plus propres à former un jeune homme que toute la pédantesque philosophie des livres. Je fis connaissance aux Chasottes avec d'autres pensionnaires et de leurs amies ; entre autres avec une jeune personne de quatorze ans, appelée Mlle Serre, à laquelle je ne fis pas alors une grande attention, mais dont je me passionnai huit ou neuf ans après, et avec raison, car c'était une charmante fille.

Occupé de l'attente de revoir bientôt ma bonne Maman, je fis un peu de trêve à mes chimères, et le bonheur réel qui m'attendait me dispensa d'en chercher dans mes visions. Non seulement je la retrouvais, mais je retrouvais près d'elle et par elle un état agréable ; car elle marquait m'avoir trouvé une occupation qu'elle espérait qui me conviendrait, et qui ne m'éloignerait pas d'elle. Je m'épuisais en conjectures pour deviner quelle pouvait être cette occupation, et il aurait fallu deviner en effet pour rencontrer juste. J'avais suffisamment d'argent pour faire commodément la route. Mlle du Châtelet voulait que je prisse un cheval ; je n'y pus consentir, et j'eus raison : j'aurais perdu le plaisir du dernier voyage pédestre que j'ai fait en ma vie ; car je ne peux donner ce nom aux excursions que je faisais souvent à mon voisinage, tandis que je demeurais à Motiers.

C'est une chose bien singulière que mon imagination ne se monte jamais plus agréablement que quand mon état est le moins agréable, et qu'au contraire elle est moins riante lorsque tout rit autour de moi. Ma mauvaise tête ne peut s'assujettir aux choses. Elle ne saurait embellir, elle veut créer. Les objets réels s'y peignent tout au plus tels qu'ils sont ; elle ne sait parer que les objets imaginaires. Si je veux peindre le printemps, il faut que je sois en hiver ; si je veux décrire un beau paysage, il faut que je sois dans des murs ; et j'ai dit cent fois que si j'étais mis à la Bastille, j'y ferais le tableau de la liberté. Je ne voyais en partant de Lyon qu'un avenir agréable ; j'étais aussi content, et j'avais tout lieu de l'être, que je l'étais peu quand je partis de Paris. Cependant je n'eus point durant ce voyage ces rêveries délicieuses qui m'avaient suivi dans l'autre. J'avais le cœur serein, mais c'était tout. Je me rapprochais avec attendrissement de l'excellente amie que j'allais revoir. Je goûtais d'avance, mais sans ivresse, le plaisir de vivre auprès d'elle : je m'y étais toujours attendu ; c'était comme s'il ne m'était rien arrivé de nouveau. Je m'inquiétais de ce que j'allais faire comme si cela eût été fort inquiétant. Mes idées étaient paisibles et douces, non célestes et ravissantes. Tous les objets que je passais frappaient

ma vue ; je donnais de l'attention aux paysages ; je
remarquais les arbres, les maisons, les ruisseaux ; je
délibérais aux croisées des chemins, j'avais peur de
me perdre, et je ne me perdais point. En un mot, je
n'étais plus dans l'empyrée, j'étais tantôt où j'étais,
tantôt où j'allais, jamais plus loin.

Je suis, en racontant mes voyages, comme j'étais en
les faisant ; je ne saurais arriver. Le cœur me battait
de joie en approchant de ma chère Maman, et je n'en
allais pas plus vite. J'aime à marcher à mon aise, et
m'arrêter quand il me plaît. La vie ambulante est celle
qu'il me faut. Faire route à pied par un beau temps,
dans un beau pays, sans être pressé, et avoir pour
terme de ma course un objet agréable : voilà de
toutes les manières de vivre celle qui est la plus de
mon goût. Au reste, on sait déjà ce que j'entends par
un beau pays. Jamais pays de plaine, quelque beau
qu'il fût, ne parut tel à mes yeux. Il me faut des tor-
rents, des rochers, des sapins, des bois noirs, des montagnes, des chemins raboteux à monter et à descendre, des précipices à mes côtés qui me fassent bien
peur. J'eus ce plaisir, et je le goûtai dans tout son
charme en approchant de Chambéry. Non loin d'une
montagne coupée qu'on appelle le Pas-de-l'Échelle,
au-dessous du grand chemin taillé dans le roc, à l'endroit appelé Chailles, court et bouillonne dans des
gouffres affreux une petite rivière qui paraît avoir mis
à les creuser des milliers de siècles. On a bordé le
chemin d'un parapet pour prévenir les malheurs :
cela faisait que je pouvais contempler au fond et
gagner des vertiges tout à mon aise, car ce qu'il y a de
plaisant dans mon goût pour les lieux escarpés, est
qu'ils me font tourner la tête, et j'aime beaucoup ce
tournoiement, pourvu que je sois en sûreté. Bien
appuyé sur le parapet, j'avançais le nez, et je restais là
des heures entières, entrevoyant de temps en temps
cette écume et cette eau bleue dont j'entendais le
mugissement à travers les cris des corbeaux et des
oiseaux de proie qui volaient de roche en roche et de

broussaille en broussaille à cent toises au-dessous de moi. Dans les endroits où la pente était assez unie et la broussaille assez claire pour laisser passer des cailloux, j'en allais chercher au loin d'aussi gros que je les pouvais porter ; je les rassemblais sur le parapet en pile ; puis, les lançant l'un après l'autre, je me délectais à les voir rouler, bondir et voler en mille éclats, avant que d'atteindre le fond du précipice.

Plus près de Chambéry j'eus un spectacle semblable, en sens contraire. Le chemin passe au pied de la plus belle[1] cascade que je vis de mes jours. La montagne est tellement escarpée, que l'eau se détache net et tombe en arcade, assez loin pour qu'on puisse passer entre la cascade et la roche, quelquefois sans être mouillé. Mais si l'on ne prend bien ses mesures, on y est aisément trompé, comme je le fus : car, à cause de l'extrême hauteur, l'eau se divise et tombe en poussière, et lorsqu'on approche un peu trop de ce nuage, sans s'apercevoir d'abord qu'on se mouille, à l'instant on est tout trempé.

J'arrive enfin, je la revois. Elle n'était pas seule. M. l'Intendant général[2] était chez elle au moment que j'entrai. Sans me parler, elle me prend par la main, et me présente à lui avec cette grâce qui lui ouvrait tous les cœurs : « Le voilà, monsieur, ce pauvre jeune homme ; daignez le protéger aussi longtemps qu'il le méritera, je ne suis plus en peine de lui pour le reste de sa vie. » Puis, m'adressant la parole : « Mon enfant, me dit-elle, vous appartenez au roi ; remerciez M. l'Intendant qui vous donne du pain. » J'ouvrais de grands yeux sans rien dire, sans savoir trop qu'imaginer ; s'en fallut peu que l'ambition naissante ne me tournât la tête, et que je ne fisse déjà le petit intendant. Ma fortune se trouva moins brillante que sur ce début je ne l'avais imaginée ; mais quant à présent, c'était assez pour vivre, et pour moi c'était beaucoup. Voici de quoi il s'agissait.

Le roi Victor-Amédée, jugeant, par le sort des guerres précédentes et par la position de l'ancie patrimoine de ses pères, qu'il lui échapperait quelque jour, ne cherchait qu'à l'épuiser. Il y avait peu d'années qu'ayant résolu d'en mettre la noblesse à la taille, il avait ordonné un cadastre général de tout le pays, afin que, rendant l'imposition réelle, on pût la répartir avec plus d'équité. Ce travail, commencé sous le père, fut achevé sous le fils. Deux ou trois cents hommes, tant arpenteurs qu'on appelait géomètres, qu'écrivains[1] qu'on appelait secrétaires, furent employés à cet ouvrage, et c'était parmi ces derniers que Maman m'avait fait inscrire. Le poste, sans être fort lucratif, donnait de quoi vivre au large dans ce pays-là. Le mal était que cet emploi n'était qu'à temps, mais il mettait en état de chercher et d'attendre, et c'était par prévoyance qu'elle tâchait de m'obtenir de l'intendant une protection particulière pour pouvoir passer à quelque emploi plus solide quand le temps de celui-là serait fini.

J'entrai en fonction peu de jours après mon arrivée. Il n'y avait à ce travail rien de difficile, et je fus bientôt au fait. C'est ainsi qu'après quatre ou cinq ans de courses, de folies et de souffrances depuis ma sortie de Genève, je commençai pour la première fois de gagner mon pain avec honneur.

Ces longs détails de ma première jeunesse auront paru bien puérils, et j'en suis fâché : quoique né homme à certains égards, j'ai été longtemps enfant, et je le suis encore à beaucoup d'autres. Je n'ai pas promis d'offrir au public un grand personnage ; j'ai promis de me peindre tel que je suis ; et, pour me connaître dans mon âge avancé, il faut m'avoir bien connu dans ma jeunesse. Comme en général les objets font moins d'impression sur moi que leurs souvenirs, et que toutes mes idées sont en images, les premiers traits qui se sont gravés dans ma tête y sont demeurés, et ceux qui s'y sont empreints dans la suite se sont plutôt combinés avec eux qu'ils ne les ont effacés. Il y a une certaine succession d'affections et d'idées qui modifient celles qui les suivent, et qu'il faut connaître pour en bien juger. Je m'applique à bien développer partout les premières causes pour faire sentir l'enchaînement des effets. Je voudrais pouvoir en quelque façon rendre mon âme transparente, aux yeux du lecteur, et pour cela je cherche à la lui montrer sous tous les points de vue, à l'éclairer par tous les jours, à faire en sorte qu'il ne s'y passe pas un mouvement qu'il n'aperçoive, afin qu'il puisse juger par lui-même du principe qui les produit.

Si je me chargeais du résultat et que je lui disse : Tel est mon caractère, il pourrait croire sinon que je le trompe, au moins que je me trompe. Mais en lui détaillant avec simplicité tout ce qui m'est arrivé, tout ce que j'ai fait, tout ce que j'ai pensé, tout ce que j'ai senti, je ne puis l'induire en erreur, à moins que je ne le veuille ; encore même en le voulant, n'y parviendrais-je pas aisément de cette façon. C'est à lui d'assembler ces éléments et de déterminer l'être qu'ils composent : le résultat doit être son ouvrage ; et s'il se trompe alors, toute l'erreur sera de son fait. Or, il ne suffit pas pour cette fin que mes récits soient fidèles il faut aussi qu'ils soient exacts. Ce n'est pas à moi de juger de l'importance des faits, je les dois tous dire, e lui laisser le soin de choisir. C'est à quoi je me sui appliqué jusqu'ici de tout mon courage, et je ne me relâcherai pas dans la suite. Mais les souvenirs de l'âg moyen sont toujours moins vifs que ceux de la pre mière jeunesse. J'ai commencé par tirer de ceux-ci l meilleur parti qu'il m'était possible. Si les autres m reviennent avec la même force, des lecteurs impa tients s'ennuieront peut-être, mais moi je ne serai pa mécontent de mon travail. Je n'ai qu'une chose craindre dans cette entreprise : ce n'est pas de tro dire ou de dire des mensonges, mais c'est de ne pa tout dire et de taire des vérités.

DOSSIER

BIOGRAPHIE

1712 — *28 juin.* Naissance, à Genève, de Jean-Jacques Rousseau, dans une famille protestante d'origine française, d'Isaac Rousseau, citoyen, et de Suzanne Bernard, citoyenne.
7 juillet. Mort de sa mère. Son père ne sera jamais capable de remplacer l'affection et l'éducation maternelles. Rousseau sera élevé par une tante : Suzanne Rousseau.

1713 — *5 octobre.* Naissance de Diderot.

1719 — Jean-Jacques lit des romans avec son père.

1720 — *Hiver* : Jean-Jacques lit des historiens, des moralistes, découvre avec enthousiasme Plutarque.

1721 — Le frère de Jean-Jacques, instable et fugueur, disparaît

1722 — *21 octobre.* Le père de Rousseau, obligé de s'expatrier à la suite d'une querelle, confie son fils au pasteur Lambercier, à Bossey. Jean-Jacques ne se réinstallera à Genève qu'en 1724.

1725 — Après un stage chez un greffier, Rousseau entre en apprentissage chez un graveur.

1726 — Isaac Rousseau se remarie.

1728 — *14 mars.* Au retour d'une promenade, il trouve les portes de la cité fermées, et choisit alors l'aventure.
21 mars. A Annecy, Mme de Warens, jeune veuve nouvellement convertie au catholicisme, le recueille

24 mars. Rousseau part à pied pour Turin où il entre à l'hospice du Saint-Esprit.

21 avril. Rousseau abjure le protestantisme.

1729-1730 — Après divers emplois et diverses aventures, il quitte Turin, retrouve Mme de Warens, séjourne à Annecy, Lyon, Fribourg, Lausanne, poursuit ses vagabondages à Neuchâtel, Berne et Soleure.

1731 — Premier voyage à Paris ; à la fin de l'année il rejoint sa protectrice à Chambéry, et trouve au cadastre de Savoie un emploi qu'il ne gardera que huit mois.

1732 — *Juin.* Il commence à donner des leçons de musique

1735 ou 1736 — Premier séjour aux Charmettes avec Mme de Warens.

1737 — *11 septembre.* Rousseau, las de ses malaises persistants, part pour Montpellier, où il va consulter le Dr Fizes. Brève liaison avec Mme de Larnage.

1738 — Mme de Warens s'installe aux Charmettes pour une résidence durable. Revenu à Chambéry, Rousseau trouve sa place prise par le factotum de Mme de Warens, Wintzenried Il va rester aux Charmettes de 1738 à 1740, profitant de sa solitude, pendant le printemps de 1739, pour compléter son instruction.

1740-1741 - Rousseau est précepteur à Lyon des fils de M. de Mably, prévôt général du Lyonnais.

1742 — *Août.* Arrivée de Rousseau à Paris avec un nouveau système de notation musicale, mis au point aux Charmettes.

22 août. Présentation à l'Académie des sciences du *Mémoire sur un projet de notation musicale*, qui est publié en janvier 1743 Premières rencontres avec Diderot.

1743 — *Été.* Il suit, comme secrétaire, M. de Montaigu ambassadeur de France à Venise. Ses loisirs lui permettent de publier une *Dissertation sur la musique moderne*.

1744 — *22 août.* Il quitte Venise à la suite d'une querelle avec l'ambassadeur et arrive à Paris en octobre.

1745 — Il se lie avec Thérèse Levasseur, lingère, âgée de 23 ans il fait représenter *Les Muses galantes*, retouche *Les Fêtes d*

Ramire de Rameau et Voltaire, avec qui il est alors en bons termes.

1746 — *Fin de l'automne.* Naissance du premier enfant de Rousseau, qui est mis à l'hospice des Enfants-Trouvés

1748 — Naissance d'un deuxième enfant, également mis aux Enfants-Trouvés. Rousseau fait la connaissance de Mme d'Épinay qui le présente à sa belle-sœur, Mlle de Bellegarde, peu avant le mariage de celle-ci avec le comte d'Houdetot.

1749 — *Janvier-mars.* Sur la demande de D'Alembert, rédaction des articles sur la musique destinés à l'*Encyclopédie*. *Octobre.* Visite à Diderot, incarcéré à Vincennes pour sa *Lettre sur les aveugles.* C'est alors que Rousseau prend connaissance du sujet proposé par l'Académie de Dijon pour son prix annuel : « *Si le rétablissement des sciences et des arts a contribué a corrompre ou à épurer les mœurs.* » Il s'enflamme et compose sur-le-champ la prosopopée de Fabricius. Les progrès de son amitié avec Grimm et Diderot datent de cette année.

1750 — *23 août.* L'Académie de Dijon couronne le *Discours sur les sciences et les arts*, qui est publié à la fin de l'année ou dans les premiers jours de 1751.

1751 — Rousseau abandonne tout autre emploi pour se faire copiste de musique. Naissance de son troisième enfant. Vives controverses autour du *Discours*.

1752 — *18 octobre.* Son opéra-comique *Le Devin du village* est représenté à Fontainebleau, devant la Cour. Rousseau se dérobe à une audience du Roi et sans doute à une pension, ce que Diderot lui reproche vivement.

1753 — *1er mars. Le Devin du village* est joué à l'Opéra. *Novembre.* Rousseau publie une *Lettre sur la musique française.* L'Académie de Dijon annonce un nouveau sujet de concours · « *Quelle est l'origine de l'inégalité parmi les hommes et si elle est autorisée par la loi naturelle ?* » Démêlés avec l'Opéra (l'orchestre le pend en effigie).

1754 — Genève, par Lyon et Chambéry. Composition du *Discours sur l'origine de l'inégalité parmi les hommes.* Retour au calvinisme. Il est admis à la communion et recouvre sa qualité de citoyen genevois.

1755 — *Mai*. Publication en Hollande du *Discours sur l'inégalité*.
1er novembre. Le tremblement de terre de Lisbonne bouleverse les esprits et fournit à Voltaire l'argument d'un long poème ; Rousseau y répondra en août 1756.

1756 — *9 avril*. Rousseau, en compagnie de Thérèse et de la mère de celle-ci, s'installe à l'Ermitage, à la lisière de la forêt de Montmorency, dans la propriété de Mme d'Épinay, chez qui il avait séjourné au mois de septembre précédent.
Été-automne. Il rêve et commence à travailler à ce qui sera *La Nouvelle Héloïse*.

1757 — *Mars*. Querelle avec Diderot à propos du *Fils naturel*, où Rousseau lit qu' « il n'y a que le méchant qui soit seul ». Réconciliation en avril. Rousseau se prend de passion pour Mme d'Houdetot.
11 juillet. Mme d'Épinay trouve Saint-Lambert et Mme d'Houdetot chez Jean-Jacques, et sa jalousie s'éveille. Échange de billets aigres-doux et réconciliation.
10 octobre. Publication du tome VII de l'*Encyclopédie*, contenant l'article de D'Alembert sur Genève.
Novembre. Rupture avec Grimm.
10 décembre. Mme d'Épinay rompt avec Rousseau et lui donne son congé.
15 décembre. Le maréchal de Luxembourg l'héberge à Montmorency.

758 — *Mars*. Il achève la *Lettre sur les spectacles*, où il s'oppose à d'Alembert et à Voltaire.
6 mai. Mme d'Houdetot à son tour rompt avec lui.
Septembre. Achèvement de *La Nouvelle Héloïse*.
Octobre Publication de la *Lettre sur les spectacles*.

1759-1760 — Montmorency. Dans cette « demeure enchantée » Rousseau travaille à l'*Émile* et au *Contrat social*.

1761 — *Janvier*. Arrivée à Paris de l'édition de *La Nouvelle Héloïse* le succès est immense. Rousseau achève le *Contrat social* e fait parvenir le manuscrit au libraire Rey à Amsterdam. I s'imagine que le manuscrit de l'*Émile* a été intercepté par le Jésuites. Crises de délire.

1762 — *Janvier*. Composition des quatre *Lettres à Malesherbes*. envoie à Moultou la *Profession de foi du Vicaire savoyard*

Avril. Publication à Amsterdam du *Contrat social ou Principes du droit politique*, interdit en mai.

27 mai. Publication de l'*Émile*, mis en vente par autorisation tacite.

Juin. L'*Émile* est dénoncé à la Sorbonne, condamné par le Parlement, brûlé; Rousseau, décrété de prise de corps, s'enfuit précipitamment en Suisse. Genève à son tour prend les mêmes mesures contre les deux ouvrages et leur auteur. Celui-ci, pourchassé, se réfugie dans la principauté prussienne de Neuchâtel, où il est bien accueilli par le gouverneur, Lord Keith, « Milord Maréchal ».

29 juillet. Mort de Mme de Warens à Chambéry.

28 août. Mandement de l'archevêque de Paris, Christophe de Beaumont, contre l'*Émile*.

14 décembre. Rey demande pour la seconde fois à Rousseau de faire le récit de sa vie, qu'il voudrait imprimer en tête de ses *Œuvres diverses.*

1763 — Mars. Rousseau publie sa *Lettre à Christophe de Beaumont*, datée du 18 novembre.

12 mai. Rousseau renonce à son titre de citoyen de Genève, qui lui avait été rendu en 1754.

Septembre-octobre. Tronchin fait paraître ses *Lettres écrites de la campagne*, contre Rousseau.

1764 — Celui-ci riposte par ses *Lettres écrites de la montagne*. Botanique. A Genève, paraît un libelle anonyme, *Sentiment des citoyens*, que Rousseau attribue au pasteur Vernes (alors qu'il est de Voltaire) et qui révèle l'abandon par Rousseau de ses enfants. Rousseau décide d'écrire ses *Confessions*, dont il compose le premier préambule.

1765 — *22 janvier.* Les *Lettres écrites de la montagne* sont brûlées à La Haye et à Paris, attaquées à Genève. Rousseau est en butte à l'hostilité du pasteur de Motiers, Montmollin, et de son consistoire. Mme de Verdelin engage Rousseau à se réfugier en Angleterre, près de Hume.

Nuit du 6 septembre, jour de foire. Les habitants de Motiers-Travers jettent des pierres contre sa maison.

Septembre-octobre. Il trouve asile le 12 septembre à l'île de Saint-Pierre, d'où il est expulsé après quelques semaines. Il part pour Berlin, par Bâle, puis Strasbourg, où il est reçu avec honneur, et d'où, en fin de compte, abandonnant Berlin, il repart pour Paris, où il arrive le 16 décembre et où on lui fait fête.

1766 — *4 janvier.* Avec Hume, il part pour l'Angleterre.
13 janvier. Arrivée à Londres.
19 mars. Installation à Wootton (Staffordshire), où il rédigera les premiers livres des *Confessions.*
Avril. Lettre au docteur J.-J. Pansophe, de Voltaire, ridiculisant l'auteur de l'*Émile.* Durant la suite de l'année, démêlés avec Hume et rupture. Poussé par les philosophes, Hume publie un libelle, l'*Exposé succinct,* contre Rousseau.

1767 — *21 mai.* Rousseau s'embarque à Douvres pour la France. A son retour, il réside à Fleury, près de Meudon, chez le marquis de Mirabeau, puis à Trye, en Normandie, chez le prince de Conti. Vie errante, maladie, angoisses.
26 novembre. Mise en vente à Paris du *Dictionnaire de musique.*

1768 — Rousseau, qui s'apaise un peu, séjourne à Lyon, herborise à la Grande-Chartreuse, s'arrête à Grenoble, visite à Chambéry la tombe de Mme de Warens, se fixe à Bourgoin, en Dauphiné, où Thérèse le rejoint.
30 août. Il se marie avec Thérèse Levasseur.

1769-1770 — Par Lyon, Dijon, Montbard, Auxerre, il regagne Paris, et s'établit rue Plâtrière. Il a repris et probablement achevé ses *Confessions,* dont il commence à donner des lectures.

1771 — *10 mai.* Mme d'Épinay prie Sartine, le lieutenant de police, d'interdire ces lectures.
Juillet. Début des relations de Rousseau avec Bernardin de Saint-Pierre.
Automne-Hiver. Rousseau travaille aux *Considérations sur le Gouvernement de Pologne* (ouvrage achevé en avril 1772).

1772-1773 — Copies de musique, botanique, rédaction des dialogues de *Rousseau juge de Jean-Jacques.*

1774 — Rousseau assiste aux premières représentations d'*Iphigénie* et d'*Orphée* de Gluck, compose le premier acte de *Daphnis et Chloé,* reprend *le Devin du village.* Introduction à son *Dictionnaire des termes d'usage en botanique.*

1776 — *24 février*. Rousseau ne réussit pas à déposer le manuscrit
des *Dialogues* — sa défense — dans le chœur de Notre-
Dame.

24 octobre. Il est renversé, à Ménilmontant, par un chien :
l'accident, peu grave en soi, détermine la dernière orientation de sa pensée.

Automne ou hiver. Il commence *Les Rêveries du Promeneur
solitaire* dont il poursuit la rédaction durant l'année 1777 et
le début de 1778.

1778 — *30 mars*. Voltaire est couronné à la Comédie-Française.

12 avril. Début de la rédaction de la Dixième Promenade des
Rêveries, qui sera la dernière et restera inachevée.

2 mai. Rousseau confie à Moultou une partie de ses
manuscrits.

20 mai. Il accepte l'hospitalité du marquis de Girardin à
Ermenonville. Herborisation. Thérèse le rejoint.

30 mai. Mort de Voltaire.

2 juillet. Malaises. Rousseau meurt à onze heures du matin.

4 juillet. A onze heures du soir, son corps est inhumé dans
l'île des Peupliers, au cœur du parc d'Ermenonville.

1794 — *9-11 octobre*. Transfert de ses cendres au Panthéon.

NOTICE

Si l'on peut dater à présent les rédactions successives des *Confessions*, on sait aussi que leur gestation a été très longue et a donné lieu à de nombreux projets avant que Rousseau ne rédige vraiment ce qui sera l'ouvrage définitif. Il est singulier que l'on trouve, à l'origine de chaque décision que prit Rousseau d'entreprendre ou de poursuivre ce travail, une blessure profonde. Ainsi, en 1762, les quatre lettres à Malesherbes qui annoncent *Les Confessions* suivent l'interdiction de l'*Émile*. De même, le pamphlet de Voltaire, *Le Sentiment des citoyens* que Rousseau attribue à Jacob Vernes au livre XII détermine à son tour la lettre à Du Peyrou, dans laquelle apparaît quasiment le titre : *Mes Confessions*, écrit Rousseau. Et pourquoi reprendre en 1769 un travail qu'il avait interrompu pendant deux ans, et auquel le livre VI ne laissait prévoir aucune suite ? Ces « deux ans de silence et de patience » s'achevèrent lorsque Rousseau crut s'apercevoir que certains documents avaient disparu, subtilisés, selon lui, par ses ennemis. C'est alors qu'il poursuit la rédaction à Monquin. Mais le ton, il le note au commencement de la seconde partie, sera bien différent de celui des premiers livres. C'est la hâte, ce sont les alarmes qui lui dictent ces livres où l'on trouve peu de portraits, à peine un paysage, si ce n'est l'esquisse fugitive de l'île Saint-Pierre.

A la fin de l'année 1770, puis en 1771, Rousseau fait plusieurs lectures successives des *Confessions*, les premières chez le marquis de Pezay et chez le poète Dorat, les suivantes chez le prince royal de Suède, enfin chez le comte et la comtesse d'Egmont. Mais l encore, Rousseau eut la certitude que tout était joué, que rien ne désarmerait la haine de ses détracteurs, et qu'il leur avait donné une fois de plus par cet ouvrage (cf. *Second Dialogue*) une occasion de le bafouer.

Le terme même de confession prêtant à confusion à cause de son acception religieuse, le lecteur s'est trop souvent demandé : Rousseau a-t-il dit vrai ? A-t-il menti ? Qu'a-t-il dissimulé ? Et de prendre un malin plaisir à chercher — et à trouver, car ils sont légion — les passages où les erreurs de Rousseau sont manifestes. Mais sont-elles volontaires, ces erreurs, ou dues à des inadvertances ? Pour le lecteur qui ne cherche *que* la vérité (et quelle vérité, dans une œuvre littéraire ?), le cas de Rousseau semble s'aggraver, dès lors que lui-même reconnaît avoir comblé les lacunes de sa mémoire avec des « ornements ». On sait maintenant que, pour l'essentiel, Rousseau n'a pas menti : qu'à défaut d'une vérité difficilement accessible à la mémoire et à la transcription, du moins la véracité est, elle, indéniable.

Car il ne s'agit pas d'une déposition, mais d'un récit littéraire. Et Rousseau le dit bien : « C'est l'histoire de mon âme que j'ai promise. » C'est donc selon le temps de son âme et non selon le temps des autres qu'il raconte ses félicités et ses catastrophes. Il peut ainsi étirer les premières, voir dix-huit mois là où les archives, la correspondance en comptent douze, et même faire durer deux ans le séjour de son ami hongrois Sauttersheim alors qu'il n'a duré en réalité que trois mois. Plus encore, il retarde à son gré les révélations douloureuses, dont il est difficilement acceptable qu'il ait eu connaissance si tard. Il ne pouvait en effet ignorer jusqu'à son retour de Montpellier que Wintzenried l'avait supplanté auprès de Mme de Warens. Mais la plume, ici, a ses raisons. Ailleurs, Rousseau semble nier, ce qui est pour le moins singulier, qu'il ait eu réellement l'intention de se convertir à l'Hospice de Spirito Santo. Mais dans tous ces exemples, si la confrontation des témoignages, de la correspondance, des registres donne tort à l'auteur, il n'en reste pas moins que la véracité, elle, est toujours sauve. Rousseau écrit et répète à maintes reprises qu'il « dit tout ». Ces protestations valent surtout pour ce que ses contemporains, ses ennemis n'imaginaient pas qu'il pût dévoiler ; ainsi le vol du ruban, l'abandon de ses enfants... On a donc souvent confondu « tout dire » et le dire exactement *comme* cela s'était passé. On n'a pas tenu compte des ressassements, des pensées nouvelles qui pouvaient surgir en Rousseau

au moment où il prenait la plume, et l'amener à métamorphoser
le passé.

Inévitable métamorphose et moins radicale sans doute de la
part de Rousseau qu'elle n'est chez la plupart des hommes. A
vingt ou trente ans de distance, sans parler même des erreurs
involontaires, des oublis, des confusions de date, on ne peut pas
tout à fait revivre les événements de sa vie tels qu'on les a
réellement vécus, à supposer que cette réalité existe et que ces
événements aient eu un sens en eux-mêmes. Diderot et Hume se
sont-ils comportés à l'égard de Rousseau comme celui-ci l'a dit ?
Comment le savoir ? Est-il bon, est-il méchant ? Qui ne s'est posé
cette question à l'occasion d'une brouille avec un ami que les
feux de la passion inversée vous font apercevoir un moment
comme un abominable traître, avant que l'on ne revienne à plus
d'indulgence ou de sérénité ? Ce qui ne signifie nullement que
tout est délire dans les interprétations de Rousseau et que les
« Holbachiens » et les « Philosophes » n'ont pas cherché à le
déshonorer et à l'abattre. La question du « complot » ourdi
contre Jean-Jacques demeure entière et la réponse qu'on lui
donne dépend des positions personnelles de chacun. Dans ses
excellents ouvrages (voir bibliographie), M. Henri Guillemin
croit au complot et nous y fait croire : c'est qu'il adore Rousseau,
n'aime pas Voltaire et déteste les gens qui ne croient point en
Dieu, lesquels détestaient eux-mêmes Rousseau parce que ses
convictions religieuses et ses professions de foi leur paraissaient
œuvres de renégat qui apportaient de l'eau au moulin de leurs
ennemis et renforçaient le parti de l'intolérance et de la
superstition. Avec quelle facilité ne dit-on pas de l'un de ses
adversaires, qu'il est vendu à la police, aux trusts ou aux
Jésuites !

De toute manière l'homme qui raconte, l'homme de récit n'est
pas l'homme qui vit, l'homme de l'existence ou de l'instant. Le
souvenir transforme l'événement en œuvre d'art et aussi, dans le
cas des *Confessions*, en élément de démonstration : il s'agit de
montrer un homme dans « toute la vérité de la nature »,
corrompu lorsqu'il se sépare d'elle, revenant au bien lorsqu'il la
retrouve. Embellissant ceci, noircissant cela, passant de l'attendrissement au zèle apologétique, Rousseau a interprété son
passé en fonction de l'image qu'il se sentait le droit de laisser de
lui-même. Il a recomposé les fragments d'une existence qui fut
exceptionnellement aventureuse et traversée pour donner

chacun d'eux un sens et pour faire du tout un exemple, qui compléterait les démonstrations de l'*Émile* et de *La Nouvelle Héloïse.* L'étonnant est que, de cette dangereuse entreprise pour récupérer son passé, de cette « recherche du temps perdu » qui n'avait pas l'art pour principe soit sorti non un traité de morale, une « Vie de Saint Louis » ou une statue, mais un des plus beaux romans qui aient jamais été écrits et l'acte de naissance de l'homme moderne.

BIBLIOGRAPHIE

1. *Les manuscrits des* Confessions.

Il existe trois manuscrits des *Confessions*, tous les trois mis au net avec un soin et une élégance de calligraphe qui n'étonnent pas du copiste de musique qu'était Rousseau. Ils présentent les uns par rapport aux autres d'importantes variantes, et ont souvent été publiés de façon inexacte et incomplète (surtout en ce qui concerne les noms de personnes et les passages réputés scabreux) dans les premières éditions qui en furent données.

a. *Le manuscrit de Genève*. Il fut remis solennellement par Rousseau à Paul Moultou, au printemps de 1778, quelques semaines avant la mort de l'auteur, avec l'ensemble de ses papiers. Il parvint par héritage à Mme puis M. Georges Streckeisen-Moultou qui en fit don en 1882 à la bibliothèque de Genève. La première partie des *Confessions* fut publiée en 1782 par Moultou et Du Peyrou, Rousseau ayant demandé, semble-t-il, que la seconde partie ne paraisse qu'après la mort de ceux qui y étaient nommés. Le fils de Paul Moultou, Guillaume Moultou, se résolut cependant à donner à l'impression cette seconde partie, pour éviter les « abus » et les contrefaçons. L'édition originale en parut à Genève à la fin de 1789, les passages scabreux et la plupart des noms de personnes ayant été supprimés par l'éditeur. C'est, selon toute vraisemblance, ce manuscrit que Rousseau destinait à la publication ; des trois manuscrits conservés, c'est celui qui comporte le plus d'additions et de notes en marge, attestant le souci de Rousseau de donner parfois un éclairage nouveau à des faits anciens et anciennement transcrits.

b. *Le manuscrit de Paris.* Il se trouvait dans le secrétaire de Rousseau au moment de sa mort. Le marquis de Girardin qui se l'appropria pendant quelque temps finit par le restituer à Thérèse Levasseur et celle-ci remit ce « dépôt sacré » (et scellé) à la Convention nationale le 27 septembre 1794. Lakanal, au nom du Comité d'instruction publique, fit ouvrir le paquet, déclara que le manuscrit était « plus correct, plus soigné que celui qui a servi à l'impression de ses œuvres », mais qu'il ne présentait pas de « nouveautés assez importantes pour déterminer aujourd'hui l'impression de cet ouvrage ». Le manuscrit passe aux Archives nationales puis à la bibliothèque de l'Assemblée nationale, d'où il n'est plus sorti. Il a été publié pour la première fois par Naigeon à Paris chez Didot en l'an IX (1800-1801). (Le libraire Poinçot publia à Paris en 1798 une « première édition complète, collationnée sur le manuscrit de l'auteur, déposé au Comité d'instruction publique » qui ne faisait que rétablir les noms propres et introduire certains passages du manuscrit de Paris dans le texte de Genève.)

c. *Le manuscrit de Neuchâtel.* En avril 1767, Rousseau, qui est à Wootton et a l'impression de ne plus pouvoir échapper au complot tramé contre lui par la « coterie holbachique », fit parvenir ses papiers sous forme de plis cachetés à son ami Du Peyrou à Neuchâtel. Celui-ci n'ouvrit les plis qu'après la mort de l'écrivain et lorsque lui-même mourut, le manuscrit des *Confessions* passa à la bibliothèque de Neuchâtel avec l'ensemble des papiers qu'il avait conservés. Le manuscrit ne comprend que les trois premiers livres et le début du quatrième ; il a été publié pour la première fois à Genève par Théophile Dufour en 1909 dans les *Annales de la Société Jean-Jacques Rousseau.*

Sur le problème des manuscrits, voir Hermine de Saussure, *Rousseau et les manuscrits des Confessions* (Paris, C.N.R.S. 1958).

2. *Les éditions des* Confessions.

Les premières éditions des *Confessions*, leurs variantes, leurs omissions et leurs contrefaçons ont donné lieu à de telles controverses et constituent un tel roman qu'il nous a paru impossible d'évoquer ici le problème et que nous renvoyons le lecteur à la *Bibliographie générale des œuvres de Jean-Jacques Rousseau* établie par Jean Senelier (Paris, s.d. [1949]) et aux éditions Voisine et Gagnebin-Raymond (voir *infra*). Il a fallu en tout cas attendre le XXᵉ siècle pour que paraissent des éditions scientifiquement correctes des *Confessions*. Voici les principales :

a. *L'édition Van Bever*, publiée chez Crès en 1912. Elle a été faite d'après le « texte autographe conservé à Genève » et s'accompagne de « variantes extraites du manuscrit de la Chambre des Députés ».

b. *L'édition de Bernard Gagnebin et Marcel Raymond*, publiée en 1959 dans la « Bibliothèque de la Pléiade », Gallimard. (Rééditions revues et corrigées en 1962 et 1969.) Cette édition, qui fait autorité, établit de façon définitive le manuscrit de Genève, dont l'orthographe et la ponctuation ont été scrupuleusement respectées, l'apparat critique donnant les pincipales variantes des manuscrits de Paris et de Neuchâtel, ainsi que les notes qui manquent dans le manuscrit de Genève. L'édition de la Pléiade comprend une introduction de Marcel Raymond, plus de cent pages de « Fragments autobiographiques et documents biographiques », dont certains inédits, et un ensemble exceptionnellement riche de notes qui éclairent pratiquement tous les problèmes posés par le texte, qu'il s'agisse des événements, des faits de langue, des personnages, en même temps qu'elles constituent un remarquable commentaire psychologique des *Confessions*.

c. *L'édition Jacques Voisine*, publiée en 1964 dans les Classiques Garnier. Elle est conforme au manuscrit de Genève, dont elle modernise l'orthographe et la ponctuation, et reproduit toutes les variantes des manuscrits de Paris et de Neuchâtel, ainsi que « toutes les fois qu'elles ont pu être déchiffrées », les ratures et corrections des trois manuscrits. Elle comporte une introduc tion, une bibliographie, un substantiel apport de notes et un très utile index des personnages.

3. *La présente édition.*

Nous reprenons le manuscrit de Genève dans la leçon qui en a été établie par Bernard Gagnebin et Marcel Raymond dans la « Bibliothèque de la Pléiade ». Pour la commodité de la lecture, nous avons modernisé l'orthographe et la ponctuation et nous avons introduit dans les titres courants les dates correspondant aux événements relatés dans chaque livre. Les notes, à propos desquelles nous sommes également redevable à l'édition de la Pléiade, portent sur les faits de langue et les principaux événements et personnages évoqués dans *Les Confessions*.

4. *Les principales études.*

Nous nous bornons à citer celles qui ont trait aux *Confessions* ou ont fait date dans l'histoire de la bibliographie de Rousseau.

Paul Bénichou : « J.-J. Rousseau, de la personne à la doctrine », *Revue de Métaphysique et de Morale* (juillet-septembre 1954).

Pierre Burgelin : *La Philosophie de l'existence de J.-J. Rousseau* (1952).

Jean-Jacques Rousseau et la religion de Genève (1962).

Robert Derathé : *Le Rationalisme de J.-J. Rousseau* (1948).

Dr S. Élosu : *La Maladie de Jean-Jacques Rousseau* (1929).

Bernard Gagnebin : *A la rencontre de Jean-Jacques* (1962).

Henri Gouhier : *Les Méditations métaphysiques de Jean-Jacques Rousseau* (1970).

R. Grimsley : *Jean-Jacques Rousseau, A Study in Self-Awareness* (1961).

Bernard Grœthuysen : *J.-J. Rousseau* (1950).

P. Grosclaude : *J.-J. Rousseau et Malesherbes, Documents inédits* (1960).

Jean Guéhenno : *Jean-Jacques, Histoire d'une conscience.* 2 vol. (1962).

Henri Guillemin : *Les Affaires de l'Ermitage (Annales de la Société Jean-Jacques Rousseau,* t. XXIX, 1941-1942)

Cette affaire infernale (1942).

Un homme, deux ombres (1943).

Ch. Guyot : *Plaidoyer pour Thérèse Levasseur* (1962).

The Letters of David Hume, éditées par J. Y. T. Greig (1932).

Michel Launay : *Rousseau* (1968).

P.-M. Masson : *La Religion de J.-J. Rousseau* (1916).

Robert Mauzi : *L'Idée de bonheur dans la littérature et la pensée française au XVIIIe siècle* (1960).

Georges Poulet : *Études sur le temps humain* (1958).

Marcel Raymond : *Jean-Jacques Rousseau. La Quête de soi et la Rêverie* (1962).

John S. Spink : *Jean-Jacques Rousseau et Genève* (1934).

Jean Starobinski : *Jean-Jacques Rousseau. La Transparence et l'obstacle* (1957 ; nouvelle édition suivie de sept essais sur Rousseau, 1971, Bibliothèque des Idées).

On pourra consulter également les *Annales de la Société Jean-Jacques Rousseau* qui paraissent à Genève depuis 1905 et : Jacques Voisine : *État des travaux sur Jean-Jacques Rousseau* (*L'Information littéraire*, fasc. 2, 1964).

NOTES

LIVRE PREMIER

Page 33.

1. *Intus et in cute :* intérieurement et sous la peau. Épigraphe tirée du poète latin Perse (*Satire III*, v. 30).

Page 34.

1. Promenade sur les remparts à Genève.

Page 35.

1. En réalité, le mariage de Gabriel Bernard et de Théodora Rousseau eut lieu près de cinq ans avant celui des parents de Jean-Jacques.

2. Il s'agit d'Eugène de Savoie (1663-1736) dit le Prince Eugène. Gabriel Bernard ne put « se distinguer au siège et à la bataille de Belgrade », puisqu'il se trouvait à Genève, cette année-là, en 1717.

Page 36.

1. Une maladie de vessie sur laquelle on a beaucoup discuté, certains allant jusqu'à la nier, qui était visiblement de nature psychosomatique mais n'en a pas moins contribué à aigrir le caractère de Rousseau par les soins constants et les précautions humiliantes qu'elle exigeait de lui.

2. Suzanne Rousseau, épouse Gonceru.

Page 37.

1. Les trois premiers personnages sont des héros de Plu-

tarque. Les trois autres appartiennent aux romans du XVIIIe siècle. Rousseau oppose donc ici deux idéaux différents, la frivolité du roman à la gravité morale de l'histoire.

Page 38.

1. Scaevola (Rousseau écrit Scevola) : ce jeune Romain s'était puni en posant sa main droite sur un brasier, pour s'être trompé de victime lorsqu'il avait cru tuer le roi étrusque Porsenna.

2. François Rousseau, né en 1705 ; la date de sa mort demeure controversée.

Page 41.

1. Voici la deuxième strophe de la chanson :

> *Un cœur s'expose*
> *A trop s'engager*
> *Avec un berger*
> *Et toujours l'épine est sous la rose.*

2. Isaac Rousseau s'était opposé à un capitaine Gautier, et après échange de soufflets et affront public, ce dernier avait porté plainte. Le père de Jean-Jacques préféra alors s'exiler.

3. Abraham Bernard était né le 31 décembre 1711.

4. Petit village situé à environ 7 km de Genève.

5. Pasteur de Bossey depuis 1708.

Page 44.

1. Il s'agit de la fessée.

Page 45.

1. Rousseau se rajeunit ici de trois ans (il avait alors onze ans), et rajeunit Mlle Lambercier (qui en avait quarante).

Page 46.

1. *Modeste :* décent, conforme aux bienséances (acception latine).

Page 48.

1. *Sécher à la plaque :* sécher dans une niche située derrière l'âtre.

Page 50.

1. Bourreau ! (en latin).

Page 52.

1. Au moment où Victor-Amédée, allant de Thonon à Annecy, passa à Bossey le 23 août 1724.

Page 54.

1. *Omnia vincit labor improbus* : citation tirée de Virgile (*Géorgiques*, I, 145-146) : « Un travail acharné a raison de tout. »

2. *Crapaudine* : plaque de plomb posée à l'entrée d'un tuyau de bassin ou de réservoir, pour empêcher les crapauds et les ordures d'y entrer (*Dict. Acad.*, 1762).

Page 55.

1. *Aristide ou Brutus* : tous deux sont des héros de Plutarque. Le premier incarne la justice, le second le dévouement à la patrie.

Page 56.

1. En réalité, ce sont quelques mois qu'il passa chez lui.

2. *Se captiver* : s'assujettir (*Dict. Acad.*, 1762).

3. *Équiffles* : mot genevois pour *écliffe*. L'écliffe est une sarbacane.

4. David Rousseau, horloger (1641-1738).

Page 57.

1. *Barnâ Bredanna* : âne bridé. Expression formée à partir de Barnâ (Bernard, nom de l'âne dans le *Roman de Renart*) et de *bredâ*, brider.

Page 59.

1. *Goton tic tac Rousseau* : tic tac est une onomatopée traduisant le bruit de personnes qui se battent. C'est donc une manière enfantine de publier la dispute des deux amoureux.

Page 60.

1. L'emploi du verbe *rester* avec l'auxiliaire *avoir* est attesté par Beauzée, grammairien du XVIIIᵉ siècle, au même titre que la construction moderne avec *être*.

Page 62.

1. *Grapignan* : mot de dénigrement pour dire *procureur* (Littré).

2. Le contrat était conclu pour cinq ans.

Page 63.

1. *Ne devint si promptement Laridon* : César et Laridon sont les noms des deux chiens de la fable XXIV (livre VIII) de La Fontaine, dont le dernier vers est le suivant : « Oh ! Combien de Césars deviendront Laridons ! » On y confond plaisamment un chien noble et un chien de cuisine.

Page 64.

1. En tant qu'apprenti, qui n'avait pas droit au dessert.

Page 65.

1. En effet, les allusions à de tels larcins, depuis le vol du ruban jusqu'à celui du vin chez M. de Mably, abondent dans *Les Confessions*.

Page 66.

1. *Dépense :* lieu où l'on serre le fruit, la vaisselle et le linge qui servent pour la table (*Dict. Acad.*, 1762).
2. *May* est le terme dialectal pour désigner la huche à pain.

Page 68.

1. *Empreintes :* motifs imprimés.
2. *Des recoupes d'or et d'argent :* les rognures, les éclats des métaux que l'on taille.

Page 70.

1. *Comme que je fasse.* Tournure encore en usage en Suisse, et qui signifie « quoi que je fasse ». *Fait de langue* et non de style, car cette locution était très usitée au XVIIIe siècle.

Page 71.

1. *Un meuble :* un bien en circulation.

Page 72.

1. Charles-Louis Dupin de Francueil (1716-1780), receveur général des finances de Metz et d'Alsace, puis secrétaire du cabinet du roi. Rousseau sera son secrétaire, et c'est par lui qu'il sera introduit chez Mme d'Épinay. Son second mariage (avec Aurore de Saxe) fera de lui le grand-père de George Sand.

Page 73.

1. *La Tribu :* elle avait fort mauvaise réputation à Genève où, par deux fois, le Consistoire l'accusa de corrompre les jeunes gens par des « livres impurs ».

Page 76.

1. Le manuscrit de Neuchâtel présente une version plus détaillée de ce retour, où Rousseau insiste sur le zèle intempestif du « maudit capitaine ». Le départ de Genève date du 14 mars 1728.

Page 77.

1. *Se passer l'épée au travers du corps.* On dit d'un soldat qui a vendu son épée pour avoir de quoi boire et manger, qu'il s'est passé son épée au travers du corps (Leroux, *Dictionnaire comique, satirique et critique*, 1786).

LIVRE SECOND

Page 80.

1. *Urbains :* citadins.
2. Benoît de Pontverre (1656-1733). Spécialiste des abjurations de protestants. Il fut en particulier l'artisan de la conversion du pasteur Lambercier au catholicisme.
3. *Les descendants des gentilshommes de la cuiller :* M. de Pontverre n'était pas un descendant de ces gentilshommes catholiques qui, portant autour du cou la cuiller de bois, symbole de leur confrérie, s'opposaient en 1527 aux protestants de Genève.

Page 84.

1. Françoise-Louise de Warens, née de la Tour (1699-1762). La Tour de Pil est une localité située près de Vevey. En 1714, elle devenait Mme de Warens (nom d'une terre que son mari, M. de Loys, possédait près de Vevey). Elle fonda à Vevey une manufacture de bas de soie et de laine qui périclita, s'enfuit en 1726 avec la caisse, abjura entre les mains de l'évêque d'Annecy, se fit pensionner par le roi de Sardaigne et divorça en 1727.

Page 85.

1. Étienne-Sigismond de Tavel, ami de M. de Warens, capitaine ; il devint bailli de Vevey en 1734.
2. *Magistère* (n.m.) : poudre médicinale très fine faite par l'opération de chimie qu'on appelle précipitation (*Dict.*

Acad., 1762). Ce mot indique que la poudre a été préparée par un spécialiste (magister).

Page 86.

1. Anne-Geneviève, duchesse de Longueville (1619-1679), sœur du grand Condé, joua un grand rôle dans la Fronde.
2. *Caillette* : personne ayant du babil et point de consistance (Littré), d'où cailletage : bavardage.

Page 90.

1. Antoine Houdar de la Motte, dit la Motte, poète (1672-1731).

Page 92.

1. George Keith, « Milord Maréchal » (1686-1778), jacobite exilé, que Frédéric II avait fait gouverneur de sa principauté de Neuchâtel et qui fut un des plus fidèles amis de Rousseau.

Page 96.

1. Cet hospice avait été fondé en 1661, et était tenu par la confraternité du Spirito Santo.

Page 97.

1. *Esclavon :* habitant de la région orientale de la Croatie-Slavonie, ou Esclavonie.

Page 102.

1. *Histoire de l'église et de l'Empire romain jusqu'à l'an mille* par Jean le Sueur, Genève, 1674-1688.

Page 105.

1. *Haut mal :* épilepsie.
2. *Can maledet ! brutta bestia ! :* en dialecte piémontais : le maudit, la sale bête !
3. *Commettre :* compromettre.
4. *Censure :* réprimande.

Page 106.

1. *Les chevaliers de la manchette :* les pédérastes.

Page 107.

1. De fait, Rousseau fut baptisé, comme l'atteste le registre des baptêmes de San Giovanni.

Page 109.

1. *Giunca :* mot tiré de l'italien *giuncata*, lait caillé. Les mots suivants sont donc comme une parenthèse, une explication de cette expression.

2. *Grisses :* sorte de gressins (cf. l'*Émile* I : « petits bâtons de pain dur ou de biscuit semblable au pain de Piémont qu'on appelle dans le pays des *grisses.* »)

Page 110.

1. *Retirer :* donner asile, retraite, refuge (*Dict. Acad.*, 1762).

2. Somis était violoniste ; Desjardins (de Giardini) de même et les Bezuzzi (Alessandro et Paolo Girolamo) compositeurs.

Page 112.

1. Allusion aux espérances du commis qui, comme Égisthe, amant de Clytemnestre et complice de celle-ci dans le meurtre d'Agamemnon, aimerait obtenir les faveurs de Mme Basile.

Page 118.

1. Ancien mot pour Dominicain.

Page 120.

1. *Aiguillette :* petit cordon ou ruban ferré aux deux extrémités, servant à fermer ou garnir un vêtement.

2. Thérèse de Chabod Saint-Maurice, comtesse de Vercellis (1670-1728). Rousseau restera à son service de juillet à décembre 1728.

Page 122.

1. *Traverser :* susciter des obstacles pour empêcher le succès de quelque entreprise (*Dict. Acad.*, 1762).

LIVRE TROISIÈME

Page 129.

1. Le récit s'étend sur 18 mois (décembre 1728, avril 1730).

Page 132.

1. Jean-Claude Gaime (1692-1761), genevois d'origine, fut précepteur du fils du ministre de l'Intérieur, Mellarède, et professeur à l'Académie des jeunes nobles de Turin. Il est le modèle du Vicaire savoyard, avec l'abbé Gâtier (Cf. *Confessions* Livre III, p. 165).

2. Thersite incarne dans *L'Iliade* la lâcheté, par opposition à la vaillance d'Achille.

Page 136.

1. Pauline-Gabrielle de Breil, née sans doute en 1712, épouse en 1730 Cesare-Guistiniano Alfieri di Sostegno.

2. *Le deuil qu'on portait alors :* la cour portait probablement le deuil de la reine de Sardaigne, Anne-Marie d'Orléans, morte à Turin le 26 août 1728.

Page 139.

1. *Cruscantisme :* purisme à mettre en rapport avec les règles édictées par l'Académie della Crusca fondée à Florence en 1582 et chargée en quelque sorte de « défendre et illustrer » la langue italienne.

2. Louis de Courcillon, abbé de Dangeau (1643-1723), académicien et grammairien, fut lecteur de Louis XIV.

Page 141.

1. Il s'agit probablement de François Robert Mussard (1713-1775), peintre en miniatures.

Page 142.

1. Étienne ou Pierre Bâcle, tous deux apprentis à Genève. Pierre semble mieux correspondre à la description de Rousseau.

Page 144.

1. Fontaine qui porte le nom de son inventeur, Héron d'Alexandrie (IIᵉ s. apr. J.-C.). La compression fait jaillir l'eau dans les deux bassins qui la constituent.

Page 146.

1. *Correspondre :* répondre par ses sentiments, ses actions (*Dict. Acad.,* 1762).

Page 147.

1. Allusion à la IVᵉ partie de *La Nouvelle Héloïse* (lettre 6)

où, après que Saint-Preux et Julie se sont reconnus, le premier observe « du coin de l'œil qu'on avait détaché (sa) malle et remisé (sa) chaise ». Saint-Preux et Rousseau connaissent à ce moment une émotion semblable.

Page 149.

1. *Propreté* : netteté ; manière convenable dans les meubles (*Dict. Acad.*, 1762).

2. *Domestique* : se prend collectivement pour tous les serviteurs d'une maison (*Dict. Acad.*, 1762).

3. Claude Anet (1706-1734), neveu d'un jardinier de M. de Warens, abjure le protestantisme en même temps que Mme de Warens (avec laquelle il s'était peut-être enfui de Vevey). Rousseau donnera son nom à un personnage de *La Nouvelle Héloïse* (le mari de la femme de chambre de Julie).

Page 153.

1. *Local* : lieu, situation.

Page 154.

1. *Un frère lai* : un laïque qui n'est pas destiné aux ordres sacrés (*Dict. Acad.*, 1762).

Page 155.

1. *Opiat* : médicament à base d'opium.

2. Il s'agit du *Spectateur* d'Addison, traduit en français en 1714 à Amsterdam, périodique très populaire à cette époque.

3. Samuel Pufendorf (Rousseau écrit Puffendorf), juriste allemand (1632-1694) dont les ouvrages avaient été traduits en 1718.

4. Saint-Évremond (1610-1703), l'édition complète de ses œuvres tant critiques qu'épistolaires avait paru à Amsterdam en 1706.

5. Poème épique de Voltaire, paru en 1723, à Rouen.

Page 156.

1. Ch. II, v. 337-338.

2. Pierre Bayle (1647-1706), auteur du *Dictionnaire historique et critique*, publié en 1697. La remarque de Rousseau quant au « goût un peu protestant » de Mme de Warens s'explique par le fait que la littérature protestante (Bayle était réformiste) était plus connue d'elle que la littérature catholique.

Page 157.

1. Paul-Bernard d'Aubonne. Il était peut-être le beau-frère de M. de Tavel.

2. Son plan de loterie avait été repoussé par le Cardinal Fleury en 1729, et ne fut accepté qu'en 1735 par Charles-Emmanuel III.

Page 158.

1. L'anecdote est la suivante : le duc de Savoie s'entendit un jour répondre grossièrement par un marchand. Ce n'est que près de Lyon que le duc répondit au marchand et à l'insulte qui avait fait son chemin dans son esprit.

Page 159.

1. *Décoration* : on appelle décoration, en parlant du théâtre, la représentation qu'on y voit des lieux où l'action est supposée se passer (*Dict. Acad.*, 1762).

Page 161.

1. *Avec deux grandes dames* : il s'agit (Rousseau le note au livre X) de Mme de Luxembourg et de Mme de Mirepoix.

2. Pour *opiat*, cf. note 1, p. 155. Ce médicament était utilisé dans le traitement des maladies vénériennes. Le manuscrit de Genève porte *opiate*, seule lecture possible puisque le mot *opiat*, lui, est du masculin et que Rousseau ajoute : « Je crois *qu'elle* ne vaut guère mieux. »

Page 163.

1. *Aimé Gros* (1677-1742), supérieur du séminaire Saint-Lazare d'Annecy.

2. Louis Clérambault (1676-1748), compositeur et organiste de Saint-Sulpice.

Page 164.

1. Une des cantates parmi celles, nombreuses (cinq livres) que composa Clérambault.

2. Jean-Baptiste Gâtier (1703-1760). Rousseau a sans doute commis une méprise en lui attribuant le scandale dont il parle. Il était faucigneran, c'est-à-dire de Faucigny en Savoie.

Page 165.

1. *Conception* : faculté de comprendre les choses (*Dict. Acad.*, 1762).

Page 166.

1. Allusion au proverbe castillan : « Le chien du jardinier ne veut pas de sa pâtée et grogne si les bœufs la mangent. » M. Corvezi ne veut pas de sa femme, mais veille à ce que personne ne l'approche.

2. L'expression « des goûts ultramontains » désigne l'homosexualité de M. Corvezi. Ces goûts sont « ultramontains » (c'est-à-dire existent de l'autre côté des Alpes), parce que les Français prétendaient volontiers que l'homosexualité était une spécialité italienne.

3. Cette comédie fut jouée le 18 décembre 1742, et publiée en 1753. On ne connaît pas la date de rédaction, car elle fut maintes fois reprise et retouchée par son auteur.

Page 167.

1. En réalité, ce n'est qu'en 1742, soit douze ans plus tard, que Rousseau joignit les pièces destinées à prouver le miracle.

2. *Antonins :* religieux de l'ordre de Saint-Antoine, qui soignaient une maladie pestilentielle nommée « feu de Saint-Antoine ».

3. Pourquoi l'à-propos est-il plaisant ? Parce que Fréron publia le certificat dans l'*Année littéraire* 1. II (1765), juste après les *Lettres de la Montagne* qui ne reconnaissaient pas les miracles.

Page 169.

1. Terme de musique : ce qui est joué par un instrument seul ou chanté par une voix seule.

2. Créateur des astres ; hymne du premier dimanche de l'Avent.

3. « Apportez ».

4. *Endêver :* avoir grand dépit de quelque chose. Populaire (*Dict. Acad.*, 1762). Nous dirions « *enrager* ».

Page 170.

1. *Vicarier :* se disait des musiciens d'église qui allaient offrir leurs services de ville en ville (Littré).

Page 171.

1. *Gueuser :* faire métier de demander l'aumône (Littré).

2. *Haute-contre :* celle des quatre parties de la musique qui appartient aux voix d'hommes les plus aiguës (Rousseau, *Dict. de musique*). Au-dessus, donc, du ténor.

Page 174.

1. *Chapitre* : l'assemblée où les chanoines traitent de leurs affaires et des questions de leur ressort. Par extension, toute assemblée que tiennent des religieux pour délibérer de leurs affaires (Littré).

2. *Dîner de règle* : dîner de tradition (Littré).

Page 178.

1. *Monument* : tout ce qui garde le souvenir (Littré).

Page 179.

1. Le secret du voyage est politique. F. Mugnier, D. Perrero et L. F. Benedetto en ont étudié les mobiles. Il est à peu près certain que d'Aubonne avait dans l'esprit un plan de révolution pour le pays de Vaud, qu'il allait proposer à l'ambassadeur de Sardaigne.

LIVRE QUATRIÈME

Page 180.

1. Ce livre est le récit des mois qui séparent avril 1730 d'octobre 1731, mois de vagabondages, de promenades, d'expériences multiples.

Page 182.

1. Esther Giraud (1702-1774) était la fille d'un imprimeur français réfugié. Elle avait abjuré en 1727 et Mme de Warens était sa marraine.

Page 183.

1. Dans le manuscrit de Paris, Rousseau précise en marge : « A Wooton, en Staffordshire. »

2. Mlle de Graffenried était une convertie attachée à la famille Galley d'Annecy. On possède en fait très peu de renseignements sur les deux jeunes filles de *l'Idylle des cerises*, comme on nomme en général ce passage.

Page 184.

1. *Thônes* (Toune est la graphie patoise).

Page 185.

1. Le granger est l'équivalent (dans le Dauphiné, en Savoie et en Suisse romande) de notre *métayer*. La grangère tient une ferme, à condition de partager le produit des champs avec le propriétaire.

Page 189.

1. Jean-Baptiste Simon, nommé en 1730 juge-maje ou juge-mage, c'est-à-dire président du tribunal d'Annecy.
2. Allusion à un épisode burlesque du *Roman comique* de Scarron, (chap. VII).

Page 191.

1. *Fontange* : nœud de ruban que les femmes portaient sur leur coiffure (de Mlle de Fontange, favorite de Louis XIV).
2. *Chanter pouilles à quelqu'un* : lui adresser des reproches mêlés d'injures (Littré), de pouille : injure.
3. Affixe qui se joint à certains noms propres pour indiquer un recueil de pensées détachées, de bons mots, etc. Le Ménagiana, le Ségraisiana (Littré). Un *ana* : un tel recueil.
4. Au sens propre : singe. Au sens figuré (ici) : petit homme laid et ridicule (Littré).

Page 192.

1. *Contrepointière* : « Ouvrière réparant les meubles et confectionnant les tentures. Terme suisse romand, du français populaire et de l'ancien français » (A. François, « Les Provincialismes de Rousseau », *Annales J.J.R.*, III).
2. *Entrepôt* : ici, bien acquis.

Page 195.

1. En fait, une lettre de 1731, écrite par Rousseau à son père, de Neuchâtel, donne à ces retrouvailles un tout autre éclairage. « Bien content ? » « Malgré les tristes assurances que vous m'avez données que vous ne me regardiez plus pour votre fils... » dit le commencement de la lettre.

Page 199.

1. *Vaudeville* : Chanson qui court par la ville (*Dict. Acad.*, 1762).
2. *Les parties* : le papier à musique sur lequel est écrite la partie séparée de chaque musicien (Rousseau, *Dictionnaire de musique*).

Page 200.

1. *Symphoniste* : celui qui joue des instruments de musique ou qui compose des pièces qu'on joue dessus (*Dict. Acad.*, 1762).

2. Un aveugle soigné à l'hôpital des Quinze-Vingts, à Paris.

Page 201.

1. *Teutsche* : Suisse allemand (de deutsch : allemand).

2. *Croque-notes* : terme burlesque (cf. croque-sol) désignant un musicien sans talent qui « croque », c'est-à-dire ne fait pas entendre certaines notes.

Page 204.

1. *Lieutenant-baillival* (balival, selon la graphie de Rousseau). « Le lieutenant baillival siège avec le bailli, trois assesseurs et un secrétaire *en cours baillivale* (...) il siège aussi à la *cour féodale* et à la *cour d'examen des criminels* » (Bachelet et Dezobry, *Dictionnaire historique et biographique de la Suisse*).

Page 205.

1. *Archimandrite* : nom du supérieur de quelques monastères.

Page 206.

1. *Langue franque* : jargon mêlé de français, d'italien, d'espagnol et d'autres langues, usité dans le Levant (*Dict. Acad.*, 1762).

2. *Enfourné* : sens propre : mis dans le four. Sens figuré : engagé. Cf. la même évolution, du sens culinaire au sens figuré, du mot *empêtré*.

3. *Si peu étoffé* : si mal vêtu.

4. « Regardez, Messieurs, c'est là du sang pélagien ! » Allusion peu claire au nom des premiers habitants de la Grèce.

Page 207.

1. Cf. p. 206. La répétition prouve qu'il y a là une erreur d'autant que cette phrase est ajoutée en marge du manuscrit.

Page 209.

1. Cet « homme célèbre » est Jean-Baptiste Rousseau (1671-1741), banni, à la suite de poèmes licencieux, pendant trente ans. Au début de cet exil (1711-1715), il occupa la chambre qui fut ensuite celle de Jean-Jacques à Soleure.

2. Jean-Jacques avait bien composé quelques poèmes per

dant sa jeunesse, mais il a souvent dit que le premier était aussi impropre à la poésie qu'à la musique. (Cf. *Essai sur l'origine des langues*, *Émile*, IV, etc.).

Page 211.

1. *Cadet* : jeune gentilhomme qui sert comme simple soldat pour apprendre le métier de la guerre (*Dict. Acad.*, 1762).

2. *Enfants de la balle* : les enfants qui embrassent la profession de leur père (*Dict. Acad.*, 1762). « *En quelque sorte* » parce qu'il ne s'agit pour Rousseau que de celle de son oncle.

3. *Gabions* : grands paniers qu'on remplit de terre, dans les sièges, pour couvrir travailleurs et soldats (*Dict. Acad.*, 1762).

Page 212.

1. Dégoût que l'on retrouve notamment dans la *Correspondance*, dans *Émile*. Paris a toujours été pour Rousseau un symbole de corruption, bien qu'il y voie « une certaine pureté de goût et une certaine correction de style qu'on n'atteint jamais dans la province » (Lettre à Vernes, 4 avril 1757).

2. M. de Surbeck : sans doute Pierre-Eugène de Surbeck (1676-1744), lieutenant général et numismate distingué.

3. Mme de Merveilleux : belle-sœur de David-François Merveilleux, secrétaire-interprète aux Grisons, selon Rousseau, mais plus vraisemblablement sa femme.

Page 213.

1. *Remise* : argent, valeurs, qu'un négociant fait remettre à son correspondant (*Dict. Acad.*, 1762).

Page 214.

1. *Draper* : *fig.* et *fam.* : dire beaucoup de mal de quelqu'un (Littré).

2. *Penard* ou *pénard* : vieillard, grison, homme âgé, cassé, goutteux, décrépit (*Dictionnaire comique, satirique...* de P. J. Leroux, 1786).

Page 217.

1. *Rat-de-cave* : commis des aides qui visite le vin dans les caves (*Dict. Acad.*, 1762).

2. *Aides* : subsides établis sur le vin et les autres boissons pour aider à soutenir les dépenses de l'État.

3. La taille était un impôt levé sous l'Ancien Régime sur les personnes qui n'étaient pas nobles ou ecclésiastiques.

4. *Publicains* : mot emprunté à l'histoire romaine ; percepteur.

Page 218.

1. *L'Astrée* : roman pastoral et précieux d'Honoré d'Urfé dont l'action se déroule dans le Forez.

2. Personnages de *L'Astrée*.

3. Amie de Mme de Warens, non identifiée. On ne connaît d'elle que sa présence au couvent des Chazottes en 1730 (Rousseau orthographie Chasottes).

Page 220.

1. *Le fusil* : petite pièce d'acier avec laquelle on bat la pierre à feu pour allumer l'amadou (Littré).

Page 223.

1. Un blanc est une espèce de petite monnaie qui valait cinq deniers ; mais en ce sens il n'a plus d'usage qu'au pluriel (*Dict. Acad.*, 1762).

2. Batistin (1680 ?-1750 ?) : compositeur, auteur de deux opéras et de quatre livres de cantates.

Page 224.

1. *Antonin*, cf. n. 2, p. 167.

2. *Collationner* : conférer les deux parties, vérifier qu'elles peuvent être jouées ensemble.

Page 228.

1. La cascade de Couz.

2. Il s'agit de Don Antoine Pettiti, intendant général des finances de Savoie.

Page 229.

1. *Écrivain* : celui qui écrit pour d'autres (Littré).

DU MÊME AUTEUR

Dans la même collection

LES CONFESSIONS (texte intégral : Livres I à XII). *Préface de J.-B. Pontalis. Édition établie par Bernard Gagnebin et Marcel Raymond et annotée par Catherine Kœnig.*

LES RÊVERIES DU PROMENEUR SOLITAIRE. *Préface de Jean Grenier. Édition établie par Samuel S. de Sacy.*

DISCOURS SUR LES SCIENCES ET LES ARTS. LETTRE À D'ALEMBERT SUR LES SPECTACLES. *Édition présentée et établie par Jean Varloot.*

JULIE OU LA NOUVELLE HÉLOÏSE, I et II. *Édition présentée et établie par Henri Coulet.*

Impression Maury-Imprimeur
45330 Malesherbes
le 12 juillet 2011.
Dépôt légal : juillet 2011.
1er dépôt légal dans la collection : juillet 1997.
Numéro d'imprimeur : 166215.

ISBN 978-2-07-040373-8. / Imprimé en France.